SILKE PORATH
Ein Lama zum Verlieben

TIERISCH VERSPANNT Jetzt ist Stella dran! Sie darf für die Frauenzeitschrift ›Donatella‹ eine der begehrten Reisereportagen schreiben. Doch statt Wellness in der Südsee, heißt es für die Berlinerin: ab auf die Schwäbische Alb. Zum Lama-Trekking.

Dort, irgendwo im Nirgendwo, auf einem Bauernhof, landen auch eine ausgebrannte Schweizer Marketingmanagerin, ein durchgeknallter französischer Austauschschüler und ein Sternekoch, dem der Appetit vergangen ist. Und dann ist da noch Trekkingführer Gerry, der nicht wirklich einen Plan hat, denn: den Bauernhof hat er geerbt, mitsamt einem Haufen Schulden und der Herde um Hengst Dalai.

Von wohltuenden Massagen ist Stella also weit entfernt. Was sie aber nicht von dem einen oder anderen Flirt abhält. Schließlich eignet sich die große Hofküche wunderbar für Partys. Und das Lama Dalai und seine Herde sind auch nicht ohne … da sind schwäbische Maultaschen und handgeschabte Spätzle plötzlich die kleinste Herausforderung!

Silke Porath ist auf der Schwäbischen Alb aufgewachsen. Die Lehr- und Studienjahre verbrachte die bekennende Schwäbin zum Teil im badischen Exil. Heute lebt sie mit ihrem französischen Mann wieder in ihrer Heimatstadt Balingen. Die ausgebildete Redakteurin und PR-Beraterin hat drei Kinder, einen reinrassigen Straßenköter, jede Menge anderes Viechzeugs … aber leider kein eigenes Lama.

Silke Porath ist Mitglied bei den 42erAutoren und im Schriftstellerverband Baden-Württemberg. Ihre Leidenschaft gilt dem Schreiben und das vermittelt sie als Schreibtrainerin großen und kleinen Autoren. Ihre Geschichten und Romane wurden mehrfach ausgezeichnet.

Bisherige Veröffentlichungen im Gmeiner-Verlag:
Wer mordet schon zwischen Alb und Donau? (mit Sören Prescher, 2014)
Hermingunde ermittelt in Balingen (2014)
Mops und Mama (2014)
Mops und Möhren (2013)
Klosterbräu (2012)
Nicht ohne meinen Mops (2011)
Klostergeist (2011)

SILKE PORATH

Ein Lama
zum Verlieben

Roman

SPANNUNG

GMEINER

Ausgewählt von
Claudia Senghaas

Besuchen Sie uns im Internet:
www.gmeiner-verlag.de

© 2015 – Gmeiner-Verlag GmbH
Im Ehnried 5, 88605 Meßkirch
Telefon 0 75 75 / 20 95 - 0
info@gmeiner-verlag.de
Alle Rechte vorbehalten
1. Auflage 2015

Lektorat: Claudia Senghaas, Kirchardt
Herstellung: Julia Franze
Umschlaggestaltung: U.O.R.G. Lutz Eberle, Stuttgart
unter Verwendung der Fotos von:
© lukasvideo / Fotolia.com,
© Zsolnai Gergely / Fotolia.com
Druck: GGP Media GmbH, Pößneck
Printed in Germany
ISBN 978-3-8392-1645-3

*»Widme dich der Liebe und dem Kochen
mit ganzem Herzen.«*

Dalai Lama

DER ROTE SALON

STELLA

Mit den Träumen ist das so eine Sache. Die meisten überraschen uns einfach mitten in der Nacht, halten uns ein paar Minuten auf Trab und verschwinden wieder im Nichts. Manche hallen einen Tag lang nach, die angenehmen können sich wie eine Kuscheldecke auf die Seele legen und den ödesten Novembertag zu einem Sonnentanz machen. Klingt kitschig, ist aber so.

Und, naja, dann sind da die weniger netten Träume, bei denen man heilfroh ist, wenn der Wecker scheppert. Oder wenigstens die Müllabfuhr morgens um fünf mit Scheppern und Karacho die Biotonnen leert.

Leider kommt kein Müllwagen. Es rattert kein Wecker. Nicht mal ein zu früh aus dem Nest gefallener Vogel piepst.

Das hier ist echt.

Ein Albtraum.

Und ich bin mittendrin.

15 Augenpaare strahlen mich an. Mir ist das Lächeln vor exakt zwei Sekunden eingefroren. Dabei sollte ich jetzt vor lauter Freude an der Decke des Konferenzraums hängen, direkt unter den Halogenstrahlern, die dem Sternenhimmel nachempfunden sind. Stella hat es geschafft. Stella ist dran. Sie darf die nächste Reisereportage schreiben. Sie folgt Inga, die Wellness auf Guadeloupe hatte. Andrea (Töpferwochenende im Périgord). Anna (Indien, Ayurveda). Stella bin ich.

»Und?« Paola nickt mir aufmunternd zu, und ich weiß, dass ich jetzt etwas sagen muss. Wenn die Chefredakteurin »Und?« sagt, reicht ein weit aufgerissener Mund nicht.

Inga tritt mich unter dem Tisch mit ihren 200-€-Pumps gegen das Schienbein. Ich fixiere die letzte Ausgabe der ›Donatella‹, die in der Tischmitte neben den winzigen Saftfläschchen und den teuren Keksen liegt. Das Titelbild – eine grauhaarige Best-Agerin, die sowas von haargenau zum alternativ-schicken Image der Zeitschrift passt – verschwimmt vor meinen Augen.

»Äh.« Okay. Ich kann noch sprechen. Noch ein Beweis mehr, dass ich das hier nicht träume. Leider.

»Interessant.« Klingt lahm, ich weiß.

»Wusste ich doch, dass du die Richtige für den Job bist!« Paola macht mit ihrem Montblanc ein tintenblaues Häkchen hinter den Tagesordnungspunkt ›Stella in der Hölle‹. Der Rest der Konferenz läuft an mir vorbei wie ein Film, bei dem jemand viel Ton und viel Farbe weggedreht hat. Wir liegen gut im Timing für die nächste Ausgabe, das Mode-Dossier über Schuhe und Taschen aus Lachsleder findet großen Anklang, und der Psychoteil mit Interviews von Iris Berben und Cindy aus Marzahn über das Frau-Sein an sich und wasweißich geht in die Postproduktion.

»Lachsleder ist DAS Thema in Mailand.« Paola ist begeistert. Ich wusste bis gerade eben nicht, dass man aus Lachs was anderes als furztrockene Filets in Sahnesauce machen kann. Aber bis eben hatte ich auch noch keine Ahnung, dass es Menschen gibt, die ohne Zwang Geld dafür bezahlen, um mit einem Lama über die schwäbische Alb zu pilgern.

»Ach komm, das ist trendy«, versucht Inga, mich zu trösten, als wir eine halbe Stunde später in der Kaffeeküche stehen. Blick auf die Spree, wenn man sich auf einen Hocker stellt und den Hals verrenkt. Ich tippe mir an die Stirn und versenke drei Stück Zucker im Milchschaum.

»Was bitte soll daran trendy sein, hinter einem stinkenden Kamel durch die Pampa zu latschen?«

Inga sagt nichts. Lange nichts. Womit sie eigentlich alles gesagt hat, ehe sie es mit den Stichworten Natur, Tiere, Erholung versucht. Netter Versuch, aber Natur gibt es im Park, Tiere sind nicht so meins, und erholen kann ich mich auch auf meinem Sofa. Wenn schon Natur, Viechzeug und Erholung, dann doch bitte sowas wie Safari, Wellness, Strand und von mir aus dann auch ein Lama. So viel ich weiß kommen die aus Tibet oder so, da wird's doch wohl verdammich noch eins einen Wellnesstempel geben, der für unsere Leserinnen interessant ist?

»Sie es mal so, du kannst auf Redaktionskosten passende Kleidung shoppen.« Inga ist sichtlich froh, ein Argument gefunden zu haben, und strahlt mich an.

»Wanderschuhe? Weißt du, wie die aussehen?«

Inga strahlt nicht mehr und gibt sich mit einem Schulterzucken geschlagen. Ich packe eine Handvoll Schokorosinen auf die Untertasse und trotte zu meinem Schreibtisch. Ich teile mir das Büro mit Inga. Es ist der kleinste Raum – aber der mit Abstand gemütlichste. Unsere beiden Schreibtische stehen sich gegenüber. Die Bildschirme haben wir so platziert, dass wir einander gut sehen können. In der Mitte steht ein Bonbonglas aus Omas Zeiten, das Inga auf dem Flohmarkt entdeckt hat. Meistens ist es gut gefüllt mit Himbeerbonbons aus der kleinen Manufaktur in den Hacke'schen Höfen. Aber weil heute nicht mein Tag ist, ist das Glas leer. Ich notiere mir innerlich, Süßkram zu kaufen, tröste mich mit den Schokorosinen und lasse mich auf das rote durchgesessene Sofa plumpsen, das wir zwischen die Aktenschränke an die Wand hinter meinem Schreibtisch gequetscht haben. Auf Ingas

9

Seite steht zwischen den Büroschränken in Stahlgrau ein knallrotes Regal. Keiner weiß, wie es jemals in die Redaktionsräume kam. Keiner wollte es haben, als die ›Donatella‹ ins neue Gebäude gezogen ist. Also haben wir es adoptiert, und seitdem dient es uns als Lager für alles, ohne dass man nicht vernünftig arbeiten kann. In roten Pappkartons lagern lebenswichtige Dinge wie Puder, Lippenstift und Deo. Ersatzzahnbürsten. Haarbürsten. Fusselbürsten. Tampons, Binden, Aspirin, Nagelfeilen, ein gutes Sortiment an Lacken in allen Farben und jede Menge Feinstrumpfhosen als Ersatzpaare. Und im Karton ganz unten links Raumspray, aktuell Granatapfel-Vanille. Das brauchen wir nämlich dann und wann, wenn in unserem roten Salon Land unter ist und wir ganz schnell den Aschenbecher brauchen, um die geheimen Geheimzigaretten darin auszudrücken.

Eigentlich ist das Rauchen in der Redaktion sowas von streng verboten – aber das ist mir jetzt sowas von egal. Außerdem raucht bis auf Paola jeder hier, die einen mehr, die anderen weniger. Inga holt also die Utensilien aus dem Karton, wobei sie sich bücken muss, und ich mal wieder denke, dass ich mir für so einen Knackarsch die Hand abhacken lassen würde. Oder naja, einen Fingernagel. Dann reißt sie das Fenster auf und klemmt sich neben mich auf die Couch. Der einzige Nachteil an unserem Büro ist die Aussicht. Da ist nämlich keine: Wir starren direkt auf die fensterlose Betonwand des Nachbargebäudes. Oben ist ein bisschen grauer Himmel zu sehen, unten der Innenhof mit Müllcontainern. Bis zur Hälfte der Zigaretten inhalieren wir schweigend und pusten den Rauch, so gut es eben geht, Richtung offenes Fenster. Schließlich grinst Inga mich an.

»Du weißt schon, welcher Tag heute ist?«

»Mittwoch.« Ich weiß immer, wann Mittwoch ist. Erstens ist da immer Konferenz. Zweitens ist dann das Wochenende schon in Sicht. Und drittens läuft dienstags meine aktuelle Lieblingsserie. The Walking Dead. Zombies. Blut. Manchmal brauche ich sowas.

»Ja schon.« Inga grinst mich an. »Ich meine das Datum.«

»Hast du Geburtstag?« Ich verschlucke mich fast am Rauch. Nicht auszudenken, wenn ich den Ehrentag meiner liebsten Kollegin und Freundin vergessen hätte! Andererseits … der war doch erst? Da haben wir doch neulich erst einen astreinen Absturz mit reichlich Cocktails hingelegt?

»Du. Also irgendwie …«

»Ich? Das wüsste ich aber. Es sei denn, du meinst die Trekkingtour und dass ich durch die Lamaspucke im Gesicht hinterher wie neugeboren aussehe.« Ich knirsche mit den Zähnen.

»Jetzt vergiss doch mal die blöden Viecher. Überleg mal, was war heute vor acht Monaten?« Inga drückt ihre Zigarette aus und sieht mich erwartungsvoll an. Ich nehme einen letzten Zug. Puste den Rauch aus. Starre in die graue Wolke und blinzle die Tränen weg.

»Marvin.«

»Bingo! Seit acht Monaten bist du die Flachpfeife los!« Inga springt auf und verstaut den Aschenbecher in seiner Kiste. Dann zückt sie das Raumspray und nebelt Granatapfel-Vanille in die Luft. »Herzlichen Glückwunsch!«

Ich versuche, zu lächeln. Kann ich aber nicht. Oder wenn, dann nur ein bisschen.

»Das feiern wir.« Meine Kollegin setzt sich an ihren Schreibtisch und strahlt mich an. »Und zwar, so richtig.«

Ich versuche, einigermaßen glücklich auszusehen, bin mir aber nicht sicher, ob mir das gelingt.

Marvin.

Marvin und Stella.

Zwei Jahre lang.

Und jetzt?

Stella.

Marvin und Corinne.

Einfach so.

Nein, nicht einfach so. Ich hab es kommen sehen. Allerdings nicht ganz so deutlich wie Inga, die vom ersten Moment an eine Aversion gegen ihn hatte. Milde ausgedrückt. Naja, um ehrlich zu sein, umgekehrt war es genauso. Inga ist nun mal niemand, der ein Blatt vor den Mund nimmt. Ebenfalls milde ausgedrückt. Ich erinnere mich noch sehr deutlich an das erste Zusammentreffen der beiden. Ich war seit vier Wochen bei der Donatella, nachdem ich mein Studium mäßig erfolgreich abgeschlossen hatte. Aber mal ehrlich, wer braucht im Alltag schon die Kenntnisse, welche Sentenzen in Kafkas Werken am häufigsten vorkommen, oder wie der gute alte Charles Bukowski die neue Literatur der amerikanischen Westküste prägte? Eben. Das Beste an meinem Studium war für mich mit Abstand, dass ich Marvin traf. In der Mensa, denn woanders begegnen sich Literaturwissenschaftler und Marktforscher selten. Unser erstes Treffen war sozusagen ein Volltreffer: mein Teller mit Zucchinicremesuppe auf sein blütenweißes Hemd. Zum großen Glück für seine Haut war die Suppe wie immer nur lauwarm, und zum großen Glück für mich, dachte ich jedenfalls damals, nahm er die Sache mit Humor.

Mich selbst nahm er noch am selben Abend in meiner Studentenbutze. Von da an waren wir ein Paar, und ich dachte mir, das würde ewig so weitergehen. Man liest doch immer wieder, dass die besten Ehen am Studien- oder Arbeitsplatz entstehen. Ich gebe zu, heimlich habe ich immer mal wieder das Internet mit seinem grandiosen Angebot nach dem schönsten aller Hochzeitskleider durchforscht. Aber erstens machte Marvin keinerlei Anstalten, vor mir in die Knie zu gehen und um meine Hand anzuhalten. Und zweitens war mir schon auch klar, dass wir beide erst einmal so etwas wie Karriere aufbauen mussten. Dass Marvin einen Job in Düsseldorf annahm, okay. Gibt ja Bahn und Flugzeug, und ich war unter der Woche bei der Donatella auch voll beschäftigt damit, so zu tun, als hätte ich bereits alle Ahnung vom Journalismus. Drei, vier Monate ging das alles wunderbar. Bis Marvin im Flieger nach Berlin einen Tomatensaft bestellte. Den ihm Corinne servierte. Das folgende Wochenende verbrachte er anstandshalber noch mit mir, dann steckte er den kleinen Marvin in seine neue Flamme und den Verlobungsring an ihren Finger.

»Okay. Feiern wir das«, sage ich lahm.

»Was wird hier gefeiert?« Ich zucke zusammen, als Paola die Tür zu unserem roten Salon aufreißt.

»Äh … also … die Story mit dem Trekking«, stammle ich und stehe auf, wobei die letzte Schokorosine auf den schneeweißen Teppich purzelt. Ich kicke sie unter das Sofa, ehe Paola etwas bemerken kann.

»Ich wusste doch, dass du dich freust«, strahlt die Chefin mich an und lässt sich nun ihrerseits auf das rote Sofa sinken. Sie schielt Richtung Bonbonglas, und ich meine, einen Anflug von Bedauern in ihren perfekt geschminkten Smokey Eyes zu erkennen, weil das Glas leer ist. Dabei hat Paola noch nie ein Himbeerdrops gelutscht. Was man ihr auch ansieht: Entweder hat sie sündhaft teure Shapewear unter dem Bleistiftrock in Taubengrau, oder sie ist so dünn, wie sie aussieht. Ich ziehe automatisch den Bauch ein. Meine Chefin wedelt mit einer weißen Mappe durch die Luft.

»Da hast du alles an Infos«, sagt sie und schlägt die dünnen Beine übereinander. Ich starre auf ihre sehr, sehr hohen Schuhe. Taubengraues Wildleder, passend zum Rock. Meine Achtzentimeterabsätze sehen gegen Paolas Traumschuhe wie Flachtreter aus. »Außerdem konnte ich bei der Verlagsleitung etwas für die Ausstattung lockermachen.«

»Ausstattung?« Inga horcht auf. ›Ausstattung‹ hieß bei den vergangenen Reportagen, dass die Kolleginnen auf Verlagskosten shoppen durften. Nagelneue Badeanzüge. Watteweiche Bademäntel. Extraordinäre Sonnenbrillen und was frau sonst so braucht, wenn sie eine Reportage über Wellnessoasen schreibt.

»Am besten gehst du in dieses Sportgeschäft am Alex.« Das Wort ›Sportgeschäft‹ spricht Paola mit einer Mischung aus Belustigung und Verachtung aus. Aus den Augenwinkeln sehe ich, dass Inga grinst. Ich weiß, welchen Laden am Alexanderplatz Paola meint. Nämlich einen von denen, die ich freiwillig nie betreten würde. Ich seufze, nehme die Infomappe entgegen und nicke demütig.

»Ach ja, das Beste weißt du ja noch gar nicht!« Paola lehnt sich zurück und strahlt mich an. »Dem Veranstalter ist ein Teilnehmer abgesprungen. Du kannst schon morgen fliegen!« Was sie dann noch sagt, bekomme ich nicht ganz mit. Nur Stichworte: Flug nach Stuttgart, Mietwagen, sowas. Mittwoch. Heute ist Mittwoch. Morgen Donnerstag. Und statt am Freitag wie geplant einen gemütlichen Abend mit Inga zu verbringen, soll ich hinter wilden Tieren durch die schwäbische Pampa latschen. Meine Laune ist da, wo der Nullpunkt ist. Was ich Paola nicht zeige, hoffe ich. Die schwadroniert noch ein bisschen über die neue Ausgabe, das Exklusivinterview mit Iris Berben und die happy-fancy-romantic Fotostrecke für die Herbstausgabe, für die sie samt Fotograf nach Südfrankreich fliegt. Dann endlich, endlich schält sie sich aus dem durchgesessenen Sofa, streicht ihren Rock glatt und zieht ein Büro weiter.

»Uff.« Ich bin platt und lasse mich auf meinen Bürostuhl sinken. Die Mappe liegt drohend vor mir auf dem Schreibtisch. Ich schiebe sie nach rechts. Nach links. Und stopfe sie schließlich in meine Handtasche. Lesen kann ich das auch später. Zu Hause. Oder gar nicht.

»Wie weit bist du mit dem Artikel über ganz spätes Mutterglück?«, will ich von Inga wissen. Die verdreht die Augen.

»20 Zeilen.«

»Na passt doch.« Inga muss in einer Woche abgeben. Da sind 20 Zeilen über Frauen, die jenseits der 45 schwanger geworden sind, doch schon eine Menge. Meine Kollegin stöhnt.

»Ich weiß, was du willst«, knurrt sie.

»Na dann, worauf wartest du?«

Inga seufzt ergeben.

Eine dreiviertel Stunde später und nachdem ich mich im redaktionellen Mailsystem ordnungsgemäß abgemeldet habe, sind wir mit Erlaubnis ihrer Hoheit Paola von und zu Donatella am Alexanderplatz angekommen. Trekking erfordert schließlich eine spezielle Spezialausstattung. Die ich definitiv nicht besitze. Und auch gar nicht besitzen will. Welche gesunde Frau in Berlin braucht unförmige Wanderschuhe, mannsgroße Rucksäcke und Hosen mit 20 Taschen an jedem Bein? Eben. Wir folgen den Touristen aus der U-Bahn, und ich atme tief ein. Nichts riecht so wie Berlin und seine U-Bahnen: ein bisschen muffig, ein bisschen warm, ein bisschen nach Eisen und ein bisschen nach toter Ratte und frisch aufgebackenen Schrippen. Viele nehmen diesen Geruch nicht mehr wahr, aber ich freue mich jedes einzelne Mal, wenn ich an der Großstadtluft schnuppern darf. Ich habe auch schon Vergleiche angestellt. Die Metro in Paris hat eher eine süßliche Note im Odeur. Was vielleicht an den Parfums liegt, mit denen die Franzosen sich so gerne einnebeln. London dagegen riecht ein bisschen wie ein nasser Putzlappen. Mehr Vergleiche habe ich nicht, aber in dieser Reihe riecht mein Berlin einfach am besten. Als wir auf die Straße treten, hakt Inga mich unter. Ich sehe das Shoppingcenter schon von Weitem – und habe gar keine Lust darauf. Stattdessen wandert mein Blick zum Fernsehturm, der sich wie eine übergroße Stecknadel aus Beton über dem Platz erhebt. Von da oben hat man einen fantastischen Blick auf die ganze Stadt, und ich nutze gerne jede Gelegenheit, mich vom Aufzug in die Höhe katapultieren zu lassen. Da oben ist es irgendwie surreal. Leider hatte ich bislang erst drei Mal die Gelegenheit dazu. Beim ersten Mal konnte ich es absolut gar nicht genießen, weil ich gegen meine Höhenangst zu kämpfen hatte. Knapp was über 200 Meter sind eben über 200 Meter! Beim zweiten Mal waren meine Eltern mit dabei, und ich habe es nicht gewagt, einen Cocktail gegen meine Höhenangst zu trinken. Und als ich das dritte Mal auf dem Alex war, haben Marvin und ich die ganze Zeit geknutscht, da war nichts mit Aussicht. Ich ruckle an Ingas Arm.

»Erst mal Alkohol«, verkünde ich. »Betrunken sehe ich nicht, wie beschissen ich in einem Wanderoutfit aussehe.«

»Cheerioh!« Inga lacht. Für ein Schlückchen ist sie immer zu haben.

Wir haben Glück. Die Schlange vor den Aufzügen ist sehr kurz. Den Shop mit Berliner Andenken, wo es alles vom Ampelmännchen als Plätzchenausstecher bis Radiergummis in Fernsehturmform gibt, lassen wir links liegen. Dadurch gelingt es uns, die Horde schwäbischer Touristen zu überholen, die laut tratschend die Treppen hinauf steigt.

»Noo ned huudla!«, ruft ein Opi, als ich ihn aus Versehen anremple.

»Ihnen auch einen schönen Tag«, sage ich und nicke ihm aufmunternd zu.

»So äbbes däds bei uns dahoim ned gäba«, brummelt der Herr und sieht uns nach, wie wir flugs – weil ja geübt – die Sicherheitskontrolle passieren. Vor den beiden Aufzügen steht … niemand. Ist mir noch nie passiert, und ich freue mich schon darauf, mit Inga allein die 40 Sekunden im Lift zu genießen. Naja, allein ist man da nie, es fährt ja immer ein Liftboy mit. Meistens ein älterer Herr, der auf einem Barhocker neben den Knöpfen sitzt und der jedes Mal dasselbe erzählt. Dass der Aufzug sechs Meter in der Sekunde an Höhe gewinnt. Dass man das an der Lichtleiste ablesen kann. Und dass er nicht nach Köln fährt, falls jemand falsch zugestiegen ist. Ich habe es noch nie erlebt, dass der Spruch jemandem auch nur ein mildes Lächeln entlockt hat.

Die Tür des rechten Lifts gleitet auf, und ein halbes Dutzend Japaner oder Chinesen kommt laut plappernd aus dem Aufzug. Mister Liftboy – tatsächlich derselbe Mann wie immer, und ich befürchte, er hat auch dasselbe

Hemd an wie immer – bittet Inga und mich galant in sein einspuriges Gefährt.

»I will au mit!« Oh nein. Der schwäbische Rentner kommt im Schweinsgalopp um die Ecke.

»Sonst noch wer?«, will der Fahrer wissen und wuchtet sich auf seinen Sitz.

»Noi, die send no beim Zoll. Mei Frau häd äbbes en dr Dasch, was ed gohd.« Ich versuche, zu übersetzen: Seine Kollegen sind offenbar noch an der Sicherheitsschleuse, weil die Gattin des Herrn was auch immer in ihrer Handtasche mit nach oben fahren wollte. Ich tippe auf eine Dose Linsen.

»Gugg, Mädle, häddsch ed so schnell laufa müssa!« Unser Mitfahrer sieht mich beifallheischend an.

»Entschuldigung, ich verstehe Sie nicht«, knurre ich.

»Ich sagte, Sie hätten sich nicht so beeilen zu müssen, jetzt sind wir gleich weit.« Huch, der Mann kann Deutsch! Der Liftboy schielt um die Ecke. Niemand kommt.

»Na dann wollen wir mal!« Die Tür gleitet zu. Und schon geht es nach oben, begleitet von viel ›Ah‹ und ›Oh‹ seitens des Schwaben, als der Fahrstuhlführer seine Litanei runterrattert. Während Inga und ich das typische Berliner Gesicht machen, nämlich unbeteiligt zu tun bis in die letzte Pore, hängt der Tourist förmlich an den Lippen des Liftboys.

»Falls jemand nach Köln möchte, dann ist er falsch eingestiegen.«

Inga verdreht die Augen. Ich verdrehe die Augen. Und der Schwabe lacht.

»Der isch guad!« Und dann ist es vorbei, wir sind oben angekommen. Unser Mitfahrer stürmt sofort zu den Panoramascheiben. Inga und ich biegen nach rechts zur Bar ab und klemmen uns jede auf einen der komplett unbesetzten

Hocker. Zwischen zwei und vier ist happy Hour, an normalen Tagen drängelt sich hier die Meute. Aber scheinbar sind wir mit dem Schwaben und dem Barkeeper alleine. Surreal, irgendwie. Aber egal, ich brauche Alkohol, schnappe mir die Karte und schwanke zwischen etwas Hartem und etwas ganz Hartem. Inga schwankt auch, obwohl sie noch stocknüchtern ist: Der Mann hinter dem Tresen ist sowas von genau ihr Beuteschema! Ich linse über den Rand der Karte und beschließe, meiner Freundin das Feld zu überlassen. Und die ackert auch gleich so richtig los, was ich verstehen kann, denn der Typ ist wirklich schick. Schwarze Locken, an den Schläfen leicht grau. Groß, schlank und stahlblaue Augen, die man in der Farbe sonst wohl nur in Form von künstlichen Kontaktlinsen kaufen kann. Seine scheinen echt zu sein, und Ingas Begeisterung auch. Binnen Sekunden weiß sie, dass er Mike heißt, aus Spandau kommt, eigentlich Streetworker ist und sich auch wundert, warum heute so wenig los ist.

»Macht ja aber nix, wenn ich so reizende Gäste habe«, sülzt Mike und sieht dabei Inga sehr intensiv an. Das heißt: ihre Augen eher nicht, sein Blick wandert eindeutig eine Etage tiefer, und ich ahne, dass meine Kollegin sich fragt, welchen BH sie eigentlich trägt und ob der das, was er pushen soll, auch ausreichend pusht.

»Dürfen wir was zu trinken haben?«, flötet Inga. »Wir haben nämlich einen Notfall.« Aha. Die Nummer mit dem hilflosen Schäfchen. Zieht bei den meisten Kerlen und scheinbar auch bei Mike, der begeistert nickt, vor lauter Freude vergisst zu fragen, was der Notfall ist, und uns ruck und zuck zwei Cocktails mixt, die so garantiert nicht in der Karte stehen.

»Notfall?«, frage ich Inga flüsternd.

19

»Ja, nein, eher Notstand ... ich meine ... hach, ist der süüüüß!«

Süß ist auch das, was Mike uns dann kredenzt. Jede Menge exotisches Obst, jede Menge Alkohol und obendrauf jeweils ein Schirmchen. Wahrscheinlich stellt Inga sich jetzt vor, wie sie unter einem großen Schirm liegt, Mike an ihrer Seite, ringsum Strand und ... ach, geht mich ja nichts an.

»Ich muss mal«, hasple ich, schnappe mir mein Glas und trolle mich um die Kurve. So gesehen ist es ja praktisch, dass hier oben alles irgendwie rund ist, und ich hoffe, dass es bei Inga und Mike auch rund läuft. Vor mir läuft der Schwabe und sieht gar nicht mehr so begeistert aus wie eben im Aufzug.

»Wo bleiben die denn?«, fragt er mich.

»Wer?« Ich lehne mich über das Stahlgeländer und starre nach unten. Dann nippe ich an meinem Cocktail. Holla, der hat's in sich! Keine Ahnung, was genau in meinem Glas ist, aber es haut definitiv rein und es ist sicher kein Vorteil, dass ich außer ein paar Schokorosinen noch nicht viel im Magen habe. Naja, die Ananasstückchen im Glas kann ich ja auch essen.

»Meine Frau, die Annerose. Und die anderen.«

»Vielleicht sind die stecken geblieben?«, scherze ich.

»Im Aufzug?« Der Mann macht sehr große, sehr runde Augen.

»Kann ja mal vorkommen«, unke ich. So weit ich allerdings weiß, ist das erst ein oder zwei Mal passiert. Wenn überhaupt.

»Ja und dann?«

Ich zucke mit den Schultern und sehe einem Doppeldeckerbus dabei zu, wie er an einer Ampel steht.

»Da muss man doch was machen!« Der Mann klingt ein bisschen verzweifelt, und er tut mir fast schon leid. Aber ehe ich etwas Beruhigendes sagen kann, ist er schon auf und davon Richtung Lift. Er drückt wie besessen auf den Rufknopf und es passiert – nichts.

»Des geits doch ed!«, schimpft er und noch einiges mehr, das ich beim besten Willen nicht verstehen kann. Seine Tirade wird durch das Klingeln eines Telefons unterbrochen. Ich schiele zur Bar. Mike hat den Hörer des Wandapparats in der Hand. Nickt. Brummt. Legt auf. Und ruft dann: »Der Lift hängt!«

Dem Schwaben fällt der Unterkiefer runter.

»Wie, der hängt?«

»Na, am Stahlseil, nehm ich an«, knurre ich und zerbeiße ein saftiges Ananasstückchen.

»Kleines technisches Problem«, erklärt Mike. Inga seufzt theatralisch.

»Darf ich Ihnen ein Getränk anbieten?« Der Barkeeper nickt dem Schwaben aufmunternd zu. Der zögert, freut sich dann aber sichtlich, als Mike ihm erklärt, dass das selbstverständlich aufs Haus gehe und das Portemonnaie des Touristen nicht belastet werde. Der Schwabe entscheidet sich für ›auch so eins‹, womit er einen Fruchtcocktail meint. Und da Mike gerade dabei ist, macht er davon gleich vier.

»Wie lange dauert das denn?« Unser Tourist nuckelt am Strohhalm, wobei er mit der Brille an das blaue Schirmchen stößt, welches auf dem Boden landet. Er bückt sich, hebt es auf und faltet es zusammen. Dann steckt er es in seine Hemdtasche »Kleines Souvenir für meine Annerose.«

»Tja, das kann schnell gehen oder länger.« Mike bleibt kryptisch. Inga hängt an seinen Lippen, und ich beschließe, ihr den Spaß zu gönnen.

»Sollen wir uns setzen?«, frage ich den Touristen. Er nickt und folgt mir zu einer stylishen, aber höllisch unbequemen Couch. Eine Weile nuckeln wir schweigend an unseren Drinks.

»Herbert, i be dr Herbert«, sagt der Mann schließlich.

»Stella.«

»Freit mi!« Er streckt mir die Rechte hin, und ich schlage ein. Sein Händedruck ist eine Spur zu fest. Er schüttelt meine Hand, als gäbe es dafür noch ein Freigetränk.

»Bisch du von hier?«

»Ja, bin ick, wa.« Na gut, perfekt Berlinern war noch nie meins. Schließlich komme ich aus dem Badischen, ein kleines Kaff, das auf den meisten Landkarten nicht mal eingezeichnet ist und das ich, wann immer möglich, tunlichst verschweige. Na gut, eigentlich wurde ich nur im äußersten Südwestzipfel des Landes geboren. Und bin dort auch nur in den Kindergarten gegangen. Und ein halbes Jahr in die Grundschule. Dann wurde mein Vater krank. Bis heute weiß niemand so genau, was diesen Mann, der in meinen Augen immer so stark wie ein Tannenbaum war, einfach so umgehauen hat und woran er kein halbes Jahr später starb. Meine Mutter weinte eine Woche lang, und als ich eben dachte, ihre Augen würden gleich aus dem Kopf geschwemmt, schnäuzte sie sich lautstark, sagte ›So‹ und begann zu packen. Zu telefonieren. Briefe zu schreiben. Und ehe ich wusste, wie mir geschah, stand ein Umzugswagen vor unserem Haus – und wir landeten in Berlin. Meine Mutter arbeitet noch heute in derselben kleinen Parfümerie wie damals, hat mittlerweile eine ganze Reihe Bekanntschaften verschlissen und mir keine Steine in den Weg gelegt, als ich direkt nach dem Abitur mit der Halbwaisenrente im Gepäck nach Tiergarten gezogen bin. Ich meine, mich zu erinnern, dass der Damalige auch Herbert hieß, kann aber auch Karlheinz gewesen sein. Im Moment scheint sie Single zu sein. Ich nehme mir vor, sie nach meiner Reportage mal wieder zu besuchen. Falls sie Zeit hat und nicht gerade mit einem Erwin, Johann oder wem auch immer anbandelt.

Herbert reißt mich aus meinen Gedanken. Er scheint mit meiner kleinen Dialekteinlage zufrieden zu sein, fischt mit dem Plastikstäbchen eine Erdbeere aus dem Glas und kaut begeistert.

»Mir send vo Wailenga«, erklärt er mir. Ich nicke. Dann erfahre ich, dass Herbert, seine Annerose und ein halbes Dutzend weiterer Schwaben jedes Jahr einen anderen Ausflug machen. Bislang haben sie schon Hamburg, Wien und Essen abgeklappert, waren in Köln, Berchtesgaden und einmal sogar in Paris. Davon allerdings bekommt Herbert noch immer rote Ohren, und mehr als sein geauntes ›Muhläng Ruhsch‹ ist ihm auch nicht zu entlocken. Heute hat die Truppe den letzten Tag in Berlin, und nach dem Besuch des Fernsehturms, der für die Schwaben definitiv noch in der DDR zu liegen scheint, steht noch Kultur auf dem Programm. Was, das hat Herbert vergessen. Oder verdrängt. Jedenfalls holt er Luft, starrt auf sein leeres Glas, schnappt sich meins und geht zur Bar. Ich verrenke mich so weit, dass ich sehen kann, dass Mike mittlerweile neben Inga sitzt. Zwar dreht sie mir den Rücken zu, aber ich kenne ja ihre Masche mit den auf ellenlang geschminkten Wimpern, die sie klappern lässt, und dem Schmollmündchen. Bei Mike scheint sie zu ziehen, denn er klebt förmlich an ihren Lippen und lässt sich von meinem neuen Freund Herbert nur ungern stören. Immerhin mixt er uns noch zwei Cocktails. Ich will Herbert zuru-

fen, ob er eine der kleinen Knabberschalen mit Nüssen
mitbringen kann, denn mittlerweile kreist der Alkohol
doch merklich in meinen Blutbahnen. Aber der schaut
nur unglücklich, als er hört, dass es aus dem Liftschacht
und von der Technik nichts Neues gibt.

»Wie lange können wir denn überleben?«, rufe ich. Mike
grinst.

»Verdursten muss bei mir niemand.« Und dabei sieht er
Inga sehr tief in die Augen. Oder den Ausschnitt. Kann ich
nicht so genau erkennen, denn in dem Moment steht Herbert vor mir und drückt mir meinen Cocktail in die Hand.
Dieses Mal ist das Schirmchen gelb und seines grün. Ich
nehme meins, falte es zusammen und gebe es ihm.

»Für Annerose.«

Herbert strahlt. »Des isch aber nett!«

»Gell!«, rutscht mir raus. Keine Spur Berlin. Herbert
scheint es nicht zu merken. Statt dessen bittet er mich,
ihm zu erklären, was man genau sieht, wenn man vom
Turm nach unten guckt. So ganz genau weiß ich das auch
nicht, aber der Schwabe kann ja nicht wissen, wo genau
die Botschaften sind, welche breite Straße wohin führt
und wo exakt die Mauer mal verlaufen ist. Ich finde mich
als Fremdenführerin ziemlich gut, und nachdem wir die
halbe Runde um den Turm gemacht haben und wieder an
der Bar ankommen, füllt Mike ungefragt nochmal zwei
Gläser für uns. Inga zwinkert mir zu. Ihre Wangen sind
gerötet und ihre Augen glänzen, was sicher nicht nur vom
Alkohol kommt. Ich verstehe und ziehe Herbert weiter.
Nächste Runde.

Draußen wird es langsam dunkel, und mir wird ein
bisschen schwummrig. Als wir erneut an der Bar vorbei-
kommen, ist Berlin zu unseren Füßen zu einem blinken-

den Lichtermeer geworden. Und der Boden unter meinen Füßen scheint auch Wellen zu schlagen. Zum nächsten Cocktail (rosa Schirmchen, auch für Annerose) schnappe ich mir eine Schale Cracker. Herbert und ich nehmen wieder Platz auf dem Sofa. So unbequem ist es eigentlich gar nicht. Wir teilen uns das Salzgebäck, und ich erfahre, dass mein neuer Kumpel mal Lehrer war, Erdkunde und Geschichte. Mein Vater war auch Lehrer. Allerdings Fahrlehrer. Ich frage mich, ob er mit mir auf den Alex gegangen wäre. Vielleicht schon. Viele Erinnerungen an ihn habe ich leider nicht, und sein Gesicht, das mir als Kind noch so präsent war, verschwimmt immer mehr, und an seine Stelle treten die verblassenden Fotografien aus Mamas rotem Album. Papa und ich neben dem Tannenbaum. Papa mit mir auf dem Arm, ich habe verheulte Augen und eine scheußliche selbst gestrickte Mütze auf dem Kopf. Papa neben mir, als ich die Schultüte im Arm habe.

»Hassu Kinner?«, will ich von Herbert wissen und lutsche ein Stück Ananas.

»Ha noi. Des hätt nia glabbt. Schad.« Herbert seufzt und kippt den Rest seines Cocktails in den Rachen, dann rülpst er leise, und kurz darauf macht es ›Pling‹. Das kam allerdings nicht aus Herbert, sondern vom Lift. Wir rappeln uns hoch, wobei Herbert bedenklich schwankt, und starren zu den Aufzügen. Die rechte Tür gleitet auf. Außer dem Fahrer ist die Kabine leer.

»Wo isch mai Annerose?«, ruft Herbert.

»Sind Sie Herr Ketterle?«

»Höchschdper persönlich.« Herbert nimmt Haltung an, so gut das eben geht.

»Ihre Gattin lässt ausrichten, dass sie schon vorgefahren sind, um den Beginn der Vorstellung nicht zu verpas-

25

sen. Ich soll Ihnen das hier geben.« Er reicht Herbert ein Ticket. Für das Varieté. »Zur Pause könnten Sie das noch schaffen.«

Herbert hickst. »Kommsch mit?«

Ich schüttle den Kopf. »Ich muss noch shopp… shopp… einkaufen.«

»Grad schad.« Er reicht mir die Hand. Ich bitte ihn, kurz zu warten, und schiele um die Ecke. Inga und Mike sitzen mittlerweile so nah beieinander, dass die Luft zwischen ihnen förmlich knistert. Ich beschließe, die beiden in Ruhe turteln zu lassen, und fahre mit Herbert nach unten. Dort hat sich eine lange, lange Schlange vor den Liften gebildet. Die Leute murren, als wir aussteigen. Dabei können wir ja nichts dafür, dass hier mal ein paar Stunden nichts ging. Moment mal – Stunden?

»Herbert, wie spät ist es?«

Er taxiert seine Armbanduhr. »Dreiviertelneun.«

»Wie bitte?«

»Zwanzichfümmunvierzich.«

»Scheiße.«

»Des sagt mr aber ned.« Der Lehrer wackelt mit dem Zeigefinger vor meiner Nase.

»Zu spät.« Der Laden hat längst zu. Was vielleicht gar nicht so schlecht ist, denke ich, denn langsam wird mir ein bisschen schlecht. Ich begleite Herbert zur Bahn, setze ihn in die hoffentlich richtige und fahre selbst nach Hause. Irgendwo werde ich schon ein paar alte Turnschuhe haben, tröste ich mich selbst. Und mal ehrlich, es ist doch auch wurschtegal, wie ich angezogen bin, wenn ich mich von wildgewordenen Lamas anspucken lasse. Ich lehne den Kopf an die Scheibe, die angenehm kühl ist, und seufze. Irgendwo da oben hat Inga gerade den Flirt ihres Lebens.

Und ich? Reise unbemannt durch die Berliner Nacht, und vor mir liegen ein noch nicht gepackter Koffer und ein Trip, den ich freiwillig niemals gemacht hätte. Keine zehn Lamas hätten mich aus freien Stücken auf die Schwäbische Alb gebracht. Höchstens ein Wellnesshotel. Aber das ist in meinem Karriereplan wohl erst mal nicht vorgesehen.

WAS ANDERSWO GESCHAH,
DAS STELLA NICHT WISSEN KONNTE,
DAS ABER FÜR DIE GESCHICHTE WICHTIG IST

In der Schweiz starrte Regula Schmitt-Pfefferer etwa zur selben Zeit aus dem Fenster, als Stella das im Berliner Fernsehturm tat. Das heißt, sie starrte ihr eigenes Spiegelbild an, das an der Scheibe leicht verzerrt wirkte. Was, wie sie fand, sowohl zum Wetter draußen (trüb und regnerisch) und zu ihrer Stimmung (trüb und grau) passte. Selbst im verschwommenen Spiegelbild erkannte Regula die grauen Schatten um ihre Augen. Da konnte auch die teure Creme aus der Parfümerie am Mailänder Flughafen nichts mehr ausrichten. Ihre Haare, frisch blond gesträhnt und zu einem akkurat geschnittenen Bob frisiert, lagen wie Spaghetti um den Kopf. Immerhin war die Maniküre gelungen, auch wenn es Regula irrsinnig viel Kraft gekostet hatte, die anderthalb Stunden sitzen zu bleiben und nicht mit dem Kopf auf die Tischplatte zu knallen und sich womöglich die Nagelfeile der Fachkraft in die Augen zu rammen.

Hinter ihr auf dem Boxspringbett für knapp 3.000 Franken lag der Hartschalenkoffer, bis zum Rand gefüllt mit Klamotten, Handtüchern und Schuhen. Nicht das, was Regula sonst einpackte, wenn sie unterwegs war. Normalerweise stapelten sich in ihrem Gepäck Kostüme und Blusen aus Seide oder Leinen, Schuhe aus dem Waffenschrank, ein oder zwei Bücher, die sie dann doch nicht las. Und immer ein ganzer Stapel Broschüren. Hochglanz. Teures Papier. Mit Fotos, die die Firma ein Vermögen gekostet hatten, obwohl nur Käse darauf war.

Rohmilchkäse im Holzfässchen. Hartkäse auf einer Porzellanplatte. Schnittkäse auf Bauernbrot. Der Foodstylist aus Los Angeles hatte ganze Arbeit geleistet, und die Texter aus einer Züricher Agentur ebenfalls. Die meisten, denen Regula die Prospekte zeigte, bekamen sofort Appetit. Ihr dagegen war er seit Monaten vergangen. Sie konnte den Käse, den sie als Marketingleiterin auf Messen, bei Händlerverbänden und sonst wo präsentierte, nicht mal mehr riechen. Obwohl sie wusste, dass das buchstäblich Käse war und die wie Topmodels beleuchteten Lebensmittel mit Haarspray und Farben aus der Sprühdose auf lecker getrimmt waren und nach dem Shooting eigentlich auf den Sondermüll gehörten. Innerlich fühlte Regula sich wie ein Schweizer Raclette: zerlaufen und so richtig, richtig zäh und schwer.

Sie seufzte, was sie in letzter Zeit oft tat. Vielleicht durfte sie das mit 47 Jahren auch. Womöglich gehörte diese graue Stimmung sogar dazu, wenn man, wie sie, täglich damit rechnete, dass die Wechseljahre an die Tür klopften. Dabei fühlte sie sich nicht alt, nicht im Kopf. Nach zwei kurzen Ehen (anderthalb Jahre mit Herrn Schmitt, drei mit Herrn Pfefferer), die beide kinderlos geblieben waren, und der zwar nicht steilen, aber erfolgreichen Erklimmung der Karriereleiter hatte sie ein kleines Vermögen auf dem Konto, die Wohnung war beinahe abbezahlt und sie konnte sich jedes Kleid kaufen, das sie wollte. Blöd nur, dass sie seit ein paar Monaten keins mehr wollte. Auch keine Schuhe mehr. Sie ertappte sich dabei, wie sie in der Züricher Bahnhofsgegend umherstromerte und wie magisch angezogen wurde von den kleinen Läden in den kleinen Gassen, die Kitsch und Krempel im Angebot hatten. Ein Sortiment Teelichter erfüllte Regula mit demselben satten Gefühl wie noch vor Kurzem die hauchdünnen halterlosen Strümpfe aus dem Fachgeschäft. Mittlerweile hatte sie eine regelrechte Sammlung von roten, pinkfarbenen, hellblauen und apfelgrünen Kerzenhaltern, die wie Fremdkörper im ansonsten in Beige und Weiß gehaltenen Appartement wirkten. Ihrer Putzfrau gefielen sie – und ansonsten hatte noch kein Mensch die kitschigen Dinger gesehen. Wer auch? Regula hatte einen Job, da brauchte sie keine Freunde. Hatte auch gar keine Zeit dafür.

Sie wandte sich abrupt um und schnaubte. Seufzte. Klappte den Koffer zu und wuchtete ihn vom Bett. Die kleinen Rollen schnurrten wie ein Kätzchen, als sie den Koffer ins Wohnzimmer zog. Auf dem gläsernen Esstisch lagen die Unterlagen für die Reise. Noch so eine Sache, die sie an sich selbst nicht verstand. Das war wie mit den Kerzenleuchtern. Eigentlich hatte sie den aufgelaufenen Urlaub mit ganz viel Wellness verbringen wollen. Bali oder auch Thailand, Bungalow direkt am Strand. Oder Kenia, warum nicht, andere Frauen ihres Alters flogen auch nach Mombasa und ließen sich für drei Wochen von einem nachtschwarzen Loverboy vorgaukeln, eine Prinzessin zu sein. Aber die Angebote, welche das Internet vorschlug, waren ihr alle fad und grau vorgekommen. Sie konnte nicht einmal mehr sagen, wie sie die Homepage der Lamafarm in Süddeutschland gefunden hatte. Irgendetwas hatte dafür gesorgt, dass sie das Anmeldeformular ausfüllte. Den Kollegen hatte sie erzählt, sie ginge in ein Kloster, abschalten, unter Managern und Ihresgleichen. Regula pustete die drei Kerzen in den purpurroten Haltern aus und tippte sich selbst an die Stirn bei dem Gedanken, dass sie morgen in aller Herrgottsfrühe im Zug sit-

zen würde. Immerhin 1. Klasse, Ruheabteil. Dann warf
sie einen Blick auf das Smartphone. Keine Anrufe, aber
22 neue E-Mails. Sie drückte den Aus-Schalter.

Als Regula in Zürich sich die beige Bettdecke über den
Kopf zog und dem Kissen ein »So an Chääs!« zurief, warf
in Wiesbaden Bjarne Hellstern einen letzten Blick auf den
Käsewagen. Mit einem Kopfnicken bedeutete er dem Kellner, dass das Arrangement seinen Segen hatte, und der
Mann schob das Gefährt in den Gastraum. Bjarne gähnte
hinter vorgehaltener Hand und schielte auf die Bahnhofs-
uhr, die über der Schwingtür zwischen Restaurant und
Küche hing. Noch zwei, drei Stunden, dann war Feier-
abend. Seine Finger rochen nach Zwiebeln. Er nickte dem
Souschef zu und verschwand im Büro. Durch die Glasscheibe hatte er einen guten Blick auf das Geschehen an
den Herden. Das Klappern der Töpfe und die gebellten
Befehle der Kollegen drangen nur gedämpft in den Raum.
Bjarne setzte sich in den schwarzledernen Drehsessel.
Die Federn stöhnten, als seine gut 100 Kilo sie zusam-
mendrückten. Oder vielleicht hatte auch Bjarne selbst
gestöhnt. Kloppke, der Oberkellner, jedenfalls hatte so
etwas angedeutet. Dass ihm sein Chef in letzter Zeit gar
nicht gefalle (Bjarne gefiel sich selbst nicht), dass er sich
Sorgen mache (wenigstens einer!) und dass er ihm mal eine
Auszeit nahelege. Immerhin habe Bjarne seit der Eröff-
nung des ›Hellstern‹ vor 13 Jahren keinen richtigen Urlaub
mehr gemacht.

Kloppke durfte so etwas sagen. Schließlich kannten
die beiden sich von der Hotelfachschule. Das allerdings
war vor über zwei Jahrzehnten und, in Bjarnes Fall, über
30 Kilo Körpermasse weniger gewesen.

Kloppke musste nicht sagen, was Bjarne und er nur dachten. Dass das Restaurant blendend lief. Noch. Dass aber das, was einst den Geist und Erfolg des ›Hellstern‹ ausgemacht hatte, langsam verblasste. Die Finesse, mit der Bjarne aus regionalen Produkten Menus kreierte, die Gourmets aus der ganzen Region – bald aus ganz Deutschland – anlockten, verkamen langsam, aber sicher zum Standard. Seit Monaten war kein neues Gericht mehr auf die Karte gesetzt worden. Was nicht schlimm war, denn das Restaurant war über Wochen im Voraus ausgebucht, und Bjarne musste nicht befürchten, dass den Gästen die seit Langem gleiche Speisekarte auffiel. Trotzdem war es an der Zeit für etwas Ausgefallenes, etwas Neues. Etwas, mit dem er dem Anspruch gerecht werden konnte.

Aber wessen eigentlich? Kloppkes? Kaum. Dem der Gäste? Sie kamen, aßen und zahlten. Wie immer. Seinem eigenen? Aber hatte er den noch? Bjarne starrte auf seine Hände, die wie tot auf dem Tisch lagen. Betrachtete seine dicken Finger. Die akkurat gestutzten Fingernägel. Die molligen Handgelenke. Und dann den Ausdruck aus dem Internet, der rechts von ihm lag. Ein Blick auf die Wanduhr (dasselbe Modell, das auch in der Küche hing) zeigte ihm, dass er noch eine gute halbe Stunde Zeit hätte, ehe er den abendlichen Rundgang durchs Restaurant antreten musste. Die Gäste erwarteten das: Wer zu Hellstern kam, der wollte den Chef sehen. Wollte gefragt werden, ob es denn gemundet habe. Bjarnes Händedruck als Abschluss eines gelungenen Mahls war für die meisten das Sahnehäubchen auf dem Dessert. Und die meisten Gäste fühlten sich danach so wichtig, dass sie noch eine Flasche Wein orderten. Bjarne stöhnte. Dieses Mal war ihm sehr bewusst, dass er selbst und nicht das Sitzmöbel das Geräusch von sich gegeben hatte. Vom Farbausdruck glotzte ihn ein Lama an. Er glotzte zurück und überlegte für einen Moment, die Reise nach Schwaben zu canceln. Doch als der Souschef in der Küche den Lehrling anbrüllte, als ginge es um dessen Leben, wischte er den Gedanken beiseite. Stöhnte noch einmal sehr bewusst und wuchtete sich aus dem Sessel.

Zur selben Zeit, als Bjarne in Wiesbaden stöhnte, als Regula in Zürich aus dem Fenster starrte und als Stella in Berlin auf einen veritablen Rausch zusteuerte, schaffte Louis in Bremen es eben noch so, seine Hände über die Bettdecke zu legen, ehe Juliane die Tür aufriss. Dass sie, die er eben noch nackt vor seinem geistigen Auge gesehen hatte, nun leibhaftig vor ihm stand, brachte seine Erektion zum sofortigen Ende. Der kleine Louis schnatterte zusammen wie ein Ballon, dem man die Luft ablässt.

»Ich muss mit dir reden.« Juliane setzte sich auf den Schreibtischstuhl und starrte einen nicht vorhandenen Fleck irgendwo oberhalb von Louis' Bett an. Er folgte ihrem Blick und starrte ebenfalls an die Wand.

»Hörst du mir zu?« Das klang beinahe flehend. Louis unterdrückte ein Grinsen. In den vergangenen Monaten hatte er eine ganze Palette an Emotionen an Juliane kennengelernt. Von Freude bei seinem Einzug in das kleine Einfamilienhaus über wachsende Verwunderung bis hin zu Trauer, Wut und Resignation. Juliane sah bei allen Gefühlsarten gut aus, auch jetzt, wenn sie so flehend klang. Er wusste schon jetzt, dass er sie auch dieses Mal um den Finger würde wickeln können. Nicht, dass er das absichtlich machte, im Gegenteil. Ihm wäre es lieber gewesen, nicht 17 Jahre alt, mit großen schwarzen Augen und schwarzen Locken und mit diesem Akzent ausgestattet zu sein, den alle hier in Deutschland sooo süß fanden. Louis fand nichts süß daran, Franzose zu sein. Schließlich war er noch nie etwas anderes gewesen.

»Mia hat angerufen. Ich habe ihr gesagt, dass du bereits abgereist bist.« Juliane hörte auf, den imaginären Fleck anzustarren und starrte stattdessen ihren Gastschüler an.

»Eh oui. Merci.« Was hätte Louis sonst sagen sollen? Dass ihm Mia schnuppe war? Dass er gar nichts dafürkonnte, dass sie sich in ihn verknallt hatte, obwohl sie Manuels Freundin war? Und dass er seinen Gastbruder verstehen konnte, der ziemlich wütend geworden war, als er Louis und seine Freundin im Gästeklo beim Fummeln erwischt hatte? Dass Mia nicht knutschen konnte, und Manuel sich lieber eine Freundin suchen sollte, die nicht so viel sabberte?

»Hast du gepackt?« Juliane stand auf und wanderte vom Schreibtisch zum Fenster und zurück.

»Oui.« Was sollte er groß packen? Louis hatte wahllos ziemlich alle Klamotten, die er aus den Ardennen mit nach Bremen gebracht hatte, in seine Reisetasche gestopft.

»Ich hoffe, du benimmst dich.« Das klang – resigniert. Juliane wusste, dass er sich nicht benehmen würde. Das heißt, benehmen im eigentlichen Sinn würde er sich schon. Sie meinte, er solle nicht so viel rauchen (schon gar nicht selbst Gedrehte mit Zusatz aus dem Bahnhofsviertel) und nicht so viel trinken. Das Glas Rotwein zum Essen hatten sie und Alexander ihm erlaubt, wenn man das in Frankreich so machte. Gleichzeitig waren sie aber auch besorgt um Manuel – was, wenn er die Gewohnheiten seines Bruders auf Zeit übernähme? Louis sah da gar keine Gefahr, aber ihn fragte ja niemand. Manuel war keiner, der sich in

34

Clubs rumtrieb, Alkohol kam bei ihm nur im Rasierwasser vor, und mit Annika hatte er noch nie mehr getan, als Händchen zu halten. Hätte er – dann hätte sie sich nicht an Louis' Hals geworfen. Und dann hätte er jetzt nicht diese bescheuerte Woche im Irgendwo am Hals, während Juliane, Alexander und Manuel die Ferienwoche an der Nordsee verbrachten. Merde!

»Schüliane?«

»Ja?« Sie schmolz, wenn er ihren Namen so aussprach.

»Isch bin müde.« Er wollte, dass sie ging.

»Schlaf gut. Und … ach nichts.« Juliane beugte sich über ihn, als wäre er sechs Jahre alt, hauchte ihm ein Küsschen auf die Wange und schloss leise die Tür. Von nebenan hörte er das Wummern der Bomben, die Manuel auf eine Computerstadt fallen ließ. Er schloss die Augen und schnupperte. Ihr Parfum lag noch in der Luft. Seine Hände wanderten nach unten.

Zur selben Zeit, als Louis sich intensiv um den kleinen Louis kümmerte, als Regula in der Schweiz seufzte, als Bjarne in Wiesbaden sich aus dem Sessel wuchtete und als Stella sich wünschte, das Bett würde aufhören, sich zu drehen, klappte Gerry in Weinlingen das Notizbuch zu. Er seufzte. Stöhnte. Und beschloss dann, sich ein Bier zu holen. Oder auch zwei. Mehr nicht, denn erstens war der Kühlschrank ziemlich leer, und zweitens musste er am nächsten Morgen früh raus.

Die Holzdielen knarzten, als Gerry zum Kühlschrank ging. Die Tür klemmte ein bisschen, aber das war nun wirklich sein kleinstes Problem. Seit er das Haus geerbt hatte, war so manches Ding kaputtgegangen. Aber der Mensch kam mit verdammt wenig Technik aus. Der Röhrenfernseher im Wohnzimmer war nur noch ein Staubfänger, dass von den vier Herdplatten nur noch zwei funktionierten, war auch okay, und von den zwei Traktoren im Schuppen konnte er sowieso nur einen auf einmal benutzen. Immerhin war das Dach dicht, Onkel Philipp hatte es vor knapp sieben Jahren neu decken lassen. Und auch sonst war das Haus ganz gut in Schuss – mal abgesehen von den Tapeten aus den 1970ern, dem kackbraun gefliesten Bad und den Holzöfen als einzige Heizquelle. Man merkte dem Haus zwar immer noch an, dass hier ein Junggeselle gelebt hatte (und seit einem guten Jahr wieder einer wohnte), aber Gerry hatte ja auch nicht vor, einen Preis für schönes Wohnen zu gewinnen. Ihm würde es schon reichen, genügend Geld zu verdienen, um den anderen Teil seines Erbes in Schuss zu halten: eine Herde Lamas.

Gerry erinnerte sich nicht mehr so genau an das, was er dachte, als der Notar das Testament eröffnete. Jedenfalls war der Moment wenig feierlich gewesen in dem steril grauen Büro. Onkel Philipp war seit fünf Wochen unter der Erde, und Gerry hatte eigentlich damit gerechnet, ein bisschen Geld zu erben. Immerhin war er neben seinem irgendwo in der Weltgeschichte abgetauchten Bruder der einzige Neffe und Alleinerbe, denn seine Mutter war sieben Jahre vor ihrem Bruder ›von uns gegangen‹, wie es in der Traueranzeige geheißen hatte. Mit dem Geld, hatte er sich ausgerechnet, könnte er drei oder vier Jahre überbrücken und endlich seinen Magister machen. Oder einen Roman schreiben. Oder eine Reise machen. In seiner verschwommenen Erinnerung war das Haus seines Onkels längst verblasst. Die beiden Sommer, die er als Kind in Weinlingen verbracht hatte, stachen nicht aus dem Matsch seiner Memoiren hervor. Zwar erinnerte er sich an den Onkel als Sonderling, der mit sich selbst sprach und ansonsten seine Tage bei den Kühen und auf dem Feld verbrachte. Aber abgesehen von pflichtschuldigst geschluderten Weihnachtskarten hatte er seit dem Tod der Mutter keinen Kontakt mehr mit Philipp gehabt.

Seine Reaktion, als er erfuhr, dass an das Erbe die Lamas geknüpft waren, lag irgendwo zwischen Lachkoller und Entsetzen. So viel immerhin wusste der Notar, dass der Onkel von Milchvieh auf Kameliden umgestellt hatte, weil diese a) weniger bis gar nicht gemolken werden mussten und b) natürliche Rasenmäher für die steilen Wiesen rund um das Bauernhaus waren.

So ganz hatte Gerry diesen Zustand zwischen irrem Grinsen und ungläubigem Staunen auch ein Jahr danach noch nicht hinter sich gebracht. Ein Jahr, in dem er gebüffelt hatte, um den ›Kameliden-Führerschein‹ zu machen. In dem er gelernt hatte, dass Lamas quasi aufs Klo gehen (sehr praktisch, wenn sie immer in dieselbe Ecke köttelten), und wie man die Tiere fütterte, schor und vor allem streichelte. Leider fraßen die Viecher eine Menge. Noch ein, zwei Monate, schätzte er, dann wäre das Resterbe aufgezehrt, buchstäblich. Gerry rülpste und pustete dabei eine Bierfahne in die Küche. Auf die Idee, die Tiere ihren eigenen Lebensunterhalt verdienen zu lassen, hatte ihn Herbert Ketterle gebracht. Der ehemalige Lehrer organisierte dann und wann Ausflüge für die Weinlinger Grundschüler. Beim Besuch der zweiten Klasse auf Gerrys Hof waren 80 Euro aus der Klassenkasse in seinem Portemonnaie gelandet. Für eine Stunde, in denen die Kinder die Tiere fütterten, streichelten und ›Ah‹ und ›Oh‹ machten. Ein paar Recherchen im Internet, ein bisschen Ordnung schaffen in den oberen fünf Schlafzimmern und eine Anzeige. Viel mehr hatte es nicht gebraucht, um aus dem studierten Statistiker einen Hotelier zu machen. Oder so etwas in der Art. Gerry grinste, prostete sich selbst zu und beschloss, das zweite Bier zu kippen. Wer wusste schon, welche Freaks morgen über ihn herfallen würden?

Zur selben Zeit, als Gerry die zweite Flasche öffnete, als Stella endlich in einen unruhigen Schlaf gefallen war, als der kleine Louis sich erleichtert hatte, als Bjarne die Wohnungstür hinter sich zuknallte und Regula sich eine Ampulle einer schweineteuren Feuchtigkeitskur um die Augenpartie herum auftrug, knutschte Inga hemmungslos mit einem Berliner Barkeeper. Aber das ist eine ganz andere Geschichte.

DER ALB-TRAUM BEGINNT

STELLA

Dafür, dass das eigentlich nur ein halbes Auto ist, flutscht mein Gepäck sehr elegant in das Kofferräumchen. Ich bin seit gefühlten drölfzig Jahren nicht mehr hinter dem Steuer gesessen, wozu auch in Berlin? Erstens bin ich mit den Öffentlichen schneller, zweitens gibt es sowieso nie freie Parkplätze und drittens besitze ich ja gar kein Auto. Und auch wenn das hier nur geliehen ist, bin ich ein bisschen stolz, als ich mich auf den Fahrersitz des Smart klemme. Als ich den Rückspiegel justiere, zucke ich zwar zusammen, weil hinter mir ... nichts ist. Aber dann starte ich den Motor und lenke den Flitzer aus dem Parkhaus am Flughafen Stuttgart. Für ein paar Momente bin ich von den Knöpfen, Hebeln und Schaltern und dem Verkehr so abgelenkt, dass ich mich selbst dabei ertappe, wie ich zur Radiomusik leise mitsumme. Aber schon auf dem Autobahnzubringer gelingt es mir nicht mehr so ganz, mir einzubilden, dass dies mein Glückstag sei. Da kann Sunrise Avenue noch so fröhlich singen. Und da kann die Sonne noch so nett scheinen auf die grüne Landschaft um mich rum. Je näher mich das Navi an den Bestimmungsort führt, desto weniger Lust habe ich, die Motorleistung des Smart zu testen. Die letzten Kilometer auf der Autobahn zuckle ich hinter einem Lkw her. Immerhin kann ich so die Aussicht genießen. Viel Grün, wie gesagt, viele Bäume, viele kleine Ortschaften, und das ganze kitschig eingebettet in mehr oder weniger hohe Berge. Ich nehme an, Landschaft werde ich in den kommenden Tagen zur Genüge sehen.

Dabei muss ich mir ja eingestehen, dass ich heute schon mehrfach Glück hatte. Das erste Mal, als die Müllabfuhr durch meine Straße gescheppert ist. Und zwar eine halbe Stunde, nachdem ich meinen Wecker überhört hatte. Das zweite Mal, als meine Haare so gut lagen, dass ich sie nicht waschen musste, wozu ich aber ohnehin keine Zeit gehabt hätte, denn das Taxi, das ich im Rauschzustand vorbestellt hatte, wartete schon unten. Ohne Kaffee intus kam mir die Fahrt zum Flughafen zwar ziemlich neblig vor, aber ich war pünktlich und, oh Wunder, am Schalter von Lufthansa war kein Mensch vor mir. Auch nicht bei der Sicherheitskontrolle und auch nicht auf dem Weg vom Gate in den Flieger (was irgendwie kein Wunder war, denn alle anderen Passagiere saßen schon ... aber es hat auch was für sich, wenn man am Flughafen per Lautsprecher namentlich begrüßt wird). Ob das Dritte, das ich als Glück einstufe, nur eine Fata Morgana vom Restalkohol war, kann ich nicht sagen: Als ich mich von der Dame des Bodenpersonals verabschiedete, um über den mobilen Fangarm in die Maschine zu rennen, sah ich einen Mann hinter der Glasscheibe, die den Wartebereich abtrennt. Er winkte mir zu und sah aus wie Herbert. Immerhin gab es im Flugzeug ausreichend Kaffee, und der Geschäftsmann neben mir verkroch sich hinter dem Wirtschaftsteil seiner Frankfurter Allgemeinen, sodass ich die eine Stunde und acht Minuten Flugzeit wenigstens zum Teil dösen konnte.

Richtig wach fühle ich mich immer noch nicht, während das Navi mir jetzt die Ausfahrt ankündigt. Ich setze den Blinker. Der Lkw fährt weiter geradeaus, und ich überlege, ob ich ihm folgen soll. Richtung Süden. Irgendwo da hinten kommen die Alpen und irgendwo dahinter Italien. Aber Paola hätte sicher was dagegen, wenn ich auf eigene

Faust in Rimini recherchiere. Stattdessen mache ich brav, was die Uschi im Navi mir sagt, und durchquere Dutzende Ortschaften, die alle ziemlich gleich aussehen und die hinten alle -ingen heißen. Nach dem letzten -ingen führt eine Straße in sanften Kurven einen Berg hinauf, durch einen Wald, dann Felder, dann wieder Wald.

»Sie haben Ihr Ziel erreicht«, sagt Uschi mir, als ich das Ortsschild ›Weinlingen‹ passiere. Bis hierher haben Uschi und ich uns ganz gut verstanden. Jetzt trete ich auf die Bremse, lasse den Smart an einer Bushaltestelle ausrollen und frage sie, ob sie mir noch etwas sagen will. Will sie aber nicht. Kann sie ja auch gar nicht, weil ich vergessen habe, die genaue Adresse einzugeben. Ich krame die Unterlagen aus meiner Handtasche. Weinlingen. Lamahof. Na toll, haben die hier nicht mal Straßennamen? Ich mache den Motor aus und starre ein paar Minuten die Straße an. Ich sehe – nichts. Oder besser gesagt: niemanden. Gut, es ist erst kurz nach neun, vielleicht schlafen die alle noch? Würde ich jetzt jedenfalls tun, wenn ich dürfte. Darf ich aber nicht.

Ich starte den Motor und beschließe, die Straße runterzufahren. So groß kann das Kaff ja nicht sein. Nach ein paar Metern komme ich mir vor wie in einer Postkarte. Hinter einer Kurve ist ein altes Tor, das offensichtlich mal Teil einer Stadtmauer war. Erst befürchte ich, dass ich stecken bleibe, aber der Smart flutscht glatt durch. Die Räder hoppeln über das Kopfsteinpflaster. Ich erkenne einen Bäcker. Eine Metzgerei. Ein kleines Postamt. Die örtliche Bank und tatsächlich ein paar Klamottenläden, einen Optiker und den Ableger einer Billigschuhkette. Vor einem Laden, über dessen Tür ›Monis Mode‹ steht, schiebt gerade eine ältere Frau einen Ständer mit Blusen auf den Gehweg. Ich trete in die Bremse und lasse die Scheibe runter.

»Entschuldigung!«, rufe ich. Die Frau arretiert mit dem Fuß die Bremsen des Gestells und starrt mich an.

»Ich suche den Lamahof!« Sie mustert mein Auto, als sei das kein Smart, sondern ein Ufo. Dann fällt mir ein, dass ich ja nicht das ›B‹ für Berlin auf dem Kennzeichen habe, sondern ein ›S‹ für Stuttgart. Und wahrscheinlich wissen alle Schwaben, wo der Lamahof ist.

»Was suched Sie?« Sie kommt auf mich zu und beugt sich zu mir herunter. Sie trägt eine der Blusen, wie sie auch auf dem Ständer hängen: klassischer Schnitt, gedeckte Farben, Blümchen oder Karos.

»Lamahof. Ich bin auf der Suche nach dem Lamahof«, sage ich betont langsam.

»Momend amol.« Sie überlegt. Schaut nach rechts. Nach links. »Ah, Sie moined da Hof vom alda Philipp!«

»Kann schon sein.«

»Ha no. Des isch ganz oifach.« Sie legt los. Zum Glück nicht nur mit Worten, sondern auch mit Gesten. Ich kapiere so viel, dass ich aus dem Ort wieder raus fahren, wenden und mich nach links halten soll. Ich bedanke mich, winke ihr zu und gratuliere mir selbst dazu, dass ich einen Smart fahre, der sich in nur zwei Zügen in der schmalen Gasse wenden lässt. Bis zum Stadttor habe ich zwar wieder vergessen, wie genau ich fahren muss, aber viele Alternativen gibt es zum Glück nicht. Nach der Bushaltestelle biege ich links ab in einen Feldweg. Durchquere einen kleinen Wald, folge einem Weidezaun, und dann taucht hinter einem kleinen Hügel ein Bauernhof auf. Mein Fluchtinstinkt wird wach, als ich das schäbige Wohnhaus, den zerfledderten Schuppen und den rostigen Traktor sehe. Aber es hilft ja nichts, ich werde für das hier schließlich bezahlt. Das Auto stelle ich in sicherem Abstand zum Misthaufen unter einen ausladenden Apfelbaum. Dann steige ich aus.

»Hallo?«

Nichts. Keiner da?

»HALLO?«

Wieder nichts. Na gut, was habe ich erwartet? Einen Pagen, der mir den Wagenschlag öffnet, mir das Gepäck abnimmt und mich zur Rezeption begleitet? Das hier ist nicht das Adlon. Und ich bin kein Filmstar. Also gehe ich zur Haustür. Sie ist nur angelehnt. Und die Klingel funktioniert nicht. Ich rufe noch einmal »Hallo«. Bekomme wieder keine Antwort und beschließe, mich in dem Fall eben selbst einzuchecken.

Der Flur ist lang und ein bisschen düster. Am Ende führt eine schmale Stiege nach oben. Rechts von mir ist eine offene Tür. Die Küche. Ich trete ein und höre mich selbst »Oh!« rufen. Das ist ja … schnuckelig hier! Die schwarz-weißen Fliesen erinnern mich an einen alten Film. Der Holzofen allerdings scheint älter zu sein als das Kino: Es ist eines jener Modelle, für deren Nachbauten man Tausende hinlegt, wenn man sie in ein stylishes Loft stellen will. Dieser hier hat zwar sichtbare Gebrauchsspuren, strahlt aber immer noch den Charme vergangener Zeiten aus. Neben dem antiken Herd steht ein modernes Ceranfeld. Und daneben eine Spülmaschine. Immerhin scheint es hier also Strom zu geben. Und fließend Wasser. Was aber wohl noch keiner benutzt hat heute. In der Spüle stapeln sich Teller und zwei Töpfe.

Das Schönste ist aber mit Abstand der Esstisch. Er füllt beinahe den ganzen Raum aus. Gedrechselte Tischbeine. Und eine Holzplatte, der man die vielen Jahre deutlich ansieht, ohne dass sie schäbig wirkt. In der Mitte zieht sich ein Riss durch die Platte, wo das Holz gearbeitet hat. Gearbeitet und gegessen wurde an diesem Tisch offensichtlich viel: Ich streiche mit den Fingern über die Spuren von Messern im Holz. Um den Tisch herum stehen zwölf Stühle, wie man sie aus alten Landgasthäusern kennt. Immerhin liegen auf den Sitzflächen rote Kissen. Ich setze mich auf den Stuhl, der dem Herd am nächsten steht. Mein Blick fällt auf einen Zettel, der an einer Thermoskanne lehnt. Ich habe ein bisschen Mühe, die krakelige Schrift zu entziffern.

»Willkommen! Musste kurz weg. Kaffee ist fertig, Milch im Kühlschrank.«

Na, das ist ja mal … ungewöhnlich. Aber Kaffee klingt definitiv super. Ich sehe mich um. Über der Anrichte ist eine Leiste, die ich eher als Garderobe benutzt hätte. Aber an den Haken hängen Kaffeebecher. Jeder ist anders: Es gibt welche mit abgeschossenen Blumen, mit Goldrand, mit dem Aufdruck eines Autohauses. Ich entscheide mich für eine Katze. Der Kaffee ist stark. Genau das, was ich jetzt brauche. Nach zwei Tassen allerdings bin ich immer noch allein. Mittlerweile habe ich alle Einrichtungsgegenstände der Küche zwei Mal gescannt. Und im Kopf schon die ersten Notizen für meinen Artikel gemacht. Die schwanken irgendwo zwischen ›wie romantisch‹ und ›ein Unding, wenn keiner da ist‹. Mein Blick fällt auf ein schwarzes Buch, das auf der Anrichte neben zwei abgeschlagenen tönernen Krügen steht. Was für Michelle Pfeiffer im Film gilt, gilt für mich auch: Ich bin eine Frau – und ich bin Journalistin. Ich bin also die neugierigste Frau der Welt. Eine gute Ausrede, wie ich finde, um das Buch genauer unter die Lupe zu nehmen.

Die ersten Seiten enthalten Zahlen. Viele Zahlen. Ich blättere weiter. Auf der letzten beschriebenen Seite (davor habe ich in derselben krakeligen Handschrift, wie sie auch auf dem Willkommenszettel war, jede Menge Berechnungen und Wörter wie ›Heu‹, ›Schermaschine‹ und ›Tragegeschirr‹ entziffert) entdecke ich meinen Namen. Er steht neben einem dick durchgestrichenen anderen, wahrscheinlich der oder die Glückliche, an deren oder dessen Platz ich gerutscht bin. Unter mir stehen noch drei weitere Personen, aber lesen kann ich das beim besten Willen nicht. Neben meinem Namen steht die Zahl ›2‹. Ich nehme an, das ist meine Zimmernummer.

»Na dann, Stella, check eben selbst ein!« Ich mache mich auf die Suche nach der Zwei. Im Erdgeschoss allerdings ist sie nicht. Dort finde ich ein Wohnzimmer, das aussieht wie aus einem Möbelmuseum der 1970er. Sehr sehr retro. Nur der Flachbildfernseher passt nicht zu den braunen und ziemlich abgewetzten Cordsofas und der verblassten orangefarbenen Blumentapete. Außerdem sind da eine Speisekammer, ein kackbraun gefliestes Bad und ein Schlafzimmer, in dem ein Einzelbett aus Urgroßvaters Zeiten steht. Das sieht sehr privat aus. Ich schleiche die Treppe ins Obergeschoss hoch. Bingo: Die zweite Tür rechts ist die ›2‹, jedenfalls klebt ein weißes Blatt an der Tür, auf das eine windschiefe Zwei gemalt wurde. Der Zimmerschlüssel steckt von außen.

»Na dann«, sage ich zu mir selbst. Im leeren Haus klingt meine Stimme irgendwie zu laut. Ich mache die Tür auf. Wider Erwarten quietscht sie nicht. Und wider Erwarten ist das Zimmer – wunderschön! Wer hätte gedacht, dass sich hinter der gammligen Fassade des Hauses mit dem abgeplatzten grauen Verputz so etwas Hübsches verbirgt:

Unter einem Dachgaubenfenster steht ein antiker Holz-
tisch mit einem rot gepolsterten Stuhl davor. Dasselbe Rot
findet sich in den winzigen Rosen auf der Tapete und in
den ebenso winzigen Rosen der Bettwäsche. Der Kleider-
schrank passt exakt zum antiken Bett, und die Glaslampe
auf dem kleinen Nachttisch ist ebenfalls sehr alt. Ich fühle
mich, als sei ich in einem Mädchenzimmer von vor 100 Jahren gelandet. Ich gehe zum Fenster und schiebe die Gar-
dine, in deren Spitze kleine Schmetterlinge eingewebt sind,
zur Seite. Der Blick geht über einen Apfelbaum hinweg zu
einem Hügel – und da sind sie: fünf Lamas. Vom Fenster
aus wirken sie winzig. Die Wiese, auf der die Tiere stehen,
ist eingezäunt. Richtung Wald steht eine Art Schuppen,
der ziemlich neu aussieht. Die Tiere trotten gemächlich
herum. Ich muss gähnen. Zeit für einen kurzen Anruf in
der Redaktion, denke ich. Krame in der Handtasche nach
dem Handy. Da ist es aber nicht, liegt wohl noch im Auto.

»Nur kurz das Bett ausprobieren«, schlage ich mir selbst
vor. Die dicke Daunendecke raschelt, als ich sie aufschlage.
Die Matratze ist ein bisschen zu weich. Gegenüber vom
Bett hängt ein Ölbild, das eigentlich der pure Kitsch ist:
ein Strauß blassrosa Rosen in einer Glasvase. Aber es passt
zum Zimmer. Und mein Kopf passt zum fluffigen Kissen.

»Grüezi!«

»Neeee …«

»Hallo?«

»Noch fünf Minuten …« Ich hasse meinen Wecker.

»Höchstens.« Seit wann spricht der mit mir? Und seit
wann habe ich kitschige Blumen als Bettwäsche? Ich kneife
die Augen wieder zu.

»Die anderen sind unten.« Nein, das ist kein Wecker.

Und das ist auch nicht meine Wohnung. Ich setze mich auf – mir gegenüber in der Zimmertür steht eine groß gewachsene Frau, die aussieht wie aus einem Modemagazin. Und zwar ein Model.

»Hoi du, ich bin Regula Schmitt-Pfefferer.«

»Rehgulasch mit Pfeffer?«

Sie lacht. »Bisch du die Schdella?« Die Frau hat einen hörbaren Schweizer Akzent, auch wenn sie sich um Hochdeutsch bemüht.

»Stella, genau.«

»Ich soll dir vom Gerry ausrichten, dass es gleich Zvieri ... also ... Kaffee gibt.« Sie nickt mir zu und schließt leise die Tür. Ich schaue auf die Uhr. Kurz nach vier. Himmel, ich hab den halben Tag verpennt! Zu meinem Zimmer gehört zum Glück ein Bad. Das ist weit weniger schön als meine Kemenate. Aber das eigelbfarbene Klo, die schmale Dusche und das gelbe Waschbecken, über dem ein alter Alibert hängt, erfüllen ihren Zweck. Leider habe ich mein Gepäck noch im Smart und kann mich nur mit der Puderdose und dem Gloss aus der Handtasche einigermaßen aufhübschen. Die zerzausten Haare versuche ich, mit den Fingern in Ordnung zu bringen. Und der verschmierte Kajal – muss eben halbwegs verschmiert bleiben. Jetzt bin ich doch neugierig auf ›die anderen‹, die laut Regula – habe ich wirklich gerade im Halbschlaf Rehgulasch gesagt? Peinlich! – unten in der Küche warten. Schon auf der Treppe steigt mir der Geruch von frisch gebrühtem Kaffee in die Nase. Die Küchentür steht offen und ich kann Stimmengemurmel hören. Auf halber Treppe bleibe ich stehen, denn mit einem Schlag bin ich nervös. Was, wenn die alle doof sind? Was, wenn da lauter Naturburschen hocken, die

ein Überlebenstraining machen wollen? Andererseits …
Regula sah nun wirklich nicht wie eine Sportskanone aus,
und außerdem bin ich hier nicht in der Schule. Stella, rufe
ich mich selbst zur Räson, Stella, du bist keine zehn Jahre
alt, also reiß dich zusammen!

Trotzdem klingt meine Stimme ein bisschen piepsig, als
ich in die Küche trete und »Hallo« hauche. Am Küchentisch sitzen neben Regula noch ein sehr sehr dicker und
ein sehr sehr junger Mann. An der Kaffeemaschine han-
tiert ein weiterer Mann in Jeans und kariertem T-Shirt. Er
dreht sich zu mir um und zeigt mir genauso ein Lächeln,
für das männliche Models horrende Gagen kassieren. Für
ein Model ist er ein bisschen zu klein, und seine halblangen
Haare sind ein bisschen zu wirr. Aber die grünen Augen,
die aus dem leicht gebräunten Gesicht leuchten, machen
das wieder wett. In der Donatella-Redaktion würde ein
Foto von ihm kollektives Seufzen auslösen.

»Hi, ich bin Gerry!« Ah. Offensichtlich der Gastgeber.
Er streckt mir die Hand hin. Ich schlage ein.

»Stella.«

»Super, dann sind wir ja komplett.« Gerry drückt mir
ungefragt einen Kaffeebecher – dieses Mal mit einem gelben Smiley bedruckt – in die Hand und setzt sich ans Kopfende des Tisches. Ich nehme neben Regula Platz, gegenüber dem dicken Mann, der aus der Nähe betrachtet noch
dicker wirkt. Neben ihm geht der Junge fast unter.

Ich nicke den anderen zu. Niemand sagt etwas. Regula
rührt drei Stück Zucker in ihren Kaffee (Bärchenbecher).
Der dicke Mann (roter Becher mit weißen Punkten) nimmt
einen ordentlichen Schuss Milch, und der Junge neben
ihm schüttet Milch und Zucker in seinen Becher, den ein
verwaschenes New Yorker Taxi ziert. Wir taxieren uns

gegenseitig, und irgendwie hat die Situation etwas Surreales. Endlich räuspert sich Gerry.

»Also dann, herzlich willkommen!« Er hebt seinen mit einem Hund bedruckten Kaffeebecher und prostet uns zu.

»Danke«, sage ich.

»Merci vielmals«, sagt Regula.

»Dankeschön«, sagt der Dicke.

»Merci beaucoup«, sagt der Junge.

Oh. Wie süß! Ein Franzose. Er wirkt ein wenig schüchtern, und ich möchte ihn am liebsten in den Arm nehmen und sagen, dass alles gut wird. Aber ich nehme an, als Teenager fände er sowas doof.

»Ich bin Gerry«, sagt Gerry. »Mir gehört der Hof hier.« Wir anderen nicken unisono. Unser Gastgeber räuspert sich und heißt uns dann nochmal willkommen.

»Ich weiß jetzt gar nicht so genau, was ich sagen soll«, gibt er zu und schaut uns der Reihe nach mit seinen grünen Augen an. Die wirklich sehr sehr grün sind. »Ihr seid meine ersten Gäste.«

»Oh!« Das war ich. Ich hoffe, es klang nicht zu entsetzt, aber mit diesem Geständnis hat Gerry meinen Plan für die Reportage gerade komplett über den Haufen geworfen. Ich wollte von ihm Highlights der vergangenen Jahre wissen. Die skurrilsten Gäste. Die wertvollsten Begegnungen, was eben die Donatella-Leserinnen interessieren könnte.

»Tant pis.« Der junge Franzose grinst. »Es ist ja auch meine erste Mal mit eine Lama.«

Der Dicke verschluckt sich beinahe am Kaffee, als er ein Lachen unterdrückt. Er hat offensichtlich dasselbe gedacht: dass unser junger Mitreisender bitte nichts anderes tun soll, als mit den Lamas zu wandern. Regula kichert. Dann berichtet Gerry, wie er den Hof von seinem Onkel geerbt hat. Samt Lamas, mit denen er selbst anfangs auch nichts anzufangen wusste. Ich notiere im Stillen alles mit, man weiß ja nie, was man nachher schreiben kann. Gerry gibt zu, dass er eigentlich kein Hotelier ist. Ich verkneife mir zu sagen, dass das Haus ja alles andere als ein Hotel ist. Das wäre aber fies, also halte ich den Mund. Und dass er sich überlegt hat, wie er das Futter für die Tiere – und für sich – bezahlen kann.

»Und deswegen seid ihr hier«, beschließt er seine Ausführungen.

»Passt doch.« Das war der Dicke.

»Wollt ihr euch auch vorstellen?«, schlägt Gerry vor. Und, als niemand reagiert, an Regula gewandt: »Fängst du an?«

Sie streicht sich die perfekt geschnittenen Haare hinter die Ohren, an denen kleine Perlen blitzen. Ich wette, die sind echt.

»Also ich bin die Regula aus Zürich.«

Wir vier anderen sagen wie aus einem Mund: »Hallo Regula.« Fehlt nur noch, dass jemand fragt, ob sie Depressionen, Probleme mit Alkohol oder sonst einen Grund hat, zur Selbsthilfegruppe zu kommen. Denke ich. Sage ich aber natürlich nicht, sondern höre zu, was Regula erzählt. Immerhin werden wir die kommenden Tage so etwas wie eine Familie sein. Oder zumindest ein Team. Oder zumindest Schicksalsgefährten. So genau kann ich das noch nicht einschätzen.

»Ich bin hier, weil ich mich in letzter Zeit einfach Käse fühle.« Weiter kommt sie nicht. Ihr Gesicht verzieht sich zu einer Grimasse. Sie läuft knallrot an, und ich senke betreten den Blick. Ich kann andere nicht weinen sehen. Regula gibt grunzende Geräusche von sich – und dann bricht sie in schallendes Gelächter aus.

»Verzeihung«, gluckst sie und schnappt nach Luft. »Aber das … ich …« Wieder kommt sie nicht weiter. Ich beiße mir auf die Wangen, aber ich kann nichts dagegen tun, dass mein Mund grinsen will. Ich schiele zum Dicken mir gegenüber. Er bebt. Und der Junge hat das Gesicht hinter den Händen verborgen. Gerry schaut von einem zum anderen, dann reißt er Mund und Augen auf – und lacht. Jetzt kann ich auch nicht mehr an mich halten. Das Kichern bahnt sich seinen Weg. Durch die Lachtränen sehe ich, wie der Franzose einen regelrechten Lachkollerzusammenbruch erleidet.

»Ich … tut mir leid …«, japst Regula schließlich und wischt sich die Lachtränen weg. Ihr sorgfältig gezogener Lidstrich hat sich aufgelöst.

»Das ist ja auch irgendwie blöd«, gibt Gerry kichernd zu. »Will jemand Kuchen?«

Statt einer Antwort bekommt er einen weiteren Lach-flash seiner Gäste. Während unser Gastgeber den Käse-kuchen anschneidet, schaffen wir es, uns einigermaßen in den Griff zu bekommen. Als Gerry ein riesengroßes Stück Kuchen auf meinen Teller schaufelt, geht es mir wieder so normal, dass ich »Danke« sagen kann.

»Guten Appetit!« Gerry piekst seine Gabel in den Kuchen, und wir anderen machen es ihm nach. Nachdem wir eine Weile schweigend gemampft haben, sagt Regula schließlich: »Also ich bin hier, weil ich mal so richtig abschalten muss. Mein Job ist Käse, echt jetzt.« Wieder grinst sie, wird dann aber ernst und berichtet von ihrem Broterwerb als Marketingleiterin einer Schweizer Käserei.

»Oh, den hab ich auf der Karte!« Der Dicke nickt. »Der ist super.« Regula sieht ihn fragend an.

»Ich bin Bjarne«, sagt Bjarne. »Ich hab ein Lokal in Wiesbaden.«

»Das Tartuffo?« Regula macht große Augen. Bjarne nickt.

»Und da kannst du als Sternekoch so einfach nicht am Herd stehen?« Sie sieht ihn verwundert an.

»Ja, kann ich.« Bjarne nimmt sich ein zweites Stück Kuchen und spricht mit vollem Mund weiter. »Hab einen guten Souschef. Und außerdem seit Jahren keinen Urlaub mehr gemacht. Und außerdem brauche ich das Rezept von dem Kuchen hier.«

Gerry zuckt mit den Schultern. »Den hab ich gekauft. Und aufgetaut.«

»Macht nichts. Hab seit Wochen nichts so Gutes mehr gegessen.« Bjarne piekt noch ein Stück Kuchen auf.

»Das kann nicht sein, wenn du 'ast eine eigene Bistro!« Der Franzose schüttelt den Kopf. »Wenn du bist Cuistot!«

»Du sprichst aber gut Deutsch«, sage ich.

»Isch bin Louis«, sagt Louis.

»Und wie kommt jemand aus Frankreich nach Weinlingen?«, will Gerry wissen. »Ich wusste gar nicht, dass meine Werbung so weit gestreut war. Ach nein, warte mal … Deine Adresse ist doch in Bremen?«

»Ah oui, pour le moment.« Louis verdreht die schwarzen Augen. Was süß aussieht. Seine Laune allerdings scheint säuerlich zu sein, als er erzählt, warum er jetzt hier ist. Denn eigentlich ist Louis Austauschschüler, der mit einem europäischen Stipendium aus einem Kaff in den Ardennen zu einer Bremer Familie kam, um sein Deutsch aufzumotzen. Im norddeutschen Gymnasium scheint alles rund zu laufen, allerdings nicht mit seiner Gastfamilie. Die haben ihren Gast hier geparkt und sich mit Sohnemann nach Sylt abgesetzt. Wellness. Ich seufze innerlich und kann sehr sehr gut verstehen, dass Louis jetzt auch lieber in einem schicken Hotel wäre und nicht auf einem schwäbischen Bauernhof. Er tut mir leid. Ich seufze.

»Was ist mit dir?« Bjarne nickt mir zu und leckt sich ein paar Kuchenkrümel von den Lippen.

»Ich bin Stella«, sage ich. »Aus Berlin.«

»Und?« Regula stupst mich sanft am Arm.

Ich habe zwei Möglichkeiten. Nummer eins: Ich sage, dass ich für die Donatella recherchiere. Nummer zwei: Ich denke mir irgendwas aus. Die Leute hier sind alle so nett, und ich fühle mich wohl – da will ich eigentlich nicht schwindeln. Andererseits möchte ich eine authentische Reportage schreiben. Wenn ich nun verrate, dass ich Journalistin bin, wird vielleicht der eine oder andere nicht mehr das sagen, was er eigentlich denkt – weil er oder sie befürchtet, das dann in der Zeitschrift zu lesen. Oder, was ich auch schon oft genug erlebt habe, die Leute erzählen mir ihre Lebensgeschichten bis ins Detail, weil sie wollen, dass das in der Zeitschrift zu lesen ist. Egal wie, als Journalistin hat man es nicht einfach. Die meisten denken, ich hätte einen Traumberuf. Das stimmt teilweise. Aber manchmal wünschte ich, Krankenschwester, Lehrerin, Sekretärin oder irgendetwas ganz Normales zu sein.

»Ich bin Sekretärin«, höre ich mich selbst sagen. Bingo. Keiner fragt weiter. Also erkläre ich noch, dass ich Gerrys Anzeige über Google gefunden habe. Und dass ich mal was anderes machen wollte. Nimmt man mir scheinbar ab, offensichtlich scheint der allgemeine Begriff für Sekretärin mit ›langweiliger Job‹ assoziiert zu werden. Was nicht stimmt, da muss man bloß die Mädels in der Redaktion fragen.

»So.« Gerry gießt sich noch eine Tasse Kaffee ein. »Was wisst Ihr über Lamas?« Würde er nicht so nett aussehen, könnte man glatt denken, er sei Lehrer. Aber Gerry sieht völlig tiefenentspannt aus, und ich habe wirklich nicht das Gefühl, hier in einem Klassenzimmer zu sitzen. Manchmal komme ich mir bei den Redaktionssitzungen ganz klein und ganz jung vor, und wenn ich etwas zum von mir geplanten Thema sagen soll, fühlt es sich fast genau so an, wie damals in der Schule: Stella hat nichts gelernt und muss trotzdem nach vorne an die Tafel gehen.

»Nichts.« Regula ist ehrlich.

»Naja.« Bjarne klingt auch nicht wissend. »Ein paar Rezepte …« Louis boxt ihn gegen den Arm.

»War ein Witz!« Bjarne wird sehr sehr rot.

»Ich … also … da gibt's doch einen Unterschied zwischen Lamas und Alpakas?«, rufe ich, um die Situation zu retten. Bjarne sieht mich dankbar an aus seinen himmelblauen Augen. Schade, dass er so dick ist, denke ich, aber vermutlich ist das bei ihm eine Berufskrankheit.

»Den gibt es allerdings.« Gerry steht auf, und ich befürchte schon, dass er jetzt zu dozieren beginnt. Tut er aber nicht. Stattdessen öffnet er die Küchentür und ruft: »Am besten sehen wir uns das mal live an.«

Wir folgen Gerry im Gänsemarsch über den Hof, gehen zwischen altem Schuppen und Wohnhaus durch und folgen einem schlecht geteerten schmalen Weg Richtung Weide. Von hier unten ist der Blick ein bisschen anders als oben aus meinem Zimmer – aber mindestens genauso schön. Die Wiese rechts und links des Weges ist gesprenkelt mit gelben und weißen Blumen. Hier und da steht ein Baum. Obwohl es nur ganz ganz leicht bergan geht, schnauft Bjarne hinter mir wie eine alte Dampflok. Regula und Louis dagegen laufen leichtfüßig hinter Gerry her, und ich bewundere die Schweizerin aufrichtig dafür, dass sie die Strecke in ihren Zehnzentimeterabsätzen so anmutig und scheinbar mühelos bewältigt. Ich habe Mitleid mit dem Koch und lasse mich ebenfalls ein bisschen zurückfallen, bis er neben mir ist. Dann passe ich meine Schritte seinem Tempo an. Er ist dermaßen außer Atem, dass ich mir eine Konversation sparen kann. Schweigend erreichen wir die anderen, die am Zaun zum Gehege stehen. Von den Lamas fehlt allerdings jede Spur.

Gerry stößt einen Pfiff aus, Respekt, mit Daumen und Zeigefinger im Mund. Habe ich noch nie geschafft, bei mir kommt da immer noch ein leises Fiepen zustande. Gerrys Pfiff allerdings hallt in der ganzen Gegend wieder. Und dann hören wir sie, ehe wir sie sehen: Aus dem kleinen Waldstück kommt Hufgetrappel. Es klingt ein bisschen so, als würde eine Herde Ponys auf uns zu traben. Nur gedämpfter, leiser. Und dann sind sie da: Die Lamas stürmen in vollem Karacho über die Wiese direkt auf uns zu, die langen Hälse nach vorne gereckt, der Gang schaukelnd wie bei einem Kamel. Und irre irre schnell. Unwillkürlich weichen wir alle, bis auf Gerry, einen Schritt zurück. Gerade als ich denke, dass die Herde in den Zaun kracht, bleiben die Tiere stehen. Aufgereiht wie Perlen an einer Schnur: schwarz-weiße, braune, rötliche, schneeweiße und weiß-braune.

»Oh!« Das waren wir alle zusammen. Und es kam von ganz tief innen. Mir gegenüber steht ein Lama mit schwarzem Fell, das von weißen unregelmäßigen Flecken durchbrochen ist. Um die schwarz glänzenden riesengroßen Augen mit Wimpern so lang, dass jede Frau vor Neid erblassen würde, hat das Tier weiße Flecken. Und auch die Ohren sind schneeweiß. Das Lama kommt noch einen kleinen Schritt auf mich zu, reckt den Hals über den Zaun, und dann stehen wir uns Auge in Auge gegenüber. Das Tier bläht die Nüstern, die über seinen vollen Lippen so weich aussehen, dass ich unwillkürlich die Hand ausstecken und es streicheln muss. Ganz ehrlich: Eine weiche Pferdeschnauze fühlt sich dagegen wie Schleifpapier an. Mein Herz wummert, als eine Welle aus … ja aus etwas wie Wärme, Kindheitserinnerung an heißen Kakao und Neugier durch meinen Körper flutet. Aus den Augenwinkeln sehe ich, dass auch die anderen sich langsam jeder einem Tier nähern. Regula krault das rötliche Lama am langen Hals. Louis klopft dem weißen Tier jovial auf das lange Fell. Und Bjarne presst seinen Bauch an den Zaun, um ein weiß-braun geschecktes Tier streicheln zu können. Gerry zaubert grüne Pellets aus seiner Hosentasche und reicht sie auf der geöffneten Hand dem braunen Tier, dessen Fell ein bisschen wie Milchschokolade aussieht.

»Rama, Lama, Ding, Dong«, sagt Gerry.

»Sollen wir jetzt singen?«, frage ich erstaunt und habe sofort die Melodie des Songs im Kopf. Bjarne offenbar auch, denn der wiegt sich in den Hüften und legt direkt los: »I've got a girl named rama lama lama lama ding dong, she's everything to me, rama lama lama lama ding dong …«

Louis grinst, dann schnippt er mit den Fingern und stimmt ein: »I'll never set her free, 'cause she's mine, oh mine …« Regula lacht. Gerry sieht uns verwundert an, aber dann kann auch ich nicht mehr, klopfe dem Lama vor mir im Takt an den Hals und wir schmettern zu viert weiter. »You won't believe, that she's mine oh mine … ooooh uuuuah aaaah!«

Bjarne wirft sich in die Brust und gibt ein bassiges »Bomm, Bomm, Bomm« als Taktgeber von sich. Wir anderen stimmen ein mit »I love her sooooo«. Es klingt ein bisschen schief, aber das stört uns nicht. Und die Lamas wohl auch nicht, denn sie recken die Hälse noch weiter in unsere Richtung. Eins scheint sogar im Takt mit dem Kopf zu nicken. Gerry guckt uns der Reihe nach an … und bricht dann in schallendes Gelächter aus. Stört uns aber nicht, wir bringen den Song so gut oder schlecht es eben geht zu Ende. Okay, uns fehlen ganze Textzeilen, aber das »Rama Lama Lama Ding Dong« haben wir spitze drauf. Mit einem vierstimmigen »Uuuh aaaaah uuuuuh« beenden wir unsere Performance. Gerry klatscht.

»Spitze!«, ruft er. »Dann darf ich also vorstellen: Das hier sind Rama, Lama, Ding und Dong.« Er zeigt auf die vier Lamas meiner Mitreisenden. Rama scheint Gerrys Tier zu sein, Regula krault das rotfarbene Lama namens ›Lama‹, Louis verpasst dem weißen Ding einen liebevollen Klaps auf den Hals, und Bjarne lässt sich vom weiß-braunen Dong beschnuppern. »Onkel Philipp stand auf Rock 'n' Roll«, erklärt Gerry.

»Süüüüper!« Louis scheint ehrlich begeistert.

»Und wer bist dann du?«, frage ich das Lama, das den Kopf schief legt und mich aus diesen unglaublichen Augen anschaut.

»Das ist Dalai.«

»Der Dalai Lama?« Jetzt bin ich doch erstaunt. »Eine Reinkarnation, oder wie?«

»Naja, kann schon sein, irgendwie.« Gerry stellt sich jetzt direkt neben mich, reicht mir eine Hand voll Graspellets, und ich halte meine Hand über den Zaun. Sofort macht sich das Tier über die Leckerei her. Mit unglaublich weichen und sanften Lippen.

»Dalai, das Lama«, flüstere ich.

»Das ist mit Abstand unser bravstes Tier in der Herde.«
Gerry wendet sich den anderen zu. »Ich denke, die Tiere
haben sich ihre Begleiter für die nächsten Tage ganz gut
selbst ausgesucht. Wenn ihr also einverstanden seid, dann
seid ihr ab jetzt für die Lamas zuständig, die ihr gerade
so nett krault.«

Keiner antwortet, aber wir alle nicken. Dalai auch, als
hätte er Gerry verstanden. Minuten lang spricht niemand
ein Wort, und während der Ohrwurm in meinem Kopf
langsam leiser wird, versinke ich in Dalais Blick. Und dabei
denke ich – nichts. Wann habe ich das letzte Mal ›nichts‹
gedacht? Ich weiß es nicht, bei all dem Trubel in meinem Leben. Aber das schiebe ich ganz schnell zur Seite
und schaffe etwas, was mir seit langer, langer Zeit nicht
mehr gelungen ist: mich völlig zufrieden zu fühlen. Leider kann das nicht ewig so gehen, denn irgendwann unterbricht Gerry unsere Schmusestunde. Die Lamas scheinen zu ahnen, was kommt, denn wie auf ein geheimes
Kommando hin drehen sie sich alle um, zeigen uns ihre
Hinterteile mit den puscheligen kurzen Schwänzen und
machen sich im gemächlichen Wiegegang auf den Weg
zum Schuppen.

»Die machen jetzt erst mal Pause«, erklärt Gerry und
sieht dabei auf seine Uhr. »Futter gibt's nachher, das
machen wir dann gemeinsam.«

»Und bis dahin?«, will Regula wissen, die ihrem Lama
Lama nachsieht. Gerry deutet auf eine kleine Baumgruppe,
unter der ein aus einem Baum gehauener Tisch mit eben-
solchen Bänken steht.

»Theorie.« Er grinst. Louis murrt. Trotzdem folgt er
uns, setzt sich neben Bjarne und hört einigermaßen auf-
merksam zu, als Gerry uns die wichtigsten Fakten um die

Ohren haut. Er kommt dabei dermaßen in Fahrt, dass ich mir nicht mal die Hälfte merken kann. Eigentlich sollte ich jetzt ein Notizbuch haben oder ein Diktiergerät, aber es wird mir zum Schreiben der Reportage nichts anderes übrig bleiben, als auf mein Gedächtnis und das Internet zu setzen. Oder auf das, was in den kommenden Tagen noch passieren wird. Ein paar Sachen bleiben doch bei mir hängen. Dass Lamas schon seit über 100 Jahren in Europa zu Hause sind, damals als Zootiere aus Südamerika gebracht. Dass sie als Neuweltkameliden mit fast jedem Futter zurechtkommen, das auch hier auf den Wiesen wächst. Dass sie aber am besten mit Heu klarkommen und immer einen Salzleckstein brauchen. Dass man sie wie Schafe scheren muss, und dass die Wolle ziemlich warm und ziemlich begehrt ist. Und dass sie, das finde ich am erstaunlichsten, quasi aufs Klo gehen: Im Gehege machen sie ihre Köttel immer an den selben Platz. Wie praktisch!

Dann widmet Gerry sich den Besonderheiten seiner Herde. »Der Dalai ist kastriert.«

Louis prustet los. Regula kichert und kann sich ein »Was soll ein Dalai Lama schon mit Eierli anfangen?«, nicht verkneifen. Auch Gerry muss lachen. Ich weiß nicht, ob ich ›meinen‹ Dalai nicht bedauern soll, weil er – ganz sicher ungefragt und sehr ungewollt – seiner Kronjuwelen beraubt wurde. Aber Gerry erklärt, dass zwei männliche Lamas in einer Herde sich nur bekriegen würden, was manchmal sehr sehr blutig enden kann. Kann ich mir vorstellen, die Zähne der Tiere sind nicht gerade klein. Rama, Lama, Ding und Dong sind Stuten. Die kommen super miteinander klar, und da Dalai keine von ihnen ernsthaft begatten will, gibt es auch keine Eifersüchteleien zwischen den Tieren. Rama und Lama sind Schwestern, Ding und

Dong stammen aus verschiedenen Aufzuchten in Norddeutschland.

Nach seinem Vortrag lotst Gerry uns zum Schuppen beim Haus, wo allerlei Gerätschaften hängen, liegen und stehen, die wie ein Zwischending aus Pferdezubehör und Folterkammer aussehen. Er erklärt uns die verschiedenen Halfter, Gepäckhalter (die ein wenig wie sehr unbequeme Kamelsättel in Klein aussehen), Zangen zum Schneiden der Zehennägel und und und. Irgendwo beim Scherapparat für die Wolle schalte ich ab und mustere meine Mitreisenden. Die werden ja, auch wenn sie davon keinen blassen Schimmer haben, eine Hauptrolle in meiner Reportage spielen. Und natürlich Gerry, der wie elektrisiert zu sein scheint von all den Dingen, die er uns präsentiert.

Regula wirkt auf den ersten Blick sehr konzentriert, doch je länger ich sie beobachte, desto mehr fällt mir eine gewisse Fahrigkeit auf. Immer wieder knispelt sie mit dem Fingernagel des rechten Zeigefingers am Daumen. Louis ist im Gegensatz zu Regula eine Statue. Die Hände hat er in den Taschen der Jeans vergraben, seine leicht schiefen Vorderzähne nagen an der Unterlippe, und ansonsten bin ich mir nicht sicher, ob er hormonell bedingt im pubertären Meditationsmodus ist oder tatsächlich zuhört. Bjarne hört zu. Das merke ich an den gezielten Zwischenfragen. Immer wieder streicht er über seinen kugelrunden Bauch, schmatzt leise und kneift die Augen zusammen. Dann konzentriert er sich wieder auf das, was unser Gastgeber erzählt.

Nach etwa einer halben Stunde sind wir entlassen bis zum Abendessen. Wobei Gerry offen lässt, ob er das Essen für uns oder das Futter für die Lamas meint. Mir soll es egal sein, der Kuchen von vorhin macht mich noch immer satt, und ich trotte zu meinem Mietsmart, um endlich mein Gepäck zu holen. So langsam habe ich Lust, mich mal umzuziehen. Immerhin ist Regula wie aus dem Ei gepellt, während ich mich ziemlich zerknittert fühle. Bjarne verschwindet irgendwo hinter dem Haus, Louis lässt sich gegen einen Baumstamm gelehnt ins Gras gleiten, und Regula stakt ins Haus.

Mein Handy in der Handtasche auf dem Beifahrersitz piepst. Ich wuchte meine Reisetasche über die rechte Schulter, schnappe mir den Lederbeutel und krame im Gehen nach dem Handy. Sieben Anrufe in Abwesenheit – alle von Paola. Und eine SMS von Inga: ›Hatte gestern die besten Cocktails meines Lebens. Komm gesund wieder!‹

Ich tippe eine schnelle Antwort: ›Das Lama Dalai sagt: Barkeeper können am besten schütteln …‹ Dann betätige ich, während ich die Treppe zu meinem Zimmer hinauf steige, die Rückruftaste. Paola geht nach dem zweiten Klingeln dran, und während ich mich samt Reisetasche aufs Bett plumpsen lasse, rattert sie schon los. Ich komme kaum dazu, auf die Frage zu antworten, wie es bisher lief.

»Hör zu, Stella, Inga ist heute nicht gekommen. Migräne oder so.« Ich muss grinsen. Die Migräne sieht saugut aus. Ein bisschen beneide ich meine Freundin.

»Jetzt weiß ich nicht, wo sie das Dossier für die exotische Kosmetikreihe hat.«

Ich weiß, wo es ist. Aber ich zögere, das Paola zu sagen. Denn es liegt verdammt nah an unserem geheimen Zigarettenvorrat im roten Salon. Und den muss unsere Chefin ja nun wirklich nicht entdecken. Ich stelle mich erst mal blöd.

»Dossier?« Während ich die halbhohen Pumps von den Füßen kicke, rattert mein Gehirn.

»Ja. Für die nächste Ausgabe.« Paola klingt ein bisschen genervt. »Ich, äh, brauche das jetzt.«

Sie hat ›äh‹ gesagt. Paola sagt eigentlich nie ›äh‹. Denn Paola ist eine von den Frauen, die immer wissen, was sie wollen. Deswegen ist sie vermutlich auch die Chefin und nicht ich oder Inga.

»Jetzt?« Ich lehne mich zurück. Und kann förmlich sehen, wie Paola in Berlin die Augen verdreht.

»Hör mal, ich steh im roten Salon. Also wo ist es wohl?«

Shit. Sie ist schon ganz nah dran.

»Hast du schon auf Ingas Schreibtisch nachgeschaut?«

»Natürlich!«

»Hast du sie schon angerufen?«

»Sie geht nicht dran«, knurrt Paola. Ich kann mir sehr gut vorstellen, warum Inga nicht ans Handy geht. Das Einzige, woran sie geht, ist wahrscheinlich Mike. Ich kann mir aber auch nicht vorstellen, warum Paola ausgerechnet jetzt und auf der Stelle einen Ausdruck braucht von einem Dossier, das noch lange nicht fertig bearbeitet ist. Ich starre auf die Blümchentapete. Und dann rutscht es mir raus: »Suchst du die Kippen?«

»…«

»Hallo? Bist du noch dran?« Mist, was hab ich da gesagt.

»Verdammte Hacke, ja.« Paola knirscht hörbar mit den Zähnen. »Ich brauche Nikotin. Ja, na und?«

Ich muss grinsen. »Kein Problem«, sage ich sehr generös. Wenn selbst die Chefin ab und an eine quarzt, kann sie uns wegen der heimlichen Raucherei schlecht anschwärzen.

»Regal, Kiste, hast du?« Was wohl Inga sagt, wenn sie weiß, dass Paola weiß … egal, ich höre das dankbare Seufzen meiner Chefin, lasse mir, während sie am offenen Fenster hörbar inhaliert, noch ein paar Tipps für die Reportage geben und komme gar nicht mehr dazu, ihr zu sagen, dass das hier irgendwie ganz anders ist als alles, worüber wir bislang im Reiseteil der Donatella berichtet haben. Paola wünscht mir einen schönen Abend, und ich lege grinsend auf. Schön zu wissen, dass auch sie nur ein Mensch ist.

Apropos: Es wird Zeit, dass Stella sich in einen Menschen verwandelt. Und ehrlich gesagt bin ich selbst ein bisschen gespannt, was ich gestern bei Nacht mit viel Nebel im Hirn eingepackt habe. Als ich den Reißverschluss meiner Tasche öffne, kommt so etwas wie Weihnachtsstimmung auf – allerdings hält die grade mal drei Sekunden an. Ich erinnere mich noch dunkel, dass ich durch meine Wohnung geflitzt bin, um alles, was ich für eine Trekkingtour im Nirwana benötigen kann, in die Tasche zu werfen. Ich hatte aber keinen blassen Schimmer, was mein Gehirn unter Alkoholeinfluss als nützlich erachtet.

»Ach. Du. Scheiße.« Ich lasse mich zurück aufs Bett plumpsen und wühle fassungslos in meinen Sachen. Die Packliste ist ... peinlich.

Obenauf liegt mein Beautytäschchen. Da das sowieso immer mit Minigrößen oder Pröbchen bestückt ist, hält sich die Überraschung hier in Grenzen. Duschgel, Shampoo, Haarspray und ein Deo, Bodylotion (kann man zur Not auch ins Gesicht schmieren) und das schwarze Kästchen mit Lidschatten, Mascara und Lipgloss ist da. Zum Glück habe ich in der Handtasche meine Puderdose. Nach einer Bürste suche ich allerdings vergeblich, abgesehen von der Zahnbürste und der fast leeren Zahnpastatube gibt das Täschchen nichts mehr her.

»Na, die werden ja irgendwo eine Drogerie haben in diesem Kaff«, muntere ich mich selbst auf. Und stöbere weiter, was meine Laune aber auch nicht wesentlich liftet. Was auch immer ich mir im gestrigen Nebel gedacht habe, ich kann es beim besten Willen nicht mehr nachvollziehen, als ich die Klamotten auf das Bett schütte. In dem Berg finden sich meine sieben schönsten BHs – allerdings keine einzige Unterhose. Nicht mal ein winziger Stringtanga. Die trage ich aber sowieso ungern, weil sie chronisch kneifen. Ich finde zwei Schlafshirts, das rote mit dem Snoopy und das schwarze mit der Mickey Mouse. Fünf Paar Wollsocken, zwei davon mit Noppen an der Sohle. Meinen etwas abgewetzten Badeanzug, den nagelneuen und ungetragenen Bikini aus dem Schlussverkauf und den dazu passenden Pareo habe ich auch eingepackt. Außerdem die weiße Seidenbluse mit den Fledermausärmeln, die knackengen Jeans mit den Strasssteinen an den Gesäßtaschen und den linken Turnschuh. Der rechte ist nicht zu finden. Mit in die Tasche gewandert ist außerdem meine blaue Strickjacke, die gut und gerne zehn Jahre auf dem Buckel hat, die aber so bequem und warm ist, dass ich quasi darin wohnen könnte. Und dann entdecke ich noch fünf Tops, alle weiß, Feinripp. Fehlkauf, weil etwas zu groß. Und außerdem nicht wirklich schön. Mit Müh und Not und dem verwaschenen Jeansrock, den ich sonst nur noch an heißen Tagen zu Hause anziehe, kann ich ein oder zwei Outfits zusammenstellen. Und die Jeans, die ich gerade anhabe, kann man sicher nochmal anziehen. Der Kaffeefleck am Knie fällt ja kaum auf. Ich ziehe die sehr zerknitterte Bluse aus und eins der Feinripp-Tops an. Schlüpfe wieder in meine Pumps und schnappe mir die Strickjacke. Auf dem Weg nach unten überlege ich, wie ich ohne Blamage darauf hinweisen kann, dass ich dringend einen Schuhladen brauche. Aber die paar Stufen bis in die Küche sind nicht lang genug. Also hole ich tief Luft, stoße die Tür auf und rufe: »Ich hab meine Schuhe vergessen!«

»Du ast doch welsche an.« Nur Louis ist da.

»Aber mit denen kann ich schlecht wandern.« Ich lasse mich ihm gegenüber an den Tisch sinken und stützte den Kopf in die Hände. »Ich muss shoppen.«

»Das mussen Frauen immer.« Louis grinst mich an.

»Riecht ja lecker«, sage ich, um etwas zu sagen. Und weil es aus dem Topf auf dem Herd wirklich gut riecht.

»Gerry 'at verboten zu essen jetzt.« Der Junge verdreht die Augen.

»Na, wir warten auf die anderen«, sage ich und merke, dass ich selbst ein bisschen Appetit habe. »Wo sind die denn überhaupt?«

Statt zu antworten, zuckt der Franzose mit den Schultern und sieht mich aus seinen schwarzblitzenden Augen an. Niedlich, denke ich, aber mindestens 20 Jahre zu jung. Der könnte mein Sohn sein. Fast. Unter dem Tisch piepst es. Louis zieht das Handy vor – natürlich das Neueste vom Neuesten, Smartphone mit allem Schnick und Schnack. Er starrt kurz auf den Bildschirm. Dann dreht er das Display so, dass ich es sehen kann. Ich erkenne eine blonde Frau in den 40ern, einen Mann mit Halbglatze und einen Teenager.

»Deine Familie?«, will ich wissen.

»Nisch wirklich. Nur mein Gastfamilie. Sind am Meer.« Ich kann seiner Antwort nicht entnehmen, ob er das gut oder schlecht findet. Und beschließe, nicht weiter nachzuhaken, warum die Drei wirklich ohne Louis unterwegs sind. Und weshalb er hier in Süddeutschland auf einem gottverlassenen Bauernhof hockt, statt auf Sylt Wellness oder Disko zu genießen. Wenn er was erzählen

65

will, wird er das schon tun. Später, denn jetzt platzen mit großem Getöse Gerry, Regula und Bjarne in die Küche.

»Tadaaa!« Regula scheint völlig aufgekratzt zu sein. Sie trägt noch immer die Klamotten von vorhin, allerdings haben ihre traumhaften Schuhe jede Menge Dreck abbekommen. In der Hand hält sie ein Bündel Blumen. »Frisch von der Wiese, ist das nicht ein Traum?«

Für die Lamas vielleicht, zum Fressen, denke ich. Sage aber nichts, sondern nicke nur, als Gerry ihr einen blau bemalten Tonkrug gibt, und Regula das gelb-weiße Ungetüm mitten auf dem Tisch parkt. Ich will gar nicht wissen, wie viele Fliegen, Käfer und Krabbeltiere da noch zwischen den Blumen hocken. Dann wuchtet unser Gastgeber den großen Topf vom Herd direkt auf den Tisch.

»Maultaschen!«, sagt er stolz und hebt den Deckel. Es dampft und riecht sehr sehr lecker. Mir läuft das Wasser im Mund zusammen und ich überlege, wie lange es wohl her ist, dass ich diese schwäbische Spezialität gegessen habe. Lange. Sehr lange. Bjarne quetscht sich auf den Stuhl neben Louis, Regula versenkt die Schöpfkelle im Topf, und Gerry stellt noch eine riesengroße Schüssel Kartoffelsalat auf den Tisch.

»Mahlzeit!« Unser Gastgeber strahlt uns an. »Von der Nachbarin gemacht. Ich bin ja nicht so der Koch.«

»Nachbarin?«, rutscht es mir raus. Gerry wird ein bisschen rot, aber so war meine Frage ja nicht gemeint. Ich ergänze ganz schnell: »Ich dachte, du wohnst hier irgendwie ganz alleine, also da ist niemand sonst, so ringsrum.«

»Doch, klar«, erklärt Gerry und setzt sich, nachdem er jedem von uns, außer Louis, eine Bierflasche mit Ploppverschluss hingestellt hat. »Halt nicht so eng wie in der

Stadt.« Louis schaut ihn an, als wolle er sagen, er solle das mit dem Bier nicht so eng sehen.

»Da, nimm meins.« Ich reiche dem kleinen Franzosen meine Flasche quer über den Tisch. Mir ist nach gestern noch nicht nach Alkohol. Er greift begeistert zu. »Du bist ja schon 16.«

»Isch bin siebsssehn.« Louis reckt das Kinn. Dann lässt er sehr gekonnt den Verschluss aufschnappen.

»Naja, eins macht ja nix.« Gerry schaufelt sich Kartoffelsalat und zwei große Maultaschen auf den Teller, die er mit jeder Menge Röstzwiebeln garniert. Wir anderen machen es ihm nach, wobei Regula sehr wenig Kartoffelsalat nimmt und auf die Zwiebeln ganz verzichtet.

»Très bon!« Louis schaufelt das Essen nur so in sich hinein. »Aber was ist das?«

Jetzt ist Bjarne dran. »Das ist eine schwäbische Spezialität. Das ist Nudelteig mit Fleischfüllung. Und Spinat.« Beim Wort ›Spinat‹ verzieht unser Franzose das Mündchen, isst aber trotzdem weiter und hört sich, wie wir alle, die verschiedenen Zubereitungsarten von Maultaschen an, die Bjarne runterrattern kann. Sein Vortrag endet mit einem beherzten, »Könnte ich auch mal auf die Karte setzen.«

Außer Regula nehmen alle noch mal Nachschlag. Nach einer guten halben Stunde schwimmt nur noch eine einzige einsame Maultasche in der Brühe. Die anderen sind bereits beim zweiten Bier angekommen, und ich frage meine Nebensitzerin, ob ich von ihrem Gebräu etwas abzapfen darf. Ich darf und mische das Bier mit Limonade. Bjarne zieht die Augenbrauen hoch, Louis sieht mich verwundert an.

»Radler!«

»Velofahrer? Wo?« Regula schaut mich irritiert an.

»Das nennt sich Radler. Bier mit Limo.«

Louis kichert. Wahrscheinlich hat er gerade ein neues Wort gelernt. Ich proste ihm zu. Bjarne faltet die Hände vor seinem Bauch und seufzt.

»Tja.« Das war Gerry. Wir sehen ihn erwartungsvoll an, und er wird wieder ein bisschen rot. Was ich niedlich finde. »Also, ich weiß jetzt auch nicht … ich habe nicht wirklich ein Programm für heute Abend.«

»Zum Glück!« Regula klatscht begeistert in die Hände. »Programm habe ich dauernd. Brauche ich hier nicht.«

»Eben«, stimme ich ihr zu. »Ist doch absolut gemütlich hier.« Das meine ich genauso, wie ich es sage. Die Küche strahlt etwas Kuscheliges aus, und wie wir da alle so am Tisch sitzen, kommt bei mir ein lang vermisstes WG-Feeling aus Studententagen auf.

»Alles ist gut«, brummt Bjarne und wischt mit dem Finger einen letzten Kartoffelrest aus seinem Teller. Louis nestelt etwas aus seiner Hosentasche. Ich will schon meckern, dass er jetzt ja wohl kein Handy braucht, aber er fördert eine silberne Dose zutage.

»Darf isch?« Er blickt in die Runde.

»Bonbon? Ja gerne!« Gerry hält ihm die Hand hin, zieht sie aber sofort wieder zurück, als der kleine Franzose die Dose aufschnappen lässt. Darin sind kleine braune Krümel.

»Zigarette.«

»Äh. Also mich stört das nicht«, gebe ich zu. Im Gegenteil, so ein bisschen Verdauungstabak käme mir ganz gelegen.

»Mach nur.« Gerry langt hinter sich und stellt eine Tasse ohne Henkel vor Louis. »Aschenbecher.«

»Ja dann.« Regula beugt sich zu Louis. »Zeig mal, wie

man damit Zigaretten macht.« Der Angesprochene packt noch ein paar weiße Kohlefilter und Zigarettenpapierchen auf den Tisch. Dann stopft er einen Filter in den Stoffbehang an der Innenseite des Deckels, füllt Tabak ein, benetzt ein Blättchen mit Spucke, gibt das auch dazu, klappt den Deckel zu – »et voilà!« Heraus kommt eine perfekte Kippe.

»Lass mich mal.« Bjarne versucht, mit seinen dicken Fingern den Tabak in die vorgesehene Vertiefung zu stopfen. Was ihm erstaunlich gut gelingt, aber als Koch hat er wahrscheinlich täglich mit Fummeleien zu tun. Auch er schafft eine passable Zigarette.

»Magst du?« Er hält mir sein Werkstück hin. »Ich rauche nicht, wegen des Geschmacks.«

»Gerne!« Ich greife die Zigarette, wobei meine Finger Bjarnes Hand berühren. Er senkt den Blick. Während ich die ersten paar Züge des verdammt starken Tabaks inhaliere, basteln die anderen weiter. Gerry braucht vier Versuche. Regula nur zwei. Louis schiebt den Ascher in die Tischmitte.

»Boah, ist das gemütlich!« Ich kann nicht anders, ich muss das sagen.

»Wie in meiner alten WG«, grinst Gerry.

»Du hattest eine WG?« Das finde ich spannend. »Ich auch. Ist aber schon lange her.«

»Bei mir auch. War eine schöne Zeit.«

»Was ist das, ein Wehgeh?« Louis macht große Augen und bläst einen perfekten Rauchkringel in die Luft. Das Licht der Lampe über dem Tisch bricht sich im Qualm. »Ist das ein Krankheit?«

»Eine Krankheit?« Ich muss lachen. »Ach so, wegen weh. Nein, Wohngemeinschaft. Da leben viele Leute in einer Wohnung.«

69

»Wie eine Familie?«

»Besser, da kannste dir die Leute nämlich aussuchen.«

»Très chic!«

Finde ich auch. Und das hier gefällt mir. Auch wenn wir nicht viel reden. Oder vielleicht gerade deswegen.

»Ich kann mir nicht vorstellen, mit jemand anderem das Bad oder Klo zu teilen, ich meine, so auf Dauer.« Regula schnippt mit den perfekt manikürten Händen die Asche ab. »Das klappt ja nicht mal mit einem Mann.«

»Dann ist es der falsche Mann«, schaltet Bjarne sich ein.

»Gibt es richtige Männer?« Regula sieht in provozierend an. Dann lächelt sie. Ganz leicht nur. Aber eine Emanze hätte ich in ihr auch nicht vermutet.

»Die gibt es. Aber es gibt so viele falsche Kerle, wie es falsche Frauen gibt«, stellt Gerry fest. Er klingt ein wenig resigniert. Ich traue mich aber nicht, nachzuhaken. Erstens kenne ich ihn kaum und zweitens will ich die Stimmung hier nicht verderben.

»Isch bin ein rischtige Mann!« Louis trinkt einen großen Schluck Bier. Ehe er jetzt in pubertäre Größenvergleiche oder Ähnliches verfallen kann, langt Gerry hinter sich, zieht die Schublade am Buffet auf und holt einen Würfel und einen Wecker raus. Der Zeitmesser ist eine Kuckucksuhr im Kleinformat mit sichtlichen Gebrauchsspuren. Am Häuschen fehlen ein paar Dachziegel. Aber er tickt offensichtlich.

»Spielen wir was?«

»Ooookay. Und was?« Bjarne sieht nicht gerade begeistert aus.

»Ihr könnt etwas gewinnen.« Gerry zwinkert uns zu.

»Ich gewinn sowieso nie was«, gebe ich zu. Es soll ja Menschen geben, die so etwas wie ein Glücksabo haben und ständig bei allen möglichen Preisausschreiben fette Gewinne abstauben. Ich hab erst einmal im Leben was gewonnen. Da war ich zehn, und der Preis war ein mit fünf Mark gefülltes Sparschwein der örtlichen Bank.

»Also, jeder von Euch darf einmal würfeln.« Gerry gibt Regula den Würfel. »Merkt euch eure Zahl!«

»Au ja, ich fange an!« Regula umschließt den Würfel mit beiden Händen, schüttelt, pustet und lässt ihn auf den Tisch klackern. »Sechs!«

Na bitte. Ich gewinne nie. Ich kralle mir den Würfel, lasse ihn einfach so aus der rechten Hand fallen. Eins. War ja klar.

Bjarne würfelt eine Vier. Louis auch. Die beiden müssen stechen und noch einmal ihr Glück versuchen. Bjarne schafft wieder die vier. Louis eine Fünf.

»Tatatataaaaa!« Gerry singt einen Tusch. »And the winner is … Stella!«

Ich? Huch. Regula sieht irritiert aus, schließlich hatte ja sie die sechs Augen.

»Das ist sozusagen ein Wanderwecker.« Unser Gastgeber hält die Kuckucksuhr hoch. Mir schwant nichts Gutes, als Gerry die Uhr vor mich hinstellt. Und richtig: »Stella ist morgen mit dem Frühdienst dran. Der Kuckuck kommt um sechs.«

»Wie bitte?« Ich gebe zu, das klang ein wenig panisch. Sechs Uhr? Mitten in der Nacht?

»Und was bedeutet das, Frühdienst?« Bjarne sieht mich ein wenig mitleidig an. Was mich ein bisschen tröstet.

»Futterbeschaffung.« Gerry grinst. »Ein kleiner Ausflug zum Bäcker. Halb sieben geht's los.« Ich seufze. Und seufze nochmal, als Gerry den anderen erklärt, dass sie vor neun nicht zum Frühstück kommen müssen. Ich tröste mich damit, dass ich die Pein hinter mir habe und übermorgen länger in meiner Blumenbettwäsche liegen darf. Hilft aber nicht viel, denn die gestrige Nacht steckt mir noch in den Knochen und ich kann das Gähnen nicht unterdrücken.

»Na dann.« Ich kippe den Rest meines Biers runter und stehe auf. »Ich geh dann mal.«

Aus vier Kehlen kommt ein »Gute Nacht und schlaf gut«. Ich winke in die Runde, schnappe mir den Kuckuck und versuche mir zu sagen, dass ›Bäcker‹ ja ein Laden ist. Und wo es einen Laden gibt, gibt es sicher auch eine Boutique in der Nähe. Ich brauche Unterhosen. Und Schuhe. Dringend.

WAS DAS INTERNET
WEISS ...

STELLA

Schönen Dank auch an den Mann im Mond. Der hat nämlich den Flakscheinwerfer eingeschaltet und direkt auf mein Fenster gerichtet. Ich kann aber bei Licht nicht schlafen. Lamas können das offensichtlich, denn die Tiere liegen, alle vier Hufe eingeklappt, gemütlich auf der Wiese, die ich vom Fenster aus sehen kann. Sieht ziemlich entspannt aus, und ich könnte direkt ein bisschen neidisch werden. Nein, ich bin neidisch. Seit zwei Stunden wälze ich mich hin und her. Das Bett ist wirklich bequem, daran liegt es nicht. Eher schon an den Schnarchgeräuschen von nebenan. Regula schnarcht wie ein ganzer Kerl. Aber: Sie schläft. Und das, verdammte Hacke, will ich auch.

Das Display meines Smartphones leuchtet auf. Eine neue Nachricht von Inga. Sie schläft also auch nicht.

»Hach«, schreibt sie. Dahinter drei Herzchen.

»Aaargh«, tippe ich. Mit fünf kleinen Teufelchen dazu. Schicke die Nachricht aber nicht ab, sondern wähle die Nummer meiner Freundin. Sie geht nach dem ersten Klingeln dran.

»Na, du Landei?«, begrüßt sie mich. »Musst du nicht mit den Hühnern ins Bett?«

»Mach dich ja nicht lustig«, drohe ich gespielt. »Erzähl mit lieber was vom ›Hach‹!«

Inga seufzt ausgiebig.

»Du hast heute blaugemacht, also komm, da will ich was hören!«

»Woher weißt du das?«

»Paola. Übrigens: Sie weiß, wo die Kippen im Salon sind.«

»Scheiße.« Inga klingt erschrocken.

»Keine Panik, die raucht selbst. War quasi ein Notfall.«

»Oookay. Ich frag lieber nicht. Würde mir nur die rosa Wolke zerstören.«

»Das klingt schon eher nach dem, was ich hören will. Also?«

»Hach.«

»Inga! Klartext!« Ich rücke das Rosenkissen zurecht und kuschle mich weiter unter die flauschige Decke.

»Zentimeter? Durchhaltevermögen? Was genau willst du so genau wissen?« Meine Freundin versucht, eine verruchte Stimme zu imitieren. Gelingt ihr aber nicht.

»Du Nüsschen.« Ich muss lachen.

»Also gut. Dann nur die harten Fakten. Apropos hart …« Inga lacht schallend. Ich kichere leise, schließlich will ich hier keinen wecken.

»Bist du allein?«, frage ich.

»Ja leider. Mike hat Schicht. Der Arme, ich wette, er ist ziemlich müde.« Wovon genau, das erfahre ich in den folgenden zehn Minuten. Inga muss gar nicht ganz ins Detail gehen, damit ich Bilder im Kopf habe. Von Sachen, die ich schon lange nicht mehr gemacht habe. Außerdem scheint dieser Mike eins von den Exemplaren zu sein, die nicht nur über einen tollen Körper, sondern auch über Grips verfügen. Er hat Inga zum Lachen gebracht. Er hat mit ihr über das Leben, dessen Sinn oder Unsinn und überhaupt gesprochen. Er hat sie mit einem fulminanten Frühstück am Bett verwöhnt.

»Hach.« Meine Freundin beendet ihre Erzählung mit einem wohligen Seufzen.

»Das klingt wirklich hach«, muss ich zugeben. Ein kleiner neidischer Dorn bohrt sich zwar in mein Herz, aber nur ein sehr kleiner. Schließlich ist Inga meine Freundin, und ich gönne ihr jedes Hach.

»Aber jetzt, erzähl, irgendwelche interessanten Kerle in Sicht bei dir?« Ich höre Inga pusten. Sie raucht, und ich wünschte, ich hätte auch eine Kippe. Aber ich würde mich sowieso nie trauen, im Zimmer zu rauchen. Und ich habe keine Lust, in die Küche zu gehen.

»Naja, sagen wir es mal so … ganz schön haarig.«

»Iiiih!« Wie ich auch, steht Inga nicht auf affenähnliche Pelzträger. Ich muss lachen.

»Dafür aber echt gut gebaut«, lege ich nach. »Und Augen … hach!«

»Weiter! Mehr!«

»Er heißt Dalai.«

»Wie bitte?« Inga verschluckt sich.

»Das Lama. Mein Lama. Das heißt Dalai.«

»Du Nuss!«

»Ansonsten … bei den Zweibeinern hab ich die Wahl zwischen einem verpeilten Bauern, einem pubertierenden Franzosen und einem Kerl in XXL.«

»Oh. Klingt nicht so bombig. Und sonst so?«

»Naja, ehrlich gesagt, ich muss morgen ziemlich früh raus.« Ich berichte Inga von meinem etwas zweifelhaften Gewinn beim Würfeln und dann verabschieden wir uns, nachdem ich ihr versprochen habe, sie auf dem Laufenden zu halten. Inga schickt noch ein ›Hach‹ durch die Leitung. Dann starre ich auf das Display. Auf die Wand. Auf das Fenster. Mist. Ich bin nicht mehr müde. Und die Tatsache, dass ich in gefühlten zehn Minuten mit Gerry zum Bäcker marschieren soll, macht das auch nicht besser. Ich bewundere und beneide ja die Menschen, die immer und überall und egal wann schlafen können. Ich kann das nicht. Konnte ich noch nie. Wo andere sich gemütlich seufzend in Morpheus' Arme werfen und sich schönen Träumen hingeben, wälze ich mich auf der Matratze hin und her. Regula jedenfalls scheint, dem Geräuschpegel nach, zu erster Kategorie zu zählen. Ich versuche eine Partie Solitär auf dem Handy. Geht natürlich nicht auf. Ich wische über den Button für das Internet und öffne Google. Google weiß alles und schließlich bin ich ja nicht zum Pennen hier, sondern beruflich. Ich muss also recherchieren. Als Erstes frage ich das www nach Lamas. Über 108 Millionen Treffer. Angesichts des kleinen Displays entscheide ich mich für die erste angezeigte Seite. Wikipedia. Weiß eigentlich alles. Zum Beispiel lerne ich:

Lamas sind Paarhufer. Können bis 150 Kilo schwer werden (JESSAS! Wenn das Tier mir morgen auf die Zehen tritt – gute Nacht!). Zu meiner Beruhigung weiß das Internetlexikon aber auch, dass das Alphamännchen – also in meinem Fall das Lama Dalai – das Tier ist, welches in Gefahrensituationen am ehesten die Ruhe bewahrt. Beruhigt mich ein bisschen. Und, puh, Lamas spucken laut Internet nur Artgenossen an. Und wenn ein Mensch die grüne Pampe abbekommt, sei die leicht abwaschbar.

Eigentlich sollte ich jetzt wirklich, wirklich schlafen. Aber selbst der Ausflug ins virtuelle Lexikon hat mich nicht müde gemacht. Also zurück zu Google. Ich bin Journalistin. Ich muss also recherchieren. Das ist quasi genetisch. Und eine ganz blöde Ausrede, ich weiß. Aber ehe ich mirs anders überlegen kann, was ich mir gar nicht überlegt habe, tippe ich Regulas Namen ein. Als ob sie ahnen würde, dass ich ihr im Internet hinterher spioniere, kommt ein Husten aus dem Nebenzimmer. Dann etwas, das ein bisschen nach Wildschwein klingt. Dann ist es still. Einen Moment lang befürchte ich, meine heimliche Recherche hat sie im Traum erreicht und sie platzt jeden Moment wutschnaubend zur Tür herein. Was natürlich nicht passiert, und so schaue ich mir an, was unter dem Suchwort ›Regula Schmitt-Pfeffer‹ zu finden ist. Das ist nicht ganz so viel wie zum Thema Lama – aber genug, um mir ein »Oha!« zu entlocken. Die schicke Schnarcherin scheint eine ganz große Nummer in ihrer Branche zu sein. Ich vergrößere ein halbes Dutzend Fotos, die meine Mitreisende zeigen. Regula im schicken Kostüm hinter einem Rednerpult. In einem anderen Kostüm an einem Messestand. Wieder in anderer, sichtlich teurer Klamotte hinter ihrem Schreibtisch. Und immer ist irgendwo Käse im Spiel. Und zwar genau der Schweizer Käse, den ich aus der Werbung im Fernsehen kenne. Und meistens auch kaufe. Weil er lecker ist. Ich bekomme automatisch Hunger und denke an den Restkuchen, der im Kühlschrank steht, verkneife mir das aber angesichts der perfekten Figur, die mir von den Fotos aus entgegen lacht.

Regula ist also in ihrem Job ein ganzer Kerl. Vielleicht macht sie deswegen beim Schlafen Geräusche wie ein Mann? Ich klicke weiter und sehe sie bei verschiedenen Kongressen in der Schweiz, in Berlin, sogar in Frankreich und Birmingham. Und bei einer Rede vor dem Europaparlament in Brüssel, wo sie über Feinheiten bei der Käseherstellung referiert, die ich nicht verstehe. Das Dokument mit der Rede klicke ich gleich wieder weg und scrolle mich durch die weiteren Suchergebnisse. Alle haben etwas mit Regulas Beruf zu tun. Von der privaten Frau Schmitt-Pfefferer ist gar nichts zu sehen.

Weil ich schon mal dabei bin und nun noch wacher als vorher, tippe ich Bjarne Hellstern in die Suchmaske. Der erste Treffer ist das ›Hellstern‹ in Wiesbaden, sein Restaurant. Ich habe immer noch Hunger. Aber ein virtueller Besuch in einem Gourmettempel macht nicht dick. Ich öffne die Homepage.

Auf der Startseite erscheint ein fünfarmiger Stern. Hinter jedem der fünf Zacken verbirgt sich eine andere Unterseite: das Restaurant, die Speisen, die Philosophie des Hellstern, die Auszeichnungen und im rechten oberen Zacken Bjarne Hellstern selbst. Das Restaurant selbst ist in einem wunderschönen Fachwerkhaus. Von außen schnuckelig, innen sehr modern und trotzdem gemütlich eingerichtet. Die gedeckten Tische verraten, dass es nicht ganz billig ist, hier seinen Hunger zu stillen. Und richtig: Zwar stehen unter dem Menüpunkt Speisen keine Preise, aber Worte wie Hummercreme, Austernrisotto, Filet vom Kobe-Rind oder Entrecôte an Rosmarinjus weisen darauf hin, dass ein Essen hier mehr kostet als bei meinem Lieblingsitaliener um die Ecke.

Was wohl seine Berechtigung hat, denn selbst ich als Essbanause weiß, dass zwei Michelinsterne sowas wie eine Krönung in Kochkreisen sind. Dazu kommen noch Auszeichnungen vom Gault Millaut und von Gourmetvereinigungen, deren Namen ich noch nie gehört habe. Die Philosophie des Hauses ist kurz und knackig: Freude am Kochen, Freude am Essen. Könnte auch von meiner Oma stammen, allerdings hatte die keine so extravagante Küche mit Kupferpfannen und Gasflammen, wie ich sie auf den Fotos sehe.

Ich klicke auf Bjarnes Zacken. Und staune nicht schlecht: die schwarzen Haare und die blitzenden Augen sind gleich geblieben, allerdings liegen zwischen dem Bild im Internet und dem Bjarne, der in einem der anderen Zimmer schlummert, gut und gerne 40 Kilo. Der Bjarne auf meinem kleinen Display sieht aus wie ein ganz anderer Mann. Okay, ein Bauchansatz unter dem blitzweißen Kochkittel ist zu sehen, aber ansonsten – wow. Hübsch! Unter dem Bild steht ein Text, der Bjarnes Karriere schildert. Vom Schulabbrecher zum Spitzenkoch. Mit Stationen in Hamburg, Lyon und auf zwei Kreuzfahrtschiffen. Das Haus in Wiesbaden war bis vor ein paar Jahren ein abbruchreifes Hüttchen, das er für einen Appel und ein Ei gekauft, saniert und in einen Gourmettempel verwandelt hat. Mit hauseigener Patisserie (daher also sein Faible für Kuchen!) und bestens sortiertem Weinbestand im alten Gewölbekeller. Beeindruckend. Mein Bauch rumort, und ich klicke schnell das Foto von dem perfekt arrangierten Teller weg, nachdem ich noch einen letzten Blick auf Bjarne in schmal geworfen habe.

Zurück zu Google. Unter dem Namen Louis Cornet finde ich drei Dutzend Franzosen, die so heißen. Bringt mich so nicht weiter, also beschränke ich mich auf die Fotos, die das Netz zu bieten hat. Auf einigen erkenne ich tatsächlich unseren kleinen Louis: mit Kappe, die Hände zum Rappergruß erhoben. Mit zerstrubbeltem Haar, cooler Pose, irgendwo an einer mit Graffiti verzierten Mauer. Auf einem Mofa, der Gesichtsausdruck so, als würde er auf einer schweren Harley thronen. Beim letzten Foto muss ich schmunzeln: Louis liegt sichtlich angeschlagen auf einem zerwühlten Bett, im rechten Arm eine Flasche Whiskey, im linken einen rosa Plüschhasen, und um ihn herum drei pubertierende Jungs, die sich schief lachen.

Mir ist gar nicht zum Lachen, als ich auf meinen zweifelhaften ›Gewinn‹ schiele. Der Wecker tickt unbarmherzig vorwärts, und es sind keine drei Stunden mehr, bis er schrillen wird. Ich stöpsle das Handy ans Ladegerät, ziehe mir die Kuscheldecke über den Kopf und presse die Nase ans Kissen. Es riecht frisch und blumig, und ich stelle mir vor, wie die Bettwäsche im lauen Wind an der Leine vor dem Haus trocknet. Irgendwo im Hintergrund tätschelt Gerry einem Lama den Kopf. Vögelchen piepsen, Bienchen summen, kleine Wölkchen schweben am Himmel, und mit diesem Kitschbild im Gepäck gleite ich endlich, endlich in den Schlaf.

FRÜHSCHICHT

STELLA

Er hat es verdient. Sowas von verdient! Nach gefühlten fünf Minuten Schlummer wummert der Wecker los. Okay, draußen ist es schon hell, und da piepsen, wie in meinem kurzen Traum, auch die Vögel. Allerdings nicht lieblich, sondern sehr schrill in meinen müden Ohren. Während ich versuche, das Weckteil zum Schweigen zu bringen, spucke ich ihm jede Menge Schimpfworte ans Zifferblatt. Dumpfbacke. Pfeifenheini. Affenarsch. Hackfresse. Doppeldepp. Kackbratze. Und einige Tiernamen, die nicht nett sind. Er hat es ja verdient.

Zufriedener und wacher bin ich nach der Schimpftirade zwar nicht, aber die Dusche hilft ein bisschen, damit ich mich wieder als Mensch fühle. Oder als so etwas Ähnliches. Haare waschen lasse ich bleiben, werfe mich in eins meiner beiden Outfits und schlüpfe in mein einziges Paar Schuhe. Dann stakse ich die Treppe runter. Gerry sitzt bereits am Küchentisch, vor sich den Hundebecher. Mein Smiley ist schon mit schwarzem Kaffee gefüllt.

»Morgen«, nuschle ich, lasse mich auf den Stuhl plumpsen und gähne herzhaft.

»Guten Morgen!« Ach je, der Mann klingt übelst aufgeweckt. Aber er ist es wohl auch gewohnt, mit den Hühnern aus den Federn zu fallen. »Gut geschlafen?«

»Das bisschen, was ich durfte, ja.« Ich grinse Gerry über den Rand meines Kaffeepotts an. Lege ein Flehen in meinen Blick und wünsche mir, dass er sagt: ›Dann leg dich doch wieder hin, schließlich hast du sowas wie Urlaub und dir deinen Schlaf wirklich verdient.‹ Macht er aber nicht. Und mein Fundus an Schimpfwörtern ist auch verbraucht.

»Milch? Zucker?« Gerry schiebt beides zu mir. Ich verneine mit einem Kopfschütteln. Und unterdrücke das gewaltige Gähnen, das sich breitmachen will.

»Morgen ist jemand anderer dran«, meint Gerry tröstend, und ich grinse ihn schief an. Er schielt auf die Wanduhr. Noch nicht ganz halb sieben. Also immer noch mitten in der Nacht.

»Wir müssen langsam …« Langsam finde ich gut. Aber nicht, dass mein Weg nicht zurück nach oben zu meiner urgemütlichen Bettwäsche führt, sondern aus dem Haus zur Lamaweide. Die Sonne ist fies grell, und ich muss die Augen zusammenkneifen. Meine Sonnenbrille liegt noch im Smart. Mist. Gerry bleibt stehen, als ich über einen kleinen Erdhügel stolpere. Er mustert mich von oben nach unten. Und besonders ganz unten.

»So willst du aber nicht gehen, oder?« Er zeigt auf meine Schuhe. Die eigentlich glänzenden schwarzen Spitzen sind ziemlich staubig, und der Absatz bohrt sich in die Erde.

»Äh. Doch.« Ich straffe die Schultern.

»Du hast nach zehn Minuten Blasen.«

»Nein, du, die sind total gut eingelaufen, ehrlich, damit mache ich einen Marathon.« Ich klinge nicht überzeugend. »Ach Scheiße. Ich hab keine anderen Schuhe dabei«, gebe ich zu.

»Hä?«

»Ich … äh … also … es musste so schnell gehen beim Packen, und da hab ich … äh … meine Trekkingschuhe vergessen.« Auch nicht ganz überzeugend, aber besser, als zuzugeben, dass ich voll wie eine Haubitze war. Und obendrein nicht mal Trekkingschuhe besitze.

»Warte kurz.« Gerry flitzt zurück zum Haus, und ich lasse mich auf die Wiese plumpsen. Im Schneidersitz. Ich schließe die Augen und bin kurz davor, einzuschlafen, als mich ein kräftiges »Tadaaa!« erschreckt. Vor meiner Nase baumelt ein paar quietschgelber Gummistiefel.

»Sind vielleicht ein bisschen groß, aber da helfen die.« Jetzt wedelt Gerry mit zwei Paar dicken Wollsocken vor meiner Nase.

»Die kratzen!«, will ich rufen, unterdrücke das jedoch und schlüpfe nacheinander in die blauen und die grauen Socken. Sie kratzen tatsächlich. Dann versenke ich meine Füße in den Gummistiefeln und mache ein paar Probeschritte. Zugegeben, ich habe deutlich bessere Bodenhaftung, aber dafür auch einen Gang wie eine Watschelente.

»Bis Weinlingen schaffst du das damit, dann sehen wir weiter.« Gerry klingt fröhlich, und ich stakse hinter ihm drein. Wenn ich nicht selbst in diesen Gummibooten stecken würde, könnte ich glatt lachen. Am Gatter angekommen, lässt Gerry einen Pfiff los. Was unnötig war, denn die Lamas stehen bereits auf Armeslänge vom Zaun entfernt und starren uns aus großen Augen an. Dalai hat die langen Ohren nach vorne gereckt und wedelt mit dem puscheligen kurzen Schwanz.

»Hallo«, sage ich. Das Lama nickt, glaube ich wenigstens.

»Guck, ich hab schon alles vorbereitet«, sagt Gerry gönnerhaft und reicht mir eine Art Hundeleine, die über dem Zaun hing. »Dann los!« Er öffnet das Gatter und nähert sich dem braunen Lama.

»Komm, Rama«, lockt er das Tier. Die Stute trottet auf ihn zu und lässt sich brav die Leine am Halfter festhaken. Auf dem Rücken trägt sie ein Gestell, das ich von den Fotos gestern aus dem Internet kenne. Damit werden die Lamas auch in den Anden beladen. Auf Dalais Rücken ist auch so ein Teil festgemacht. Ich trete einen Schritt zurück, als Gerry mit Rama im Schlepptau aus dem Tor tritt. So ohne was dazwischen ist so ein Lama … groß. Ich bekomme feuchte Hände, und in meinem Magen rumort es. Und das ist definitiv nicht auf das noch ausstehende Frühstück zurückzuführen. Ich kralle mich an der Leine fest. Der Zaun scheint zu schwanken, und in meinen Gummibootschuhen fühle ich mich wie ein Seemann bei Windstärke zehn.

»Na geh schon zu ihm«, sagt Gerry munter und deutet mit dem Kopf Richtung Dalai. Der Hengst starrt schräg an mir vorbei Richtung Haus, dann neigt er den Kopf ganz leicht, als wolle er sagen: »Komm schon, du Feigling.« Aber Stella kommt nicht. Kann sie nicht. Meine Knie zittern, mein Mund wird pupstrocken, und mein Herz wummert wie blöd. Mit einem Schlag bin ich wieder zwölf Jahre alt und mit meiner Mutter in einem abgehalfterten Zirkus. Zwei Clowns, ein zerzauster alter Löwe. Eine in die Jahre gekommene Artistin, die sich Keulen jonglierend und balancierend auf einem Seil in einem Meter Höhe durch die winzige Arena bewegt. Leiernde Musik vom Band. Meine Mutter saß neben mir auf einem der billigeren Plätze und knispelte an ihren Fingernägeln. Sie ließ das Ganze mit stoischer Ruhe über sich ergehen, und ich bin sicher, sie hatte Rückenschmerzen vom Sitzen auf der viel zu schmalen Bank, die eher einem Brett von einem Bauzaun glich. Irgendwann kramte sie eine Packung Butterkekse aus der Handtasche. Ich schüttelte den Kopf – von mir aus konnte sie sich die Kekse sonst wohin schieben! Alle anderen Kinder saßen mit riesigen Zuckerwattebäuschen oder übergroßen Popcorntüten da, süffelten mit den Strohhalmen Cola direkt aus den Flaschen und hatten Spaß. Meiner Mutter war das zu ungesund, und ich hasste sie in diesem Moment, wie man eben als Zwölfjährige seine Mutter hasst. Ich wusste, sie wollte mir eine Freude machen, als sie vorschlug, in den Zirkus zu gehen. Und ich wusste, dass das etwas ganz Besonderes war, denn eigentlich gab ihre Haushaltskasse solche Eskapaden nicht her. Aber als mir der klebrig süße Geruch der Zuckerwatte in die Nase stieg, war mir das herzlich egal. Ich fand, ich hatte absolut das Recht auf Süßigkeiten.

Wir ließen einen abgehalfterten Zauberer über uns ergehen, der vorhin noch im Kassenhäuschen die Tickets verkauft hatte. Überstanden zwei Pudel, die durch Reifen sprangen. Und applaudierten brav, als die letzte Nummer vor der Pause angekündigt wurde. Der Zauberer, jetzt in einer verschossenen Uniform, an deren rechter Schulter die Epauletten nur noch an ein paar Fäden baumelten, hob beide Arme. Machte eine bedeutungsschwere Pause. Ließ seinen Blick über die nur zur Hälfte besetzten Plätze im Zelt wandern. Und zeigte dann ... auf mich!

»Ich brauche eine Assistentin!«, rief er. Ich machte mich ganz klein, aber meine Mutter hatte auch begriffen, gab mir einen Schubs, und ehe ich es mich versah, stand ich mitten in der Manege. Die Schweinwerfer blendeten mich, als leiser Applaus aufbrandete. Mir stieg der Geruch von Sägespänen in die Nase, gepaart mit dem Schweiß, der der verwaschenen Uniform des Direktors entströmte.

»Wie heißt denn diese reizende junge Dame?«, fragte er überlaut und ich hauchte meinen Namen. Ich verfluchte mich selbst, dass ich nicht mein schönes gelbes Shirt angezogen hatte, sondern das alte blaue. Aus den Augenwinkeln sah ich, wie sich der Vorhang zu den Kulissen öffnete. Der Direktor packte mich bei den Schultern und drehte mich um. Die roten Stoffbahnen wurden von zwei Männern zur Seite geschoben – und da stand es. Groß wie ein Berg. Mächtig wie ein Müllauto. Das Kamel.

»Applaus für unseren Ali Baba!«

Applaus kam so gut wie keiner. Dafür das Kamel auf mich zu. An den Clown, der das Tier an einer Leine führte, habe ich nur noch eine schemenhafte Erinnerung. Dafür hat sich bis heute das zottelige Fell des Kamels auf meine innere Leinwand gebrannt. Ali Baba kam direkt vor mir zum Stehen. Ich starrte auf seine knubbeligen Knie und schickte einen Blick zu meiner Mama. »Hol mich hier raus!«, wollte ich rufen. Aber als ich sah, wie stolz meine Mutter auf der harten Bank saß, die Schultern kerzengerade, ein Lächeln im Gesicht, war es mir mit einem Mal peinlich, Angst zu haben. Was das Ganze natürlich nicht besser machte.

Der Direktor sagte etwas. Das Kamel ging in die Knie. Jetzt hatte ich einen zwar kleineren, aber deswegen nicht weniger imposanten Fellberg vor mir. Ali Baba neigte den Kopf und sah mich aus großen traurigen Augen an. Fast hätte ich die Hand ausgestreckt, um das Tier zu streicheln – aber da wurde ich schon in die Luft gehoben, schwebte einen Augenblick über dem Rücken des Tieres und wurde dann in den Sattel gehievt.

»Gut festhalten, junge Dame!«, rief der Direktor gut gelaunt. Ich klammerte mich an die Holzgriffe und starrte auf den vorderen Höcker, der ganz anders aussah als die prallen Hügel in den Bilderbüchern. Dieser hier war zottelig und schlaff. Trotzdem wollte ich das Tier streicheln, vielleicht würde es dann weniger traurig schauen? Trau-

86

rig sein kannte ich von meiner Mutter. Die machte auch öfter solche Augen, abends, wenn sie allein auf dem Sofa saß und fern sah. Wenn ich mich dann an sie schmiegte, seufzte sie leise und nach ein paar Minuten sah sie wieder fröhlich aus. Ich hob die Hände, streckte sie nach dem Fell aus. In dem Augenblick schnalzte der Clown mit der Zunge, und Ali Baba streckte die eben noch eingeknickten Hinterläufe durch. Ich kippte nach vorne, wedelte mit den Händen, griff ins Leere. Das Kamel richtete die Vorderläufe auf und in dem Moment sah ich nur noch das staubige Sägemehl aus der Manege auf mich zukommen. Dann wurde es hart. Und dunkel.

Als ich wieder zu mir kam, hustete ich das trockene Sägemehl aus. Aber mein eigenes Röcheln konnte ich nicht hören – der ganze Zirkus hatte einen Lachkoller. Sogar meine Mutter kicherte, als sie neben mir kniete und mir die Haare aus dem staubigen Gesicht strich.

Ich kann mich nicht daran erinnern, ob ich an diesem Tag doch noch eine begehrte Zuckerwatte bekommen habe. Und ich weiß auch nicht mehr, wie ich nach Hause kam. Alles, was mir im Gedächtnis geblieben ist, ist das hämische, fiese Lachen der anderen Kinder. Das Grölen aus dem Zirkus schien noch Wochen lang nachzuhallen. Und jetzt, hier, heute, mitten auf der Schwäbischen Alb drang das Jahre alte Echo des Gelächters an mein inneres Ohr.

»Ich kann das nicht«, presse ich hervor. Mein Mund fühlt sich trocken an, und ich schmecke wieder das staubige, muffige Sägemehl.

»Klar kannst du das, komm schon!« Gerry legt mir die Hand auf die Schulter und schiebt mich sanft, aber sehr bestimmt auf die Wiese. Dalai hebt den Kopf. Stellt die Ohren auf.

»Er mag dich«, stellt Gerry nüchtern fest.

»Woher willst du das wissen?« Ich bin skeptisch.

»Das sieht man. Ohren aufgestellt, Schwanz locker nach unten. Der ist völlig entspannt.«

Na wenigstens einer, der hier die Ruhe weg hat, denke ich. Mein Herz trabt gerade in meiner Brust, und ich würde mich nicht wundern, wenn meine Blase ihren Dienst einstellt. Okay, ich habe noch nie im Leben in die Hose gemacht, aber wenn, dann wäre das ein guter Zeitpunkt. Hinter mir schnalzt Gerry mit der Zunge. Dalai setzt sich in Bewegung, langsam und gemächlich, wie in Zeitlupe. Ich bin wie erstarrt. Und dann spüre ich den warmen Atem des Lamas: Wir stehen uns Auge in Auge, Nase an Nüstern gegenüber. Was jetzt passiert, ist … unglaublich. Meine Hand streckt sich ohne mein eigenes Zutun, berührt Dalai am Hals. Gräbt sich in das weiche, warme Fell. Das Lama sieht mich aus seinen großen Augen mit den unglaublich langen Wimpern an, und ich fühle mich – wohl. Hake den Karabiner der Leine fest. Nicke, als wollte ich dem Tier sagen: »Ist okay.« Drehe mich um und mache die ersten noch zaghaften Schritte. Auf das Gatter zu. Hindurch. Es fühlt sich an, als würde ich mit einer Wolke an meiner Seite spazieren gehen.

»Oh«, flüstere ich. Gerry grinst und nickt mir zu, und ich bin ihm dankbar, dass er keinen klugen Spruch à la »Hab ich's doch gewusst« von sich gibt. Wir führen die Tiere am Haus vorbei, und jetzt bin ich nicht mehr neidisch auf die anderen, die noch selig schlummern. Das hier ist definitiv besser als schlafen! Ich folge Gerry und Rama auf den kleinen Feldweg. Wir marschieren schweigend, bis wir die Landstraße erreicht haben. Die Leine zwischen meiner rechten Hand und Dalais Halfter hängt lose durch und das Lama passt sich meinem Schritt an. Oder ich mich seinem, das kann ich so genau nicht sagen. Das Tier ist aber definitiv eleganter unterwegs als ich in den Gummistiefeln, in denen es langsam, aber sehr sicher ziemlich warm wird. Ich versuche, mich auf nichts zu konzentrieren. Und ... das klappt! Die zehn teuren Stunden im Meditationskurs hätte ich mir sparen können. Erstens saß jedes Mal direkt vor mir ein Mann, der immer dann seinem Darm den freien Willen ließ, wenn ich tief einatmete. Und zweitens habe ich jetzt hier auf der Landstraße, irgendwo im Nirgendwo, die gefühlte achte Stufe erreicht. Die Vögel klingen lauter als sonst, die Wiese scheint grüner zu sein, die Sonne wärmer. Es kann natürlich am Schlafmangel liegen. Kann. Muss aber nicht. Genauso gut kann Dalai dafür verantwortlich sein. Und diese Erklärung ist mir definitiv lieber.

»Alles okay?«, will Gerry wissen, als wir die Straße überqueren und uns am Straßenrand fortbewegen, Richtung Weinlingen. Ich kann nur nicken, strahle aber dabei. Ja, es ist mehr als okay. Viel zu schnell erreichen wir das Ortsschild. In manchen Häusern sehe ich Menschen hinter den Scheiben, die den Tag beginnen. Ein Mann steigt in einen blank polierten Daimler, lenkt den Wagen rückwärts aus der Auffahrt und umkurvt uns vorsichtig. Dalai und Rama zucken nicht mal mit den Ohren.

In der ›Innenstadt‹, die ich noch von gestern kenne, ist tote Hose. Einzig die Tür zur Bäckerei steht offen. Gerry hält unter einem Baum an und wickelt Ramas Leine um den Fahrradständer.

»Ich warte«, gebe ich bekannt. Ich kann und will Dalai nicht verlassen!

»Okay, bis gleich.« Gerry schnappt sich zwei Jutebeutel, die er auf Ramas Trage festgezurrt hatte, und verschwindet im Laden. Während Rama sich hingebungs-voll einem Grasbüschel widmet, das am Fuß des Baumes wächst, mustert Dalai mich neugierig. Eigentlich mag ich es ja nicht, wenn man mich so direkt anstarrt. Ich denke dann immer, die Leute sind fasziniert von den Mitessern auf meiner Nase. Oder sowas. Dalai aber schaut mir mit seinen glänzend-dunklen Augen in meine, und ich bekomme eine kleine Ahnung davon, was Buddhisten so empfinden. Allerdings ist der Moment sehr kurz. Ein Schrei reißt uns beide aus der gegenseitigen Betrachtung. Ich zucke zusammen, Dalai zuckt mit den Ohren, und Rama hebt konsterniert den Kopf. Zwischen ihren Lippen hängen zwei Löwenzahnblätter und ich hoffe, dass das hier nicht der Stammpinkelbaum der örtlichen Hundeschaft ist. Wir fahren alle drei herum.

»Des gibt's ja uff koim Schiff!«

»Oha.« Ich muss mich gar nicht umdrehen. Die Stimme kenne ich.

»Mädle, was machsch du do?«

»Ich? Lama. Also. Tier.« Noch ehe ich mich sortieren kann, wirft Herbert seine Arme um mich und drückt mich gegen seinen Bierbauch.

»Annerose! Komm ond gugg, wer do isch!« Er scheint ganz aus dem Häuschen zu sein. Mein linkes Ohr klingelt ein bisschen, weil er so laut brüllt. Über uns öffnet sich ein Fenster. Ich schiele nach oben.

»Ha no, so äbbes!« Annerose beugt sich über das Fensterbrett. Sie steckt noch im Nachthemd. »Was machsch du do?«

Ich will noch einmal eine Erklärung abgeben, aber Herbert sprudelt los wie ein schwäbischer Wasserfall. Ich kann beim besten Willen nicht alles verstehen, aber als ich über seine Schulter linse, wird mir einiges klar: Wir stehen direkt vor dem ›Café Ketterle‹.

»Bert, lass sie los!« Gerry kommt mit den prall voll bepackten Jutebeuteln aus dem Laden. »Du machst mir meine Gäste kaputt!«

»Ihr kennt euch?« Naja, wundert mich das? Die Welt ist ein Dorf, und dieses Weinlingen scheinbar der Nabel.

»Des kann die scho ab«, protestiert Herbert, lässt mich aber trotzdem los.

»Ihr kennt euch also«, stellt Gerry fest und schnallt die Beutel auf Ramas Rückentrage fest.

»Schdell dir vor, mir send zsamma schdegga blieba.« Herbert setzt zu einer langatmigen Erzählung an, in denen die Worte ›Fernsehturm‹ und ›Cocktails‹ vorkommen. Gerry grinst, schnappt sich Ramas Leine und zwinkert mir zu. Dann winkt er nach oben. Annerose verdreht die Augen.

»Der isch ed immer so«, ruft sie mir zu. »Der kann auch normal sein.« Ich bin mir nicht sicher, ob das als Witz gemeint war, aber es stoppt Herberts Redefluss. Von Gerry erfahre ich dann im Telegrammstil, dass Herbert der Seniorchef vom Café ist. Mangels eigener Nachkommen hat er die Bäckerei an einen seiner Neffen verpachtet. Der allerdings hat vor zwei Jahren das Metier gewechselt, nachdem er eine veritable Mehlstauballergie entwickelt hatte. Jetzt betreibt dieser Neffe einen Friseursalon am anderen Ende von Weinlingen, und die Bäckerei wird von einem gewissen ›Schdefan‹ geführt. Weder verwandt, noch verschwägert, wie Gerry und Herbert unisono betonen.

»Wenigstens kann er backen«, knurrt der Exchef, als seine Frau hinter ihm auftaucht. Annerose hat sich einen geblümten Morgenrock übergeworfen.

»Darüber müssen wir jetzt nicht diskutieren«, sagt sie scharf. Schade, finde ich, denn ich möchte wetten, dass es hier eine ganze Menge zu diskutieren gibt, so wie Gerry guckt. Ziemlich stinkig nämlich. Annerose streckt mir die Hand hin und schüttelt sie herzlich. Sie verströmt einen Geruch nach frisch gebrühtem Kaffee mit einer Prise Vanille. Ich mag sie auf Anhieb – von der aufgedonnerten Trulla, die auf Hauptstadtbesuch war, ist nichts mehr zu sehen. Und das steht ihr viel besser. Ihr Blick bleibt auf meinen Gummistiefeln hängen.

»Das sind nicht meine«, sage ich entschuldigend. Kaum rede ich von den Stiefeln, beginnen meine Füße zu jucken. Die Socken sind schweißnass.

»Da gab es ein kleines Malheur mit den Schuhen«, springt Gerry ein.

»Welche Größe hast du?« Annerose nickt mir aufmunternd zu.

»39.«

»Warte mal.« Sie macht auf der Hacke kehrt und verschwindet im Haus. Mir schwant etwas und richtig, kurz darauf kommt sie mit einem Paar schon antiker Turnschuhe wieder. »Probier die mal!«

»Aber ich kann mir doch welche kaufen«, protestiere ich und starre auf die ausgelatschten Treter, die vor 20 Jahren vielleicht mal blau waren. Können auch grün gewesen sein. Immerhin haben sie an den Seiten Streifen, was auf Qualität schließen lässt.

»Ich zieh die sowieso nicht mehr an«, sagt Annerose und drückt mir die Schuhe in die Hand. Gerry nimmt Dalais Halfter. Ich setze mich auf die Treppe vor der Bäckerei und streife die Gummistiefel ab. Ein Wunder, dass es nicht dampft, denke ich. Dann friemele ich das obere Paar Socken ab und schlüpfe in Anneroses Schuhwerk.

»Oh!« Meine Fußsohlen schmiegen sich geradezu an das ausgelatschte Fußbett. Ich schnüre die Bändel zu und mache ein paar Probeschritte. »Die passen!« Ich klinge verwundert.

»Dann schenk ich dir die.« Annerose strahlt.

»Dankeschön«, sage ich. Das sind mit Abstand die hässlichsten Turnschuhe, die ich jemals gesehen habe – aber die bequemsten.

Gerry schnappt sich die Gummistiefel und zurrt sie auf Dalais Trage fest. »Wir müssen dann mal«, sagt er und nickt den Ketterles zu.

»Gerry, warte mal. Der Stefan, also der … der hat … und meint … wieder Single …«, flüstert Herbert. Ich kann ihn kaum verstehen, soll ich wahrscheinlich auch nicht. Ich versuche, unbeteiligt zu schauen und kraule Dalai am Ohr.

Gerrys Miene verfinstert sich. Er wispert Herbert zu, dass er ihn später anruft. Dann stapft er davon. Ich winke den beiden zu und folge Gerry. Den Weg nach Hause legen wir schweigend zurück. Und deutlich langsamer als den Hinweg: Sowohl Rama als auch Dalai scheinen Hunger zu haben und finden immer wieder unwiderstehlich leckeres Grünzeugs, das sie verputzen müssen. So langsam allerdings meldet sich auch mein Magen, und ich fixiere die Jutebeutel auf Ramas Rücken. Als wir schließlich den Hof erreichen und die Lamas zurück zu ihren Kumpels auf die Weide gebracht haben, bricht Gerry das Schweigen.

»Tut mir leid, sonst bin ich nicht so schweigsam.«

»Ist schon okay. Ich bin morgens auch nicht so der große Plauderer«, antworte ich. Gerry grinst mich dankbar an, und obwohl ich tierisch neugierig bin, beiße ich mir auf die Zunge. Das geht mich alles nichts an, mahne ich mich selbst. Und bin froh, dass Regula und Louis bereits in der Küche warten und sowohl mich als auch Gerry aus den Gedanken reißen.

»Isch finde keine Milsch.« Louis sieht ehrlich entrüstet aus.

»Guten Morgen erst mal.« Gerry wirft die beiden Bäckertaschen auf den Tisch.

»Pardon.« Unser kleiner Franzose senkt den Blick.

»Aber isch finde wirklisch keine Milsch.« Louis zeigt zum Kühlschrank.

»Der macht mich noch ganz verrückt«, lacht Regula und nimmt einen Stapel Teller aus dem Schrank. »Gib dem Jungen Milch, Gerry, oder ich …« Sie boxt Louis gegen den Arm, stellt die Teller vor ihn hin und macht sich auf die Suche nach Besteck.

»Linke Schublade«, erklärt Gerry und öffnet den Kühlschrank. Er nimmt einen Emaillekanister heraus und stellt ihn auf den Tisch. »Milch. Frisch aus der Kuh. Kein Tetrapack.«

»Oh.« Man kann Louis deutlich ansehen, dass er sowas zum ersten Mal sieht. Er schaut betreten zu Boden. Dann grinst er.

»Die sind retro!« Er zeigt auf meine Schuhe.

»Retro ist nett gesagt, die sind uralt«, murmle ich.

»Die sind süpärb. Will isch auch solsche.«

»Ich glaub kaum, dass die Annerose ein Paar in deiner Größe hat«, lache ich und lasse mich an den Tisch sinken. Jetzt spüre ich, dass ich hundemüde bin. Mein Körper lechzt nach Kaffee.

»Kaffee fertig?« Bjarne füllt den kompletten Türrahmen aus. »Moin!«

»Alles fertig.« Gerry setzt sich ans Kopfende und angelt nach einer Brezel. Dann lässt er den Brotkorb herumgehen. Ich kann mich nicht zwischen einem Sesambrötchen und einer Brezel entscheiden und nehme beides. Bjarne nickt anerkennend und macht es mir nach.

»Ich hab gepennt wie ein Stein.« Regula versenkt den Löffel in der roten Marmelade und streicht ihr Brötchen dick damit ein. Ich will ihr sagen, dass ich das gehört habe, verkneife mir das aber. Stattdessen gähne ich herzhaft und denke an den fiesen Wecker, um den die anderen heute Abend würfeln müssen. Ich bin froh, dass ich meine Frühschicht hinter mir habe.

»Soll ich das machen?« Ohne eine Antwort abzuwarten, schnappt Bjarne sich meinen noch unberührten Teller und tauscht ihn gegen seinen. »Du bist wohl sehr müde?«

»Allerdings.« Wieder muss ich gähnen. Und dann staune ich nicht schlecht: Das Brötchen ist genau so bestrichen, wie ich es liebe. Mit Butter, darüber roter Marmelade und darüber eine Scheibe Schinken.

»Woher weißt du …?«, frage ich Bjarne.

»Weiß ich nicht, aber ich esse das nur so.« Er lächelt, und ich bemerke das eine Grübchen auf seiner linken Wange.

»Ich auch«, gebe ich zu.

»Ist das nischt ekelisch?« Louis schüttelt sich demonstrativ, als ich in mein süß-pikantes Brötchen beiße. Regula macht »Brrrr«. Gerry zuckt mit den Schultern.

»Das ist himmlisch«, nuschle ich mit vollem Mund. Und zwar so himmlisch, dass ich nach der Butterbrezel noch ein von Bjarne geschmiertes Brötchen vertilge. Und das, obwohl ich sonst nie frühstücke. Ich gehöre zu den Menschen, die vor elf, zwölf Uhr unter Magenverschluss leiden. Außer Kaffee bekomme ich nichts runter. Als schließlich

nur noch eine halbe Brezel und ein einsames Mohnbröt-
chen übrig sind, klatscht Gerry in die Hände. Wir erfahren,
dass wir in einer Stunde bei der Weide sein sollen. Ich atme
auf, als Regula sich bereit erklärt, sich um das schmutzige
Geschirr zu kümmern. Louis zieht seine Zauberzigaret-
tenmaschine aus der Hosentasche. Bjarne streichelt seinen
Bauch, und ich beschließe, erst einmal in mein Zimmer zu
gehen. Erstens muss ich noch mal schauen, wie übel es um
meine Garderobe wirklich bestellt ist. Und zweitens ist ein
Anruf bei Inga fällig. Sie fehlt mir. Ich weiß selbst, dass
ich kein Teenager mehr bin, der nach nur einer Nacht in
fremden Betten unter Heimweh leiden sollte. Heimweh
habe ich auch nicht. Aber ein bisschen Sehnsucht nach
Inga. Nein, nicht wirklich. Eigentlich will ich wissen, ob
ihre Nacht besser war als meine. Mir ist nach einem Mäd-
chengespräch.

TELEFONATE

Stella: Guten Morgen, du süße Knackwurst!

Stimme am anderen Ende, pikiert: Wie bitte? Hallo?

Stella: Oh, ich … Paola? Bist du das?

Paola: Mit Senf oder Ketchup?

Stella: Sorry, ich dachte, du bist Inga.

Paola: Die ist noch nicht da. Ich suche … also ich brauche …

Stella: Kippen?

Paola: …

Stella: Vergiss es. Ich … also … die Reportage. Läuft. Sozusagen. Wir sind heute in aller Herrgottsfrühe gelaufen. Mit den Lamas.

Paola: Hm.

Stella: Das gibt auch fantastische Bildmotive. Ich stell ein Locationboard zusammen.

Paola: Mach das. Wahrscheinlich beauftragen wir einen Kollegen aus der Stuttgarter Agentur. Lohnt ja nicht wirklich, dass wir jemand aus dem Team runter schicken.

Stella: Ja, ich weiß, der Etat gibt nichts her.

Paola: Du, ich muss los. Ach warte mal, da kommt Inga. Also tschüss dann!

Stella: Tschüss!

Rascheln. Klappern.

Inga: Ja?

Stella: Ich bin's.

Inga: Sag mal, kommt die jetzt dauernd zu uns und

97

qualmt? Ich meine, nicht dass ich was gegen Paola hab, aber irgendwie ist das komisch.

Stella: Guten Morgen erst mal.

Inga: Ja. Guten und so. Von wegen.

Stella: Wieso klingst du denn so knatschig? Ich dachte, dein Mike wollte gestern noch kommen. Huch, das war jetzt doppeldeutig.

Inga: Der kam auch. Doppeldeutig (seufz, lange und tief).

Stella: Hach!

Inga: Aber der ging auch wieder. Ziemlich schnell. Ich weiß auch nicht. Der ist total süß. Lieb. Nett. Aber irgendwie hab ich so ein komisches Gefühl.

Stella: Das sind die Schmetterlinge im Bauch.

Inga: Nein, doch, das auch. Ich kann das nicht so genau erklären.

Stella: Oh nein. OH NEIN! Sag nicht, dass du gestern die verbotene Frage gestellt hast.

Inga: …

Stella: Du hast. Inga! Was habe ich dir beigebracht?

Inga: Jetzt motz nicht. Ich hab ja nur angedeutet, ob er sich eine feste Beziehung vorstellen könnte. So grundsätzlich. Also ganz allgemein.

Stella: Lüg mich nicht an. Du hast ihn gefragt, ob er dich heiraten will.

Inga: Quatsch! Naja, so ähnlich. Ach Mann, Inga, das war so schön, so perfekt, da ist mir das irgendwie rausgerutscht.

Stella: Ich kann mir vorstellen, was da noch gerutscht ist.

Inga: Du bist doof (kichert).

Stella: Und jetzt?

Inga: Warte mal, mein Handy piepst. (Rascheln. Ein Kichern) Ha! Eine Simse von IHM!

Stella: Und was schreibt ER?

Inga: Das geht dich nichts an (lacht). Aber wenn du es wissen willst: Er hat morgen frei und will mit mir ins Grüne fahren.

Stella: Dann benimm dich. Und frag nicht noch mal …

Inga: Hey, schon gut. Sag mal, wie heißt die Enthaarungscreme, die du benutzt?

Louis: Oui?

Maman: Louis? Comment vas-tu?

Louis: Bon. Gut, Maman (zieht an seiner Zigarette und kippt dabei fast aus dem Fenster seines Zimmers).

Maman: Rauchst du?

Louis: Mais non! Nein! (drückt die Kippe am Fensterbrett aus und schnippst sie in die Dachrinne zu den sieben anderen).

Maman: Hör zu, ich bin im Auto, warum geht denn bei euch zu Hause niemand ans Telefon?

Louis: (will sagen, dass er in Bremen nur zu Besuch ist, verkneift sich das aber) …

Maman: Na egal. Merde, jetzt schnappt der meinen Parkplatz! Louis, mon petit, vergiss nicht, dass Grandpère Jules morgen Geburtstag hat. Er wird enttäuscht sein, wenn du ihn nicht anrufst.

Louis: (denkt daran, dass er seinen Opa seit vier Jahren nicht gesehen hat). Oui.

Maman: Mon petit, ich muss Schluss machen. Marie-Josefine wartet im Salon auf mich.

Louis: Wie geht es Papa? (nicht, dass ihn das interessiert hätte und die Antwort kennt er auch schon)

Maman: Das interessiert mich nicht, frag Claire.

Louis: (kennt seinen Text) Claire ist doof. (findet er

nicht, die Neue seines Vaters ist zwar ziemlich jung, aber alles andere als doof, schließlich brennt sie ihm coole neue CDs)

Maman: Bisous!

Louis: Viel Spaß beim Coiffeur.

Regula: Schmitt-Pfefferer?

Unbekannter Mann: Justus Klein, EatArt-Magazin. Frau Schmitt-Pfefferer?

Regula: Ja!

Herr Klein: Ihre Sekretärin hat mir die Handynummer gegeben.

Regula: (flucht innerlich, ihr fallen zahlreiche Tiernamen ein) Ja.

Herr Klein: Wir arbeiten für die Oktoberausgabe an einem Special über Biokäse.

Regula: Aber wir stellen keinen Bio...

Herr Klein: Schwadroniert über die zwölf Themenseiten, über seinen Besuch am Stand von Regulas Firma auf einer Messe, an die sie sich nur vage erinnert, über seine bisherigen Recherchen und und und

Regula: Herr Klein?

Herr Klein: Rhabarber, Rhabarber ... blabla ...

Regula: Herr Klein! Hallo? Ich kann Sie ganz schlecht verstehen, das rauscht so in der Leitung.

Herr Klein: Ich verstehe Sie blendend.

Regula: Hallo? Haaalloooo? (hält das Handy an den Baum, in dessen Schatten sie sitzt, und kratzt mit den Fingernägeln über die Rinde)

Herr Klein: Hallo?

Regula: Hallooooo?! (legt auf)

»Diese blöde Kuh«, knurrt Regula, denkt sich noch ein paar Tiernamen mehr für ihre dämliche Sekretärin aus und schaltet das Handy komplett ab.

»Kühe? Ich dachte, hier gibt's nur Lamas?« Bjarne lässt sich auf die Holzbank neben Regula plumpsen. Sie rückt automatisch ein Stück nach links. Ihr Mitreisender benötigt mehr als die Hälfte der Sitzfläche.

»Ach. Geschäftlich.« Regula verstaut das Telefon in einer der Beintaschen ihrer Cargohose.

»Dein Chef?« Bjarne streckt die Beine von sich. Regula antwortet mit einem Brummen.

»Guck mal, der fällt gleich aus dem Fenster«, lacht sie schließlich und zeigt zum Haus, wo Louis eine akrobatische Übung Richtung Dachrinne macht, ehe der Franzose im Inneren seines Zimmers verschwindet. Im selben Moment taucht Gerry an der Ecke des Hauses auf.

»Da kommt unser Chef«, kommentiert Regula. Gerry bleibt stehen, nestelt in der Tasche seines rotkarierten Hemdes und verschwindet wieder, das Handy am Ohr.

Herbert: Ich bin's, Herbert. Hast du Zeit?

Gerry: Eigentlich nicht … egal … also?

Herbert: Deine Urlauberin aus Berlin ist ja eine ganz nette, gell! Also die hat mir vorgestern echt geholfen, hatten eine schöne Zeit zusammen.

Gerry: Herbert, deswegen rufst du nicht an.

Herbert: Wie sprichst du denn mit deinem alten Lehrer? (lacht) Aber ja. Stephan ist da.

Gerry: Sagtest du heute Morgen schon.

Herbert: Ich weiß, dass du das nicht hören willst.

Gerry: Bingo, 100 Punkte. Und außerdem muss ich jetzt zu den Gästen. Die warten auf mich.

Herbert: Sei nicht so pampig. Die fünf Minuten wirst du Zeit haben.

Gerry: Ungern.

Herbert: Stephan sieht gut aus.

Gerry: Das ist mir wurschtegal.

Herbert: Ich mein ja nur. Jedenfalls haben wir ihn gestern getroffen. Also das heißt, die Annerose hat ihn zuerst gesehen, als wir grade aus Berlin zurückgekommen sind. Du, falls du mal in der Hauptstadt bist, wir haben da ein Lokal entdeckt, das bietet böhmische Spezialitäten an …

Gerry: Herbert!

Herbert: Ja, schon gut. Also der Stephan war in der Bäckerei. Muss ja auch mal was essen (lacht). Er ist seit einem Monat wieder im Ländle. Hat eine Wohnung im Neubaugebiet, du weißt schon, am Weinlinger Hang.

Gerry: Sauteuer da.

Herbert: Hab ich ihn nicht gefragt. Aber er sah schon so aus, als ob er sich das leisten kann.

Gerry: Kein Wunder, hat ja auch geerbt.

Herbert: Ach Gerry, komm. Du hast den kompletten Hof bekommen und dein Bruder eben etwas Geld.

Gerry: Etwas? Etwas mit fünf Nullen.

Herbert: Jedenfalls sagte er mir, dass er dich in den kommenden Tagen besuchen will. Ich hatte wirklich den Eindruck, dass er sich mit dir aussprechen will.

Gerry: (schnaubt)

Herbert: Ich weiß nicht im Detail, was zwischen euch vorgefallen ist. Aber wenn ich dir als alter Mann einen Rat geben darf: Begrabt den Streit.

Gerry: Herbert, ich weiß es wirklich zu schätzen, dass du dich bemühst. Aber im Ernst, allein die Tatsache, dass ich anscheinend der Letzte bin, der erfährt, dass mein eigener Herr Bruder wieder in Weinlingen ist, sagt doch wohl alles.

Herbert: Gerry. Ich weiß es nicht. Aber sei nicht so verdammt stur.

Gerry: Ich bin nicht stur. Ich bin konsequent (seine Hände zittern).

Herbert: Wenn du reden willst ...

Gerry: Danke, aber ich habe jetzt keine Zeit. Meine Gäste warten. Grüß die Annerose.

Herbert (seufzt): Mach ich. Die reißt gerade alle Vorhänge runter. Ist ziemlich ungemütlich zu Hause.

Gerry: Putzfimmel. Hatte sie schon immer. Schick sie zu mir (lacht).

BON APPÉTIT

STELLA

»Du musst das von Berufs wegen können«, lacht Bjarne und drückt mir einen Sparschäler in die Hand. »Sei meine Sekretärin!« Ich will sagen, dass ich eigentlich Journalistin bin, kann mich aber gerade noch bremsen. Schließlich habe ich selbst behauptet, Sekretärin zu sein.

»Jawoll, Chef.« Ich mustere den Berg Karotten auf dem Tisch. »Alle?« Das sind mindestens 20 Kilo.

»Alle. Ist doch nur ein Kilo.« Bjarne reißt alle Schränke auf, stapelt Schüsseln, Pfannen und Töpfe auf dem Tisch. Dann holt er das Filet aus dem Kühlschrank, das Gerry dort gelagert hat. Bjarne schneidet die Vakuumfolie ab und strahlt.

»Perfekt. Bio. Bestens abgehangen.« Ich nicke stumm und greife mir die erste Möhre. Das Grünzeugs lege ich auf einen separaten Stapel, um es später den Lamas zu bringen. Die haben sich das wirklich verdient. Bjarne und ich arbeiten schweigend. Durch das offene Küchenfenster höre ich Regula und Louis kichern. Sie decken den Tisch auf der Terrasse. Nach der zweiten Karotte habe ich meinen Schälrhythmus gefunden und meine Gedanken schweifen ab. Zurück zu heute Nachmittag.

Nachdem Gerry uns gezeigt hatte, wie man die Lamas sattelt, waren wir zur ersten offiziellen Wanderung aufgebrochen. Wobei nur Rama voll beladen war, Dalai war ohne Trage unterwegs, bei den anderen hatte Gerry nur ein bisschen aufgeladen. Wasserflaschen, Brote, alte Decken. Gerry führte mit Rama unsere Prozession an.

Ich wurde – da ja schon erfahren, quasi – als Schluss-licht eingeteilt. Dazwischen marschierten Regula mit Lama, Louis mit Ding und direkt vor mir Bjarne und Dong. Mir war es ganz recht, hinten zu laufen, mit mög-lichst viel Abstand zu Gerry. Der hatte nämlich mächtig, mächtig schlechte Laune. Nicht, dass er uns das hätte willentlich spüren lassen, aber er lächelte kein einzi-ges Mal, gab die Anweisungen und Erklärungen knap-per als nötig und kniff die Augen permanent zusam-men, sodass zwischen seinen Brauen eine Sorgenfalte stand. Die anderen waren so damit beschäftigt, sich auf ihre Lamas einzugrooven, dass sie das wohl nicht bemerkten. Wir starteten bei der Weide, umrundeten das Gehege und waren nach ein paar Hundert Metern auf einem Waldweg angekommen. Der Halbschatten tat gut, ich schob meine Sonnenbrille ins Haar und schielte zu Dalai. Das Tier sah glücklich aus. Fand ich. Jedenfalls wirkte er sehr entspannt und folgte seinen Mädels mit ganz ruhigem Tritt. Wieder hatte ich das Gefühl, an der Leine hinge eine Wolke. Ich konzentrierte mich auf den Waldboden. Dann und wann ragte eine Wurzel hervor, aber mit Dalai an meiner Seite hatte ich keine Bedenken, zu stolpern und mir entweder wehzutun oder mich zu blamieren. Ich weiß nicht, wie lange wir so marschiert sind. Meine Gedanken waren wie eingeschläfert. Und gleichzeitig fühlte ich mich hellwach. Bjarne direkt vor mir sah von hinten auch sehr entspannt aus, und sein Dong trottete wie selbstverständlich neben ihm her. Es sah niedlich aus, die beiden zusammen: der breite Bjarne in der Cargohose, das blaukarierte Hemd über dem Hosenbund und die strammen Waden. Daneben wackelte Dongs brauner Schwanz auf seinem weißen

Hinterteil. Dann und wann hörte ich Gerry ganz vorne mit der Zunge schnalzen. Die Lamas reckten dann alle die Ohren. Dalai schien sogar mit dem Kopf zu nicken. Ich hätte ewig so weiterlaufen können. Selbst Anneroses ausgelatschte Treter schienen mit dem Waldboden und meinen Füßen zu verschmelzen. Ich nahm mir vor, ihr aus Berlin einen Gruß zu schicken, einen Schuh aus Schokolade, zum Beispiel. Sowas gab es in den noblen Geschäften in Mitte. Zur Not auch im KaDeWe, obwohl ich als Einheimische da ja nur selten landete.

»Merde!« Louis' Schrei riss mich aus meinem gemütlichen Tritt. Ich schlug mit dem Zeh gegen einen Stein. So bequem die Schuhe waren, so weich waren sie auch – es fühlte sich an, als würde mein Zehennagel sich nach oben wellen.

»Autsch!«, rief ich. Dalai blieb sofort stehen und sah mich aus seinen großen Augen an. Vor uns wurde es wild. Dong zerrte an Bjarnes Leine, der zerrte zurück. Trotzdem riss das Lama sich los, galoppierte an Louis vorbei, riss den armen Kerl dabei beinahe um und kam erst zum Stehen, als es auf Höhe von Lama Lama war. Regula sah ziemlich bedeppert aus: Ihre Stute war mir nichts, dir nichts stehen geblieben, hatte alle vier Hufe in den weichen Boden gestemmt und mampfte nun genüsslich und mit fast schon frech wedelndem Schwänzchen saftiges Grünzeugs. Ding sah einen Moment so aus, als wolle sie sich bei Louis entschuldigen. Dann ließ sie die weißen Ohren flattern und gab Gas. Unserem kleinen Franzosen blieb nichts anderes übrig, als ihr zu folgen. Die Leine jedenfalls ließ er nicht los.

Als Gerry den Tumult hinter sich bemerkte, drehte er sich um. Grinste. Machte schnalzende Geräusche. Die verfressenen Tierchen hoben den Kopf und sahen ihn an, als sei er vom anderen Stern.

»Dann würde ich mal sagen: Was die können, das können wir schon lange.« Gerry lachte. »Wir sind ja auch schon zwei Stunden unterwegs, Zeit für eine Rast.«

»Wie lange?« Meine Stimme klang viel zu laut. »Ich dachte, höchstens 20 Minuten?«

»Kam mir auch viel kürzer vor.« Bjarne wischte sich die Schweißtropfen von der Stirn. Regula versuchte, Lamas Leine um einen Baum zu wickeln, gab es aber schnell auf.

»Die laufen nicht weg«, beruhigte Gerry uns. Gemeinsam schnallten wir die Decken und den Proviant von den Rücken der Tiere. Als wir nach rechts weiter in den Wald hinein abbogen, hob sogar die verfressene Ding den Kopf und trottete hinter Dalai her. Ich war ein bisschen stolz auf ›mein‹ Lama, dass er die anderen aus der Herde so gut im Griff hatte. Nach wenigen Metern bog Gerry ein paar Büsche zur Seite. Sofort wurde ich von der Sonne geblendet, klappte meine Brille aber nicht herunter.

»Wie im Märchen«, flüsterte Regula. Und ich musste ihr recht geben. Selbst Louis schien beeindruckt und sagte: »Oh la la.« Bjarne blieb zwar stumm, aber ich konnte ihm ansehen, dass er genau so angetan war wie wir alle. Vor uns lag eine nicht allzu große Lichtung. Das Gras sah aus, als hätte es jemand frisch lackiert. Das Schönste aber war der kleine Bachlauf. Die Lamas stürzten sich sofort in die knöchelhohen Fluten und tranken. Wie sie da so einträchtig nebeneinanderstanden, die Köpfe allesamt gesenkt, sahen sie ein bisschen aus wie gemalt.

»Kann man das trinken?«, wollte ich wissen.

»Ja klar. Aber du musst nicht, ich hab Limo dabei.«

Gerry schob Rama mit der Schulter zur Seite und sattelte den Rucksack ab. Bis die Tiere ihren Durst gestillt hatten und am knackfrischen Gras mümmelten, hatten wir die beiden Decken aus altem Armeebestand ausgebreitet und staunten, was Gerry alles dabei hatte. Kräuterlimo, wie versprochen. Salami und Käse in Tupperdosen. Babytomaten, jede Menge Brötchen und für jeden eine Quarktasche. Als ich nach einer fingerdicken Hartwurst griff, merkte ich, wie hungrig ich war. Regula und ich teilten uns die eine Decke, Bjarne und Louis die zweite. Gerry setzte sich direkt auf den Waldboden. Wahrscheinlich war er das gewöhnt. Wir aßen ohne viele Worte.

»Wirklich schön hier«, sagte Regula schließlich und biss genüsslich in ihr Quarkteilchen.

»Ja, ich komm gerne hierher.« Gerry lehnte sich zurück und stützte sich auf den Armen auf.

»Was ist das da hinten?«, wollte Louis wissen und zeigte auf einen Holzstapel, der halb hinter den Büschen verborgen war.

»War mal eine Hütte.« Gerry brummelte noch etwas.

»Deine?« Louis gab nicht auf.

»Ja. Ist aber lange her.« Louis rappelte sich hoch. Dann stapfte er zu den Lamas, kraulte Ding kurz hinter den Ohren und streifte die Schuhe ab. Seine Socken flogen in hohem Bogen ins Gras.

»Das ist kalt!«, rief Regula und sah dabei irgendwie mütterlich aus.

»Ist nisch kalt. Ist herrlisch!« Louis platschte im Wasser. »Kommt auch, wenn ihr euch traut!«

»Trauen würde ich mich schon. Aber ich komm hier nie wieder hoch.« Bjarne grinste unbeholfen.

»Blöde Ausrede!«, rief ich, sprang auf und reichte ihm

die Hände. Ich musste ziemlich ziehen und mich ganz, ganz weit nach hinten lehnen, aber schließlich gelangte unser Chefkoch in die Senkrechte. Er schwankte kurz, drückte meine Hände fester. Unsere Nasen berührten sich beinahe und mir wurde ziemlich warm. Was an der Sonne liegen konnte, die mir auf den Rücken brannte. Oder an der körperlichen Anstrengung. Oder an etwas, an das ich keinen Gedanken mehr verschwenden wollte, seit Marvin …

»Der Letzte macht das Abendessen!« Regula hatte schon die Schuhe ausgezogen und sauste zum Bach.

»Ich bin hier der Chef«, lachte Gerry und rannte, nun ebenfalls barfuß, hinter ihr her. Ich überlegte, mich zu beeilen. Wartete dann aber, bis Bjarne seine Trekkingschuhe, die ganz bestimmt aus einem überteuerten Fachgeschäft stammten, ausgezogen hatte. Louis war bereits bis über die Knie nass, als wir endlich unsere Zehen in das eiskalte Wasser tauchten. Es war … himmlisch! Glasklar, der Boden des Bächleins mit weichem Moos bedeckt.

»Yeah! Hellstern kocht!« Regula warf die Arme in die Luft.

»Ein ganz mieser Trick, um sich ein Sternemenü zu erschleichen.« Bjarne grinste und kickte mit dem Fuß einen kleinen Stein weg.

»Aber er hat funktioniert.« Regula lachte.

»Sehen die Möhren nach einem Michelinstern aus?«, frage ich Bjarne, der in einer Glasschüssel rührt. Es sieht sehr professionell aus, wie er locker aus dem Handgelenk den Schneebesen schwingt.

»Äh. Also. Nein.«

»Oh.« Dabei habe ich mir solche Mühe gegeben, aus den Rüben kleine Würfel zu machen. Okay, wirklich klein sind sie nicht geworden. Und auch nicht wirklich würfelig. Und von gleich groß kann keine Rede sein. »Dann habe ich also keine Chance auf einen Platz in Hellsterns Küche?«

»Am Herd eher nicht.« Bjarne zwinkert mir zu. »Aber du hast noch einen Versuch.«

»Noch mehr Möhren?« Ich frage mich jetzt schon, wer diesen ganzen Berg vertilgen soll.

»Deko. Geh doch mal schauen, ob du sowas wie Blumen und Kerzen auftreiben kannst.«

Klingt gut. Und definitiv besser als die Zwiebeln, die noch im Netz auf dem Tisch liegen. Deko kann ich.

»Okay, Sir!« Ich schaue Bjarne noch einen Moment zu, dann will ich raus gehen. Auf der Wiese vor dem Haus stehen jede Menge gelbe und weiße Blumen. Im Flur knalle ich beinahe mit Gerry zusammen.

»Warst du beim Friseur?« Seine schulterlangen blonden Locken sind verschwunden. Stattdessen sind die Seiten und der Nacken rasiert und die Haare mit Gel aus der Stirn gekämmt. »Schick!«

»Kennen wir uns?«

»Hä?«

»Ob wir uns kennen.«

»Schon verstanden, also akustisch. Ich kann mich doch nur wegen so einem bisschen Küchendienst nicht derart verändert haben!« Hat er getrunken? Ich mache einen halben Schritt weiter auf ihn zu und schnuppere möglichst unauffällig. Er riecht tatsächlich. Harzig, rauchig. Lecker. Aber nicht nach Alkohol.

»Darf ich im Wohnzimmer Vasen und sowas suchen, für

die Deko?« Ich beschließe, Gerrys merkwürdiges Benehmen zu übergehen.

»Von mir aus.« Er zuckt mit den Schultern.

»Okay, ich geh dann mal.« Ich wende mich ab, Richtung guter Stube. Die Tür zum Wohnzimmer geht auf, und heraus kommt Gerry. Mit schulterlangem Haar.

»Was machst du hier?« Das klang alles andere als begeistert und war zum Glück nicht an mich gerichtet. Der doppelte Gerry hinter mir lässt ein kurzes, ebenso unfreundliches Lachen hören. Ich blicke von einem zum anderen. Bis auf die Klamotten und die Haare gleichen sie sich wie ein Ei dem anderen.

»Du könntest deinen Bruder schon ein bisschen freundlicher begrüßen.« Der falsche Gerry grinst schief.

»Äh, ich geh dann mal«, sage ich. Bleibe aber, wo ich bin. Die beiden scheinen mich gar nicht zu bemerken.

»Ich wüsste nicht, warum du hier willkommen sein solltest.« Mein Gerry ballt die Hände zu Fäusten. Seine Augen sind nur noch kleine Schlitze.

»Nett wie immer.« Der falsche Gerry nestelt einen Umschlag aus seiner Hosentasche. »Dann eben nicht.« Er streckt meinem Gerry den Umschlag hin. Der bewegt sich keinen Millimeter. Schließlich greife ich nach dem weißen Papier.

»Hat mich gefreut. Bis dann.« Gerry Nummer zwei zieht die Nase hoch und macht auf der Hacke kehrt. Kurz darauf schlägt die Haustür zu. Mein Gerry stößt hörbar die Luft aus und entspannt sich.

»Wer war das?«

»Mein Bruder. Stephan.« Ah, ich erinnere mich. Herbert hatte ja heute Morgen von ihm gesprochen.

»Seid ihr …?«

»Zwillinge. Leider.«

»Das ist dann wohl für dich.« Ich reiche Gerry den Umschlag, auf dem in Knallschwarz und Großbuchstaben *GERALD* steht. Er nimmt ihn mit spitzen Fingern entgegen und stopft ihn, ohne einen Blick darauf zu werfen, in seine Gesäßtasche. Einen Moment lang stehen wir uns schweigend gegenüber.

»Ich wollte eigentlich nur eine Blumenvase«, flüstere ich schließlich.

»Die sind im großen Schrank, unten links.« Gerry lässt ein winziges Lächeln sehen. »Ich schau mal, ob Bjarne klarkommt.«

Der schon. Im Gegensatz zu dir. Denke ich. Sage aber nichts. Ich schätze, der Brief ist nicht gerade angenehm für unseren Gastgeber. Die Neugier kitzelt mich, und ich gebe mir selbst einen Rüffel. Auch wenn ich von Berufs wegen neugierig bin – das hier geht mich nichts an. Oder?

»Verdammte 'acke, war das formidable!« Louis rülpst hinter vorgehaltener Hand und lässt sich nach hinten in den Gartenstuhl plumpsen. Unser Franzose wischt mit dem Zeigefinger den allerletzten Rest Soße vom Teller und streicht sich nach dem Ablecken über den Bauch. »Fast wie bei meine Maman.«

»Stimmt, das war ganz, ganz prima«, stimmt Regula bei. Bjarne lächelt verlegen.

»Ist ja mein Job«, sagt er bescheiden.

»Ich kann verstehen, warum das ›Hellstern‹ zu den besten Restaurants gehört«, lobe ich Bjarne, der neben mir sitzt und jetzt ein bisschen rote Ohren bekommt.

»Dich lass ich nicht mehr weg, Gourmetküche auf meinem alten Hof, wer hätte das gedacht!« Gerry lässt ein kleines Lächeln sehen. Das erste, seit er am Tisch sitzt. Die ganze Zeit über hat er kein Wort gesagt, sondern nachdenklich auf seinen Teller gestarrt und schweigend gegessen. Okay, wir anderen haben auch nicht viel gequatscht, dazu war das alles zu lecker und unser Platz auf der Terrasse, die untergehende Sonne am Horizont, zu kitschpostkartig. Aber Gerry machte, anders als wir, nicht den Eindruck, dass ihn nur Bjarnes Kochkunst vom Plaudern abhält.

Ich gähne. Weil ich muss. Jetzt, mit vollem Magen, merke ich, wie müde ich eigentlich bin. Mir steckt immer noch das Steckenbleiben auf dem Fernsehturm in den Knochen. Ich bin eben keine 20 mehr, da hab ich sowas locker weggesteckt. Eine Nacht durchmachen? Kein Problem, am nächsten Morgen viel Schminke ins Gesicht, jede Menge Koffein ins Blut und dann ab zur Arbeit. Um am nächsten Abend genau da weiterzumachen, wo ich aufgehört hatte. Aber jetzt? Ich werde alt.

»Oha. Müde?« Bjarne zwinkert mir zu. Das macht mich ein bisschen wacher, trotzdem kann ich nichts gegen das Gähnen tun.

»Dann wollen wir mal ganz schnell dafür sorgen, dass Stella ins Bett kann.« Gerry kramt den Würfel aus seiner Hosentasche. »Sei froh, du bist raus!«

Und ob ich froh bin! Während die anderen um den nächsten Frühdienst zocken, renke ich mir beinahe den Kiefer aus. Bjarne und Louis haben Glück, Regula würfelt sich den Wecker ins Zimmer.

»Ich stell dir den vor die Tür«, sage ich zwischen zwei Mal Mund weit aufsperren. Ein bisschen peinlich ist das ja schon, aber ich kann meine Kiefermuskeln nicht mehr kontrollieren.

»Das macht die Landluft, die macht müde.« Regula
lächelt mich an. Ihr scheint es nichts auszumachen, dass
sie am nächsten Morgen mit den Hühnern aus den Federn
fallen wird. Im Gegenteil, sie hält Bjarne das Glas hin,
als der die dritte Flasche Trollinger köpft. Der schwäbische Rotwein ist zwar nicht so süß und würzig wie mein
bevorzugter Barolo, findet aber selbst vor Louis' französischem Gaumen Zustimmung. Und zwar reichlich, wobei
Gerry dafür sorgt, dass der Junge reichlich Wasser zum
Wein bekommt. Ich lehne ein weiteres Glas Wein ab und
stehe auf. Mit zwei Schüsseln in den Händen verabschiede
ich mich.

»Ich würde gerne ... aber ich kann nicht ...«

»Schlaf gut!«, rufen alle vier, und ich bin sicher, dass
ich das werde. Schon der Weg in die Küche scheint ewig
lang, und als ich an den ›Aufstieg‹ in mein Zimmer denke,
machen meine Beinmuskeln sich bemerkbar. Ich bin es
nicht gewohnt, in flachen Schuhen zu laufen und schon
gar nicht zu wandern. Soll ja gesund sein, aber im Moment
spüre ich Muskeln, von denen ich nicht mal wusste, dass
ich sie habe. Seufzend stelle ich die schmutzigen Schüsseln ins Spülbecken. Einen Moment lang überlege ich,
ob ich sie abwaschen soll. Aber dafür reicht meine Kraft
heute nicht. Ich gähne noch mal, und dann fällt mein
Blick auf ein Blatt Papier, das halb verborgen unter einem
Geschirrtuch auf der Anrichte liegt. Der dazugehörende
Umschlag mit der Aufschrift *GERALD* liegt zerrissen
daneben. Ich schwöre, dass ich nicht spionieren will.
Ganz wirklich ehrlich nicht. Aber was kann ich denn
dafür, dass ich gelernt habe, Briefe auf dem Kopf zu lesen?
Es gehört schließlich zu meinem Beruf, dass ich Sachen
lesen kann, die verkehrt herum daliegen. Journalisten-

schulwissen 1. Klasse, quasi. Und dass das Geschirrtuch
zur Seite rutscht, also wirklich, dafür kann ich nichts.
Fast gar nichts. Echt!

DER BRIEF

Liebstes Bruderherz,

ja, das ist Ironie. So bin ich eben. Aber was ich dir jetzt mitteile, das ist alles andere als ironisch gemeint!

Dass der alte Zausel ausgerechnet dir den Hof vermacht hat, ist ein Treppenwitz mit Anlauf. Du hast von Betriebsführung so viel Ahnung wie eine Kuh vom Eierlegen. Ich weiß aus zuverlässiger Quelle, dass du mit dem Hof auch einen Batzen Schulden geerbt hast. Was ich dir von Herzen gönne, ich bin ja nicht so. Glaubst du nicht? Dann bitte:

Außenstände Stromanbieter: 1.859,87 €

Außenstände Stadtwerke: 2.479.42 €

Kontostand zum letzten Ersten: – 8.459,17 €.

MINUS. Nicht Plus, Brüderchen. Dagegen stehen Einnahmen von sage und schreibe null Komma null Nix Euro. Deine Krankenkasse will Geld, die Telefongesellschaft ebenso, und essen musst du auch mal was.

Ich muss kein Mathegenie sein, um dir zu sagen, dass dir das Wasser bis zum Hals steht. Und der Versuch, mit ein paar Touristen und lustigen Lamawanderungen wird dir auch nicht helfen.

Deswegen mein Vorschlag: Aus brüderlicher Verbundenheit übernehme ich deine Verbindlichkeiten. Dafür räumst du zum nächsten Ersten den Hof. Samt Viechzeugs. Nach dem Umbau kannst du dich als Hausmeister bei mir bewerben. So ein Tagungshotel wirft nicht nur Geld ab, es macht auch jede Menge Arbeit.

Reg dich nicht auf, Gerald, das ist ein faires Angebot. Und wenn ich mich nicht irre, hast du keine Wahl und wirst es annehmen. Du weißt, wie du mich erreichen kannst, Brüderchen.

Stephan.

OH MANN. MÄNNER.

STELLA

Das geht mich nichts an. Das geht mich sowas von überhaupt nichts an. Ich bin hier nur eine Reporterin, die über lustige Lamas schreiben soll. In ein paar Tagen bin ich wieder weg. Und außerdem kenne ich Gerry kaum. Wahrscheinlich werde ich ihn nie wieder sehen. Das alles kann mir also getrost am Allerwertesten vorbei gehen.

Sage ich mir.

Und weiß, dass es mich zwar nach meiner inneren Moralpredigt an mich selbst noch immer nichts angeht. Dass es mich aber umtreibt. Und zwar gewaltig.

Was muss nur zwischen den Brüdern vorgefallen sein, dass sie dermaßen schlecht aufeinander zu sprechen sind? Und wie konnte Gerry in diese finanzielle Schieflage geraten?

Wenn das hier nicht das echte Leben wäre, könnte ich glatt denken, in einer Schmonzette von Rosamunde Pilcher gelandet zu sein. Oder in einem Tatort. Fehlt nur noch die blutüberströmte Leiche. Aber auch das ginge mich nichts an. Ich putze die Zähne so gründlich, dass ich die Borsten der Bürste dabei verbiege. Mein Dentist wäre entsetzt. Aber auch das intensive Schrubben hilft nichts, ich kriege den Brief nicht aus dem Kopf. Ob ich Gerry darauf ansprechen soll?

Auf keinen Fall – denn erstens würde er dann denken, dass ich hinter ihm her spioniert habe. Und zweitens geht mich das nichts an. Gar überhaupt nulli nix. Obwohl ich bleimüde bin und mir die Decke bis über die Nase ziehe, kann ich nicht einschlafen. Das liegt an der Landluft, versuche ich mir einzureden. Glaube es mir aber selbst nicht. Nach einer guten halben Stunde gebe ich auf und krame das Handy aus der Nachttischschublade. Ich muss mit Inga sprechen. Ist mir egal, ob sie gerade mit ihrem Barkeeper beschäftigt ist, die fünf Minuten muss sie Zeit haben. Als ich das Gerät einschalte, sehe ich sieben SMS. Alle von Inga.

›Gleich ist es soweit, oh Gott, was soll ich anziehen?‹

›Meinst du, die rote Unterwäsche ist zu offensichtlich?‹

›Stella, jetzt melde dich doch mal … wo bist du?‹

›Ich glaub, er verspätet sich.‹

›Ich erreiche Mike nicht. Wo steckt der bloß? Stella, ich brauch dich!‹

›Scheiße. Der kommt nicht. Warte seit zwei Stunden.‹

›Die rote Unterhose kratzt. Mike kann mich mal. Wo bist du?‹

Oha. DAS geht mich was an. Ich wähle Ingas Nummer. Nach dem zweiten Klingeln geht sie dran und schnieft.

»Heulst du?«, frage ich besorgt.

»Ja. Nein. Ach. Der hat mich versetzt. Nicht mal angerufen. Nichts.«

»Vielleicht ist ihm was dazwischen gekommen?«, sage ich lahm. Und glaube das selbst nicht. Eine Frau wie Inga versetzt man nicht ohne sehr guten Grund. Und derer gibt es nur zwei: Krankenhaus oder Leichenhalle.

»Der hätte ja wenigstens anrufen können.«

»Hätte er. Und was machst du jetzt?«

»Na was wohl. In die Glotze glotzen und mich mit Chips fett fressen.« Inga kichert ein bisschen. Ich atme auf. Sie leidet also nicht an akutem gebrochenem Herz, sondern eher an verletztem Stolz. Das ist heilbar. Allerdings hat sie jetzt ganz bestimmt keinen Kopf für die Pleite eines schwäbischen Lamahirten. Und eigentlich geht sie das ja auch nichts an. Genau so wenig wie mich. Ich beschließe, mich auf vertrautes Terrain zu begeben.

»Hast du versucht, deinen Mike zu erreichen?«

»Das ist nicht mein Mike«, schnaubt Inga. »Und ja, gefühlte 200 Mal.« Ich weiß, dass sie schwindelt. Sie hat ihn höchstens zwei Mal angerufen. Mehr lässt ihr Stolz nicht zu. »Und jetzt will ich nichts mehr davon hören. Erzähl du lieber, wie es mit den Kamelen ist.«

»Lamas.«

»Auch egal.«

»Naja, Lamas und Kamele sind schon sehr unterschiedlich«, sage ich.

»Ich will keine Vorlesung in Biologie. Fakten. Männer?«

»Ja. Sind da.« Ich kann Inga schlecht sagen, dass der eine viel zu jung, der andere zu dick und der dritte zu pleite ist. Obwohl ja alle drei einen gewissen Charme haben. Gerry hat wunderschöne Augen und ist wirklich nett. Louis ist lustig. Und Bjarne … HUCH! Warum kribbelt mein Bauch, wenn ich an ihn denke? Moment mal – der ist sowas von überhaupt nicht mein Typ. Erstens stehe ich auf Männer, die halb so viel wiegen wie er. Zweitens ist er ein bisschen zu alt. Und drittens … fällt mir nichts ein. Das Kribbeln bleibt.

»Und weiter?«, hakt Inga nach und mampft eine Hand voll Chips. Das Schmatzen an meinem Ohr bringt mich in die Realität zurück.

»Uninteressant«, seufze ich theatralisch. »Selbst der Lamahengst ist kastriert.«

»Die Männer sind Eunuchen?«, kreischt Inga, und ich weiß, dass sie auf einen Lachkoller zusteuert. Ich muss kichern. Das tut gut. Wir schäkern noch eine Weile, dann geht es uns beiden besser. Nachdem ich das Handy in die Schublade gestopft habe, krieche ich wieder unter die Decke. Und bin endlich, endlich viel zu müde, um mich darüber zu wundern, dass kurz vor dem Einschlafen Bjarnes Gesicht vor meinem inneren Auge aufblitzt.

OMELETTE

STELLA

Irgendwann am sehr frühen Morgen höre ich den Wecker im Nebenzimmer rattern. Und Regula etwas Unverständliches fluchen. Es klingt wie ›Leck mich doch am Füdli‹. Sie tut mir leid, aber da muss sie jetzt durch. Musste ich gestern auch. Ich gähne, drehe mich auf die andere Seite, und als ich die Augen das nächste Mal aufmache, ist die Dämmerung einem ziemlich grellen Sonnenschein gewichen und es riecht nach Ei. Gebratenem Ei. Ich weiß, dass ich nicht von Kastraten geträumt habe, und das Omelette auf dem Tablett, das vor meiner Nase schwebt, ist echt. Daneben steht der Smileybecher, in dem frischer Kaffee dampft. An der Tasse lehnt eine frische Brezel. Hinter dem ganzen Arrangement lächelt Bjarne mich an.

»Guten Morgen, oder besser Mittag«, sagt er. Ich rutsche tiefer unter die Decke. Mangels Schlafanzug habe ich nur meine Unterwäsche an. Ich befürchte, meine Haare sehen aus wie Lamawolle nach dem Scheren, und dass meine Augen morgens an Pingpongbälle in Rot erinnern, weiß ich auch ohne Spiegel.

»Morgen«, krächze ich.

»Ich dachte, du willst vielleicht noch ein Frühstück?« Bjarne sieht mich fragend an.

»Das ist lieb«, antworte ich und merke, dass ich das genau so meine. Bjarne sieht sich um.

»Wo soll ich das hinstellen?«, fragt er unsicher. »Im Roomservice war ich nie gut.« Er grinst. Ich rapple mich auf und klopfe die Bettdecke zurecht.

»Hier!«, strahle ich. »Frühstück im Bett, wie toll!«

Bjarne wird ein bisschen rot, und der Kaffee schwappt über den Rand, als er sich über mich beugt und mir das Tablett in die Hand drückt. Das Omelette mit frischen Kräutern und geröstetem Speck duftet fantastisch.

»Also dann … guten Appetit.« Bjarne nickt mir zu und wendet sich um.

»Bleib doch«, rutscht mir raus. Ich merke, dass jetzt ich an der Reihe bin, die Gesichtsfarbe zu wechseln. Was habe ich da eben gesagt? Habe ich wirklich …? Scheinbar habe ich, denn Bjarne hockt sich auf die Bettkante. Ich muss das Tablett festhalten, denn sein Gewicht bringt die Matratze in Schieflage. Ich balanciere alles mit meinen Knien aus. Keiner von uns sagt etwas. Bjarne fixiert die Blümchentapete, ich wickle Messer und Gabel aus der Serviette und piekse einen Bissen Omelette auf. Es schmeckt …

»Traumhaft!«

»Schmeckt es dir?« Bjarne klingt ein bisschen wie ein kleiner Junge.

»Das beste Omelette meines Lebens«, sage ich und meine das genauso. Ich hatte erst zwei Mal das Vergnügen, in einem edlen Hoteltempel zu nächtigen. Selbst dort war das Frühstück nicht so lecker, auch wenn dort Spitzenköche die Eier gebraten hatten.

»Ich hab schon ewig keins mehr gemacht. Dabei musste ich in der Ausbildung im ersten Vierteljahr nur Eier machen. Du kannst dir nicht vorstellen, was man mit Eiern alles anstellen kann.«

»Oh doch, jede Menge Sachen, die Spaß machen«, flutscht es mir aus dem Mund, ehe ich nachdenken kann. Oh Stella! Der Mann meint Hühnereier!

»Äh«, sagt Bjarne. »Schon. Auch. Aber ich meine in der Küche.«

Nein. Weg mit dem Bild von nackten Körpern in Küchen! Ich beiße so heftig in die Brezel, dass meine Zähne aneinander reiben.

»Erschähl doch, wie wird man Schpissenkoch?«, nuschle ich. Bjarne zuckt mit den Schultern. Erzählt dann aber doch. Als ich den letzten Rest Omelette mit den Fingern vom Teller wische, habe ich ziemlich viel gehört über den rauen Umgangston in den Küchen dieser Welt. Über die unmöglichen Arbeitszeiten. Die Ausbeutung der Jungköche. Aber auch über die Faszination, mit knackfrischen Produkten zu kochen. Immer Neues auszuprobieren. Ungewöhnliches zu kombinieren. Und irgendwann seine eigene Sprache zu entwickeln, quasi. Kochen ist mehr, als nur Essen machen. Das ist, glaubt man Bjarne, Philosophie. Kunst. Religion. Liebe.

»Das Frühstück jedenfalls war lecker.« Klingt nicht geistreich, aber Bjarne freut sich trotzdem über das Kompliment.

»Die Gäste im Hellstern sagen nie, dass es lecker war.« Er nimmt mir das Tablett ab und stellt es auf den Boden, bleibt aber sitzen. Was ich zu meinem eigenen Erstaunen schön finde. »Die sagen ›bon‹ oder ›exzellent‹ oder ›extraordinär‹.« Bjarne zieht eine affektierte Schnute. Ich muss lachen.

»Dabei haben die meisten keine Ahnung vom guten Essen. Die kommen, weil man eben ins Hellstern geht, wenn man was auf sich hält. Weil es ein Sternerestaurant ist, in dem man Monate im Voraus reservieren muss und in dem ein Essen so viel kostet wie ein Kurzurlaub. Die schmeißen sich in Schale, teure Klamotten, gehen vorher zum Friseur und nebeln sich mit dermaßen viel Parfum ein, dass sie das feine Aroma von Jakobsmuscheln oder den Duft von frischem Salbei glatt damit erschlagen.«

Habe ich das gerade wirklich gehört? »Das sagst du selbst über dein Lokal?«

»Ja. Weil es die Wahrheit ist.« Bjarne zuckt resigniert mit den Schultern. »Eine Weile fand ich das schön. Oder es war mir egal. Aber wenn die nur noch kommen, weil sie immer wieder was anderes Ausgefallenes wollen, von dem sie doch nicht wissen, was sie da essen? Macht keinen Spaß. Und die paar wenigen echten Gourmets kann man an einer Hand abzählen.«

»Aber das ist doch schade.« Ich lege meine Hand auf seine. Er zieht sie nicht weg. »Da machst du so richtig gutes Essen und hast selbst keinen Spaß dabei?«

»Genau so ist das.« Bjarne seufzt und sieht mir Sekunden lang in die Augen. »Du bist mein erster glücklicher Gast seit gefühlten zehn Jahren«, sagt er schließlich.

»Das freut mich!«

»Mich auch.« Wieder sehen wir uns an. Und das fühlt sich so gut an wie ein Stück Schokolade, das auf der Zunge schmilzt.

»Ooooh la la!« Louis reißt die Tür auf und stürmt in mein Zimmer. »Störe isch?«

Ja!, will ich rufen.

»Nein«, sagt Bjarne in einem Tonfall, der das genaue Gegenteil impliziert. Was unser kleiner Franzose nicht bemerkt.

»Stella, isch will gehen im Stadt heute Nachmittag. Aber Gerry sagt, isch darf nischt alleine. Kommst du mit?« Louis macht große runde Augen und zieht einen Schmollmund. Ich seufze. Ich bin mir nicht sicher, ob ausgerechnet

ich mich als Babysitter eigne. Aber was solls. Ich brauche
ohnehin ein paar Sachen und gehe davon aus, dass Weinlingen irgendwo einen Laden zu bieten hat, der Unterwäsche und dergleichen verkauft.

»Kein Problem«, sage ich. Bjarne rappelt sich hoch.
Sieht mich einen Moment lang an. Dann nimmt er das
Tablett und verschwindet wortlos.

SHOPPINGQUEEN

STELLA

Ausgeschlafen ist der Spaziergang nach Weinlingen noch viel schöner als im Halbschlaf und Morgengrauen. Gerry hat uns eine Liste mitgegeben, was wir besorgen sollen. Das Satteln der Lamas allerdings haben Louis und ich ganz alleine hinbekommen. Worauf ich, ehrlich gesagt, ein bisschen stolz bin. Und ich bilde mir ein, dass Dalai mir zustimmend zugenickt hat, als ich das Tragegestell auf seinem Rücken festgezurrt hatte. Das Lama schwebt wie eine schwarz-weiße Wolke neben mir. Ding und Louis laufen hinter uns. Der Franzose plappert ohne Unterbrechung in einem Mischmasch aus Deutsch und Französisch, und ich bin froh, dass er keine Antwort erwartet. Während Louis sich mit meinem Hinterkopf unterhält, genieße ich die kurze Wanderung ins Örtchen. Der Gleichschritt auf der Landstraße beruhigt mich dermaßen, dass ich den Gedanken an das, was vorhin zwischen Bjarne und mir war – oder eben nicht war, da bin ich mir nicht so sicher – ziemlich gut verdrängen kann. Als wir schließlich nach einer guten halben Stunde die Bäckerei Ketterle erreichen und die Lamas an ihrem Stammbaum festbinden, fühle ich mich wieder wie Stella aus Berlin, die Journalistin, die ziemlich genau weiß, was sie will. In meinem Fall sind das Unterhosen, eine gute Creme und ein ordentliches Shampoo.

Vor dem Café steht ein halbes Dutzend Tischchen mit Stühlen. Alle bis auf einen sind unbesetzt. An dem sitzen zwei Mädels, die sich kichernd hinter ihren Eisbechern verschanzen, als Louis seinem Lama Ding hingebungsvoll die langen Ohren krault. Er schielt über den Hals des Tieres und fixiert die Mädchen.

»Kann es sein, dass du jetzt ein Eis essen willst?«, necke ich ihn leise. Wie süß, er wird ein bisschen rot.

»Ah oui, kein schleschtes Idee«, sagt er und lässt die holde Weiblichkeit dabei keinen Moment aus den Augen.

»Dann los, die Linke ist süß«, flüstere ich ihm ins Ohr.

»Misch gefällt die Blonde besser«, flüstert er zurück, strafft die Schultern und geht betont gelangweilt am Tisch der Mädels vorbei ins Café. Ich kraule Dalai an den Ohren. »Pass auf, dass er keinen Quatsch macht«, bitte ich das Lama flüsternd, binde meine Handtasche von der Trage und nicke den Teenagern zu. Die beiden kichern debil und schielen dann Richtung Eingang, wo Louis verschwunden ist. Ich grinse und mache mich auf den Weg in die Ortsmitte.

Lange laufen muss ich nicht. Im Stillen mache ich mir Notizen, wo der Fotograf der Donatella knipsen könnte. Vor dem Fachwerkhäuschen neben der Metzgerei zum Beispiel. Ein Lama, das an dem kleinen Brunnen getränkt wird, daneben Gerry. Schönes Bild. Nur erscheint vor meiner inneren Kamera kein durchtrainierter Naturbursche – sondern ein runder Spitzenkoch. Ich beschleunige meine Schritte und gelange nach wenigen Minuten zu einem kleinen Laden, vor dem zwei Kleiderständer auf dem Gehweg stehen. Weit und breit scheint das die einzige Boutique zu sein. Ich blättere ein wenig lustlos durch die T-Shirts und kurzen Hosen auf den Ständern vor der Tür. Sowas würde nicht mal meine Mutter zum Putzen anziehen. Will ich denken. Als waschechte Berlinerin muss ich ja quasi dieser Meinung sein. Aber schon nach dem ersten Durchgang durch die Klamotten habe ich mir drei Shirts und zwei Hosen geschnappt. Nicht nur, dass die einfach fantastisch aussehen – günstig sind sie auch noch. Reine Baumwolle. Fairer Handel. Kostet in der Hauptstadt mindestens doppelt so viel. Ich kralle mir noch ein rosa Shirt mit dem Aufdruck ›Ladies First‹, das ich Inga mitbringen will. Rosa steht ihr fantastisch. Dann betrete ich mit meiner Auswahl den kleinen Laden.

»Grüß Gott«, ruft die Dame hinter der hölzernen Verkaufstheke, auf der eine angegilbte Kasse aus den 1970ern prangt. »Ko i helfa?«

»Bitte?«

»Ob ich helfen kann. Oder welled Sie erschd gugga?«

»Ähm. Danke. Ich schau mich um.«

»Kann i eahne des scho abneahma?« Sie flitzt zu mir und nimmt mir die Klamotten ab. Ich staune nicht schlecht: Der flatternde Rock und das hautenge Top mit Glitzersteinchen am Ausschnitt passen so gar nicht zu der altbackenen Dauerwelle der etwa 60-Jährigen.

»Sie send ned vo do«, stellt sie fest.

»Nein, ich komme aus Berlin.«

»Do gugg no, do wared s'Ketterles erschd grad.«

Ich habe keine Lust auf Konversation und murmle etwas Unverständliches. Die Verkäuferin scheint allerdings in Plauderlaune zu sein.

»Mached Sie Urlaub beim Gerry?«, will sie wissen. Ich nicke stumm und vertiefe mich in einen Stapel Pullover, die allerdings anders als die Klamotten auf den Ständern draußen aus der vorvorletzten Saison des letzten Jahrhunderts zu stammen scheinen. Immerhin sind sie billig.

»Also des mid dene Lamas war ja scho a Schnabbsidee vo saim Onkl«, schwadroniert die Dame los. Ich horche auf, allerdings bimmelt just in dem Augenblick das Telefon. Die Verkäuferin entschuldigt sich wortstark und verschwindet im Hinterzimmer, wo ich sie kurz darauf nur noch »Ha no!« und »A wa!« murmeln höre. Ich setze meinen Beutezug durch den Laden fort. Tatsächlich hat die winzige Boutique auch Unterwäsche im Sortiment. In allen Größen, von ganz Mini bis Viermannzelt. Allerdings nur ein Modell in einer Farbe. Was solls, sieht ja keiner. Ich lege fünf weiße Liebestöter auf meinen Shirtstapel neben der Kasse. Für zweifünfzig das Stück ein Schnäppchen, und Putzlappen kann ich in Berlin sicher mal brauchen.

Nach einigem Suchen finde ich noch einen schwarzen Wollpulli, dessen Schnitt nicht ganz Oma ist. Und ein Nachthemd. Pyjamas sind nicht in Sicht, aber das hellblaue Flanellteil ist dermaßen retro, dass ich gleich zwei der langärmeligen Dinger kaufe. Inga wird ihren Spaß haben, wenn sie das Mitbringsel auspackt, und ich sehe uns beide schon an Karneval in den Nachthemden über den Ku'damm flanieren. Die Verkäuferin gibt mir aus dem Hinterzimmer ein Zeichen, dass das Telefonat offenbar noch länger dauert. Da ich aber keine Lust habe, ewig zu warten, rechne ich den Preis selbst aus. Knappe 60 Euro. Ich lege zur Sicherheit 70 auf den Tresen, reiße die Preisschildchen alle ab, platziere sie daneben, und als die Dame gerade ein herzhaftes »Heimadsogga!« in den Hörer ruft, habe ich meinen Einkauf in einer lila Tüte mit dem Aufdruck ›Lindas Lädele‹ verstaut und mache mich auf den Rückweg zum Café.

Dalai und Ding haben es sich auf dem Rasenstück unter dem ausladenden Baum gemütlich gemacht. Mein Lama sieht mich wie belustigt an. Ding mit einer Mischung aus Mitleid und Erstaunen, bilde ich mir ein. Als Frau hat sie wohl noch am ehesten Ahnung vom Shoppen. Dalai wendet den Kopf und nickt in Richtung Café. Ich grinse: Louis beugt sich über den Tisch, auf dem drei leere Eisbecher stehen, und fällt dem blonden Mädel beinahe in den Ausschnitt. Für ihr Alter ist die Kleine bestens bestückt. Von ihrer Freundin allerdings fehlt jede Spur. Ehe der kleine Franzose ganz im Dekolletee seiner Flamme verschwindet, zurre ich meine Tüte auf Dalais Trage fest und trete an den Tisch.

»Hallo!«, sage ich überlaut. Die beiden fahren auseinander, und ich sehe, dass sie unter dem Tisch Händchen gehalten haben. Das Mädchen wird knallrot. Louis strahlt mich an.

»Salut, Stella!«

»Bonjour. Ist da noch frei?«, frage ich und lasse mich, ohne eine Antwort abzuwarten, auf den leeren Stuhl plumpsen. Ich weiß, dass ich das junge Glück übelst störe, aber irgendwie fühle ich mich für Louis verantwortlich. Mag spießig sein, aber er ist schließlich unter meiner Obhut unterwegs, irgendwie.

»Ich hab einen irren Durst«, gebe ich bekannt.

»Na dann musst du was trinken!« Ich fahre herum. Hinter mir steht Herbert Ketterle, in der einen Hand zwei Gläser, in der anderen eine Flasche Trollinger.

»Musch du ned langsam zom Gaigaonderrichd, Annika?«, fragt er das Mädel. Die nickt stumm.

»D' Annika isch mai ehemalige Schülerin«, erklärt Herbert und zieht mit einem Ploppgeräusch den Korken aus der Rotweinflasche.

»Ja, also … bis dann«, sagt Annika und steht auf.

»Isch begleite disch.« Louis scheint fest entschlossen, seinen Fang nicht sofort wieder von der Angel zu lassen. Annika wird noch röter und bückt sich nach dem

Geigenkoffer unter dem Tisch. Louis kommt ihr zuvor, schnappt sich den braunen Kasten und teilt mir mit, er werde dann schon demnächst zum Hof gehen. »Kannst du die Ding mitnehmen?« Er macht Kulleraugen. Eigentlich sollte ich ja mit ihm gemeinsam zurückgehen. Aber erstens sieht diese Annika wirklich niedlich aus. Und zweitens befürchte ich, dass Herbert mich nicht gehen lässt, ehe die Flasche nicht leer ist. Wir sehen dem jungen Glück schweigend nach, bis sie um die Ecke verschwunden sind. Dann füllt Herbert die Gläser.

»Annerose isch beim Frisör.« Herbert zwinkert mir zu. »Neue Dauerwelle. Und das dauert. Mir schlotzed jetzt erschd mol a Viertele!« Er lacht und hebt das Glas. Ich denke an den Einkaufszettel von Gerry. Schiele auf die Uhr. Erst kurz nach drei. Bis Sieben werden die Läden schon aufhaben, sage ich mir und proste Herbert zu. Es gelingt mir, das Gesicht nicht allzu sehr zu verziehen, als ich den Trollinger koste. Der Wein ist ziemlich sauer. Zumindest der erste Schluck. Der zweite schmeckt schon besser, und nach dem ersten Glas mag ich das hellrote Zeugs. Herbert füllt nach, ordert in der Bäckerei zwei Butterbrezeln, beugt sich über den Tisch und sagt: »Ich glaub, dir kann ich das erzählen.«

UNTER BRÜDERN

STELLA

Ich bin mir nicht sicher, ob ich hören wollte, was Herbert mir erzählt hat. Aber der Trollinger hat erstens seine Zunge gelöst und zweitens mich in eine Stimmung versetzt, in der ich mir nichts Besseres hätte vorstellen können, als neben Herbert vor dem Café Ketterle in Weinlingen zu sitzen, die Lamas zu beobachten und die wenigen Passanten, die vorbeikamen – und die Story von Gerry und Stephan zu hören, die mein neuer Freund mir zu Wein und Brezel servierte. Was er da servierte, hatte jede Menge Würze in ihrer Mischung aus Tatsachen und Ausschmückungen, die im Lauf der Jahre dazu gekommen waren, und es lag bestimmt nicht an meinem journalistisch geschulten Gehör, dass ich wie gebannt an seinen vom Wein leicht bläulich gefärbten Lippen hing.

»Du veralberst mich doch«, wollte ich rufen, als Herbert die Geschichte der Zwillingsgeburt erzählte. Aber er war dermaßen in Fahrt, dass ich gar nicht zu Wort kam. Schon bei der Geburt der Brüder, so Herbert, war klar, dass aus den beiden nie ein Herz und eine Seele würde. Ungewöhnlich für Zwillinge, aber eben Gerald und Stephan. Gerry rutschte als Erster aus dem Bauch seiner Mutter, fast so, als hätte er die Flucht antreten wollen. Es brauchte nur eine einzige Wehe, dann schoss der erste Bruder quasi auf die Welt und flutschte der Hebamme in einem Schwall aus Fruchtwasser in die Arme. Die rief ein herzhaftes »Jessas!«, als sie den Knaben auffing und in sein Gesicht sah. Dass das ›potthässlich‹ gewesen sei, hatte die gute Frau bei jeder sich bietenden Gelegenheit erzählt. Und vermutlich recht gehabt: Gerrys linkes Auge zierte ein veritables Veilchen, seine Nase war schief und die rechte Wange blutunterlaufen. Außerdem hatte er einen winzigen Fußabdruck auf dem nackten Po, gerade so, als hätte sein Bruder ihn aus der gemeinsam bewohnten Gebärmutter getreten.

Stephan wollte und wollte nicht geboren werden. Was nicht daran lag, dass er nicht hätte aus dem Bauch der Mutter wollen, es ging schlicht nicht. Der Kleine lag verkehrt herum, und es dauerte zwei weitere zwei qualvolle Stunden, ehe er von der Geburtshelferin auf die Welt gezogen werden konnte. Im Gegensatz zu seinem Zwilling war er bis auf den Abdruck am linken Knöchel, wo die Hebamme ihn zu fassen bekommen hatte, ein perfektes Baby. Allerdings eines mit mächtig schlechter Laune, das schrie und greinte, sobald sein Bruder auch nur in seiner Nähe war. Da die beiden sich aber ein Bettchen teilten, kam Stephan so gut wie gar nicht mehr aus den Heulkrämpfen und Wutanfällen raus.

Bis zur Taufe der Zwillinge war Gerry von seinen blauen Flecken befreit, und so trug die stolze Mutter zwei prächtige Jungs zum Altar. Und tatsächlich waren die ersten vier, fünf Jahre im Leben der Buben einigermaßen von Harmonie geprägt. Abgesehen von büschelweise ausgerissenen Haaren, kleinen Bisswunden und blauen Flecken auf Gerrys Seite. Sehr zur Verwunderung der Mutter nützte es allerdings nichts, die beiden immer gleich anzuziehen. Auch wenn sie sich buchstäblich glichen wie das berühmte Ei dem anderen – von allumfassender Zwillingsliebe war nicht viel zu spüren. Im Gegenteil, die beiden waren so unterschiedlich wie Tag und Nacht.

Die Kindergartenzeit bekamen die beiden einigermaßen über die Runden. Auch die gemeinsam ausgestandenen Windpocken, die ersten Versuche auf den winzigen Fahrrädern und die am selben Tag gebrochenen linken großen Zehen (beim Sprung vom Nachbarschuppen) ließen die Eltern hoffen, dass aus Gerald und Stephan doch noch normale Zwillinge würden. Also schulten sie sie in der Weinlinger Grundschule ein. Herbert unterrichtete damals aushilfsweise die erste Klasse. Und setzte die beiden instinktiv nebeneinander.

»Und da hat mein Instinkt mich sowas von getäuscht«, bekennt er, füllt sein Glas nach und erzählt, wie die Buben sich schon am zweiten Schultag sehr zur Erheiterung der Klassenkameraden eine Klopperei mitten im Klassenzimmer geliefert hatten. Niemand konnte bis heute sagen, um was es ging, aber es war beileibe nicht das letzte Mal, dass die Brüder sich in der Wolle hatten. Im Lauf der Jahre kultivierten sie ihre Hassliebe. Trug Gerry blaue Jeans, kam Stephan garantiert in einer roten Cordsamthose. Schrieb Stephan eine Eins in Mathe, versiebte Gerry seine Arbeit mit voller Absicht. Und als gegen Ende des vierten Schuljahres die Eltern aus beruflichen Gründen wegziehen mussten, pochte Stephan darauf, ein mathematisches Gymnasium zu besuchen, und Gerry bestand darauf, ein am anderen Ende der Stadt gelegenes Neusprachliches Institut zu wählen.

»Ich hab dann Jahre lang nichts von denen gehört«, bekennt Herbert. »Naja, jeden Sommer war ein Bruder in den Ferien beim Philipp auf dem Hof. Immer schön abwechselnd, nie gleichzeitig.« Er habe gehört, dass der schulische Abstand den beiden gut getan hätte. Und dass sie mit Beginn der Pubertät fast so etwas wie normale Brüder gewesen seien.

»Bis zu jenem Tag.« Herbert macht eine bedeutungs-schwangere Pause. Ich erkenne mein Stichwort.

»Bis zu welchem? Was ist passiert?« Ich beuge mich über den Tisch und klebe förmlich an seinen Lippen, die er aller-dings erst mit dem Rest Trollinger befeuchten muss, ehe er weitersprechen kann. Mir ist ein bisschen schwummerig vom schwäbischen Wein, aber ich verlasse mich auf Dalai, der wird mich nachher schon sicher nach Hause bringen.

»Der Philipp hatte den 70.«, spricht Herbert endlich weiter. Der Onkel sei zwar ein Eigenbrötler gewesen, aber seinen runden Geburtstag wollte er dann doch wenn nicht mit den nicht vorhandenen Freunden, so doch wenigstens im Kreis der kleinen Familie feiern. Da aber seine kürzlich verwitwete Schwester just zu der Zeit zwei neue Hüftge-lenke bekam, konnte er als einzige Verwandtschaft nur die Zwillinge einladen. Zum ersten Mal kamen die beiden also im Alter von 15 Jahren gemeinsam nach Weinlingen.

Großes hatte Philipp nicht geplant. Er wollte mit den Jungs zwei, drei gemütliche Tage verbringen und sie außer-dem dazu verdonnern, den Stapel Holz hinter dem Schup-pen zu hacken. Mit 70, fand er, habe er das Recht, sich auch mal ein bisschen helfen zu lassen, das Viechzeugs machte ohnehin genug Arbeit. Bis zum Holzhacken kam es aller-dings nicht, denn am ersten Abend kamen die Zwillinge auf die Idee, einen Abstecher nach Weinlingen zu machen.

»Und genau unter dem Baum ist das passiert.« Herbert deutet mit alkoholbedingt wackelndem Zeigefinger in die Richtung, in der die Lamas stehen. Ich mache »Oh.« Und will wissen, was unter dem unschuldigen Baum wohl pas-siert sein mag.

»Die Annerose war Augenzeuge, soschuschagn.« Her-berts Augen glänzten verdächtig, und ich hoffte, dass er durchhalten würde. Er hielt. »Die schdand da obn am Fenschdr.« Der Rest der Erzählung kam zwar nur noch genuschelt bei mir an, aber ich verstand, warum Gerry eine mächtige Allergie auf seinen Bruder hatte.

Die Zwillinge waren nicht die Einzigen gewesen, die an jenem Frühsommerabend die Idee hatten, sich ein bisschen in Weinlingen rumzutreiben. Quasi die ganze Dorfjugend war auf den Beinen. Die Jungs führten ihre mehr oder weniger neuen Mofas vor, die Mädchen kicherten an den Brunnen gelehnt und versuchten dabei, sich nicht mit Eis aus dem Café Ketterle zu bekleckern, das damals pro Kugel noch in Pfennigen berechnet wurde. Alles war wie immer, bis die Zwillinge ums Eck bogen. Ein Teenager aus dem Dorf würgte vor Schreck sein Moped ab, als er zwei identisch aussehende Kerle auf sich zukommen sah. Zu jener Zeit hatten die Brüder – aus Versehen, wie beide betonten – denselben Haarschnitt. Beide trugen eine ausgeblichene Jeansjacke über einem weißen Poloshirt, und nur die anders verlaufenden und vom jeweiligen Besitzer mit viel Hingabe angebrachten Risse in den Jeans unterschieden die beiden. Selbst die Turnschuhe von Adidas, zu jener Zeit DAS Must have, waren dieselben.

Ganz besonders staunte eine gewisse Kassandra, von allen nur Sandy genannt und mit ihrer frischen Dauerwelle mit Abstand das hippste Mädel auf dem Platz. Von ihrem Logenplatz aus hatte Annerose Ketterle einen famosen Blick auf das Geschehen, während Herbert im hinteren Teil des Hauses im kleinen Büro über der Korrektur von Biologieklausuren brütete (und mal wieder froh war, seinem Bruder Eugen das Geschäft überlassen zu haben, der als Bäcker mit den Hühnern ins Bett musste).

Die Zwillinge näherten sich der kleinen Gruppe betont lässig, die Daumen in die Hosentaschen gesteckt. Sandy lutschte mit dermaßen langer Zunge am Erdbeereis, dass Annerose kichern musste. Auf Stephan und Gerry allerdings hatte die Geste die gewünschte Wirkung: Bei den Zwillingen kamen die Hormone mächtig in Schwung. Bis zu Sandy und ihren Freundinnen drangen die beiden allerdings nicht vor, denn jetzt waren die Platzhirsche an der Reihe. Ließen die Motörchen aufheulen und die Rädchen durchdrehen. Wenig später war ein Bruder (Annerose konnte nicht mit Bestimmtheit sagen, welcher) im Café verschwunden, während der andere offensichtlich mit den Weinlinger Jungs über Mofas fachsimpelte. Just in dem Moment, als Sandy schon abziehen wollte, kam ein Zwilling aus dem Café – beladen mit der größten Eistüte, die das Lokal zu bieten hatte. Und in der stapelten sich, wie Annerose später erfuhr, 17 Kugeln Erdbeereis. Der junge Mann balancierte das Monster zu Sandy und hielt es ihr hin, als sei es ein Blumenstrauß. Sie schaute verzückt, tippte sich an die Stirn, kicherte und nahm dann mit beiden Händen das Rieseneis in Empfang.

Da Herbert ob all der Fehler seiner Schüler verzweifelte, (nein, das Gehirn eines Menschen wog nicht nur 20 Gramm, obwohl er das bei manchem Eleven vermutete, und nein, der Appendix war keine Figur aus den Asterixheftchen!) rief er nach seiner Annerose. Die versorgte ihren Gatten mit einer Rotweinschorle, wozu sie allerdings erst in den Keller gehen und eine frische Flasche holen musste und so eine gute Viertelstunde des Geschehens auf dem kleinen Platz versäumte. Als Frau Ketterle ihren Platz am Fenster wieder eingenommen hatte, waren nur noch Sandy und ein Zwilling unter dem Baum. Beide lehnten nebeneinander an der groben Rinde, die Reste des Eises schmolzen im Gras. Der Junge beugte sich, wie man das eben so macht, zu seiner Angebeteten und – ZACK – knutschten sie, was das Zeug hielt. Annerose wurde ein bisschen rot, konnte aber nicht wegsehen. Als das junge Glück nach einer gefühlten Ewigkeit Luft holte, brausten die anderen Jungs auf den Mofas heran. Der andere Zwilling stieg von einer der Maschinen, auf der er als Sozius mitgefahren war, und starrte seinen Bruder an. Der hauchte Sandy ein Küsschen auf die Wange, nickte den anderen lässig zu und verschwand im Café. Auch einen verliebten Knaben drückt eben dann und wann die Blase. Von ihrem Platz aus allerdings konnte Sandy nicht zum Eingang schauen, und so wunderte sie sich zwar, dass ihre neue Flamme nach wenigen Sekunden schon wieder da war, ließ sich aber genüsslich von ihm knutschen. So, wie sie das rechte Bein dabei anwinkelte, mit mehr Genuss und Wonne als bei der ersten Knutschrunde.

Die Küsserei fand allerdings ein sehr jähes Ende, als der erste Zwilling sein Geschäft erledigt hatte. Einen Moment lang überlegte Annerose, die Polizei zu rufen – dann aber starrte sie wie gebannt auf die Schlägerei der Brüder. Sandy rannte heulend davon, die Dorfjungs feuerten die Städter an. Als einer an der Stirn blutete und der zweite nach einem rechten Magenhaken mitten auf den Platz kotzte, hatten die Jungs genug. Der eine Zwilling verzog sich humpelnd nach links, der zweite hinkte nach rechts.

Philipp war mächtig sauer, weil er sich mit den angeschlagenen Knaben nicht in den ›Bären‹ traute, wo er die beiden zur Feier seines Ehrentags eigentlich hatte auf Schnitzel mit Pommes einladen wollen. Stephan war mächtig sauer, weil Sandy tatsächlich gut küssen konnte.

139

Und Gerry war stinkig, weil er fast sein ganzes Taschengeld in Erdbeereis investiert und sein Bruder die restliche Ernte eingefahren hatte. Die folgenden zwei Tage gingen die Zwillinge sich, so gut es ging, auf dem Hof aus dem Weg. Sandy verkroch sich in ihrem Zimmer und tauchte erst eine Woche später wieder auf dem Platz auf, in der Hand ein Schokoeis. Für die Weinlinger Jungs waren der rechte Haken und die Platzwunde noch Wochen lang ein dankbares Thema.

»Seitdem waren die Schwillinge nisch mehr hier«, nuschelt Herbert.

Hinter mit schnaubt Dalai. Ich schiele auf die Uhr. Louis müsste längst zurück sein. Und ich müsste längst die Lamas auf die Weide gebracht haben.

»Kannsch ruhig ganga«, teilt Herbert mir mit roten Bäckchen mit. »I sag dem Louis, dass er hoim ganga soll.« Herr Ketterle schaut ein bisschen traurig auf die leere Weinflasche, faltet die Hände vor dem Bauch und … nickt tatsächlich ein. Ich unterdrücke ein Lachen, binde Dalai und Ding los und mache mich auf den Heimweg. Erst als der Hof in Sicht kommt fällt mir ein, dass ich Gerrys Einkaufsliste vergessen habe und hoffe, dass er mir nicht böse ist, dass ich ohne irische Butter, italienischen Salat und französischen Louis wiederkomme.

ERDBEEREISKÄLTE

STELLA

»Ho, hoooo!«, rufe ich und zerre an Dalais Leine. Der Lamahengst bockt wie ein unberittenes Pony, zumindest tun die das in den Western im Fernsehen so. Und weil ich nicht weiß, was ich sonst rufen soll, brülle ich eben »Ho!« Bei Pferden hilft das schließlich auch. Ich bekomme das Lama in den Griff. Ding, die ich rechts neben mir führe, scheint viel gelassener zu sein, wenn ein Auto direkt auf Ohrenhöhe hupt. Die Stute jedenfalls macht keinen Mucks.

»Sind Sie bescheuert?«, brülle ich dem Kleinwagen zu, der zwar ohne quietschende Reifen, dafür aber recht schwungvoll neben uns zum Stehen kommt. Auf der Beifahrerseite gleitet die Scheibe nach unten.

»Salut, Stella!«, ruft Louis mir zu.

»Habe ich Sie erschreckt?« Eine sichtlich verdatterte Annerose beugt sich zu mir, wobei ihre ordentlich ondulierten Locken Louis derart an der Wange streifen, dass es aussieht, als trage unser kleiner Franzose einen mächtigen Bart.

»Mich nicht, aber Dalai«, knurre ich. Das Lama hat seinen Schreck offensichtlich schon vergessen und nutzt die Pause, um ein bisschen Löwenzahn aus dem Straßengraben zu naschen.

»Dann sind wir quitt, Sie haben jetzt schon zum zweiten Mal meinen Mann abgefüllt.« Annerose reckt das Kinn.

»Also getrunken hat der von ganz allein«, verteidige ich mich.

»Schon klar.« Frau Ketterle kichert. »Sie aber auch, gell?«

»Ich?« Jessas, merkt man mir meinen kleinen Schwips etwa an? Bin ich die Landstraße entlang getorkelt? Eigentlich fühle ich mich ziemlich fit.

»Keine Sorge, das merkt man nicht.« Sie macht den Motor aus und steigt aus dem Wagen. »Aber nüchtern hätten Sie die Einkäufe sicher nicht vergessen, gell?«

»Äh.« Was soll ich dazu sagen? Offenbar muss ich nichts antworten, denn Annerose geht zum Kofferraum und zieht Gerrys Jutebeutel heraus. Den vollen, wohlgemerkt. Sie hält mir die Tasche hin.

»Einkaufszettel und Wechselgeld sind in der Tasche. Rucola war aus, deswegen haben Sie sich für Lollo Verde entschieden. Und statt der irischen französische Butter gekauft, weil die im Angebot war.« Sie zwinkert mir zu, als ich ihr wortlos den Beutel abnehme.

»Woher ... ich meine ...?«

»Ich kenn halt die Pappenheimer. Und die Weinlinger ganz besonders.« Sie zwinkert mir zu. »Und den Franzosen nehmen Sie auch gleich mit. Ich denke, Annika wird genug damit zu tun haben, ihrem Vater den Knutschfleck zu erklären.« Annerose lacht. Dann öffnet sie die Beifahrertür. »Aussteigen, junger Mann!«

»Gehe ich recht in der Annahme, dass das Mädchen nicht beim Geigenunterricht war?«, frage ich und muss mir ein Grinsen verkneifen, als Louis mit hochrotem Kopf aus dem Wagen klettert.

»Die beiden haben sicher Geigen gehört, auf rosa Wolken und so.« Annerose lacht schallend und gibt Louis einen sanften Klaps auf den gelockten Hinterkopf.

»Merde!«, empört der sich, geht dann aber ohne weitere Worte zu Ding und nimmt deren Leine.

»Wissen Sie, Stella, unser Pfarrer ist zwar sehr offen,

aber dass seine Tochter am helllichten Mittag vor der Kirche knutscht ...« Weiter kommt sie nicht, denn jetzt wird die gute Frau von einem veritablen Lachkrampf geschüttelt.

»Ausgerechnet eine Pfarrerstochter. Prost Mahlzeit.« Ich muss ebenfalls lachen. Louis wird knallrot und zerrt an Dings Leine. Die aber wird ohne ihren Leithengst keinen Schritt machen. Ich verabschiede mich von Annerose, bedanke mich herzlich für die Einkäufe und verspreche ihr, künftig einen Bogen um ihren Herbert zu machen.

»Müssen Sie nicht«, sagt sie. »Der trinkt sein Viertele auch allein, dann soll er das lieber in guter Gesellschaft tun.« Sie wendet den Wagen ein wenig zu schwungvoll, dann braust sie zurück nach Weinlingen.

»Es ist nischts passiert, vraiment«, beteuert Louis, als Annerose hinter der Kurve verschwunden ist.

»Louis, ich bin nicht deine Mutter. Von mir aus kannst du knutschen, wen und wo und wann du willst.« Ich zerre Dalai mit einiger Mühe vom Löwenzahn weg.

»Escht?«

»Ganz echt. Und jetzt komm. Unterwegs kannst du mir ja erzählen, ob es wenigstens gut war.«

»Oh, das war ... oh la la!« Der Junge seufzt und trottet hinter mir her. »Isch wusste doch nischt, dass seine Vater ist die Pastor.«

»Amen!«

Mit Bjarnes Hilfe zaubert Gerry aus ›meinen‹ Einkäufen ein wirklich leckeres Essen. Es gibt Wurstsalat mit frischem Bauernbrot, in Essig und Öl und mit frischen Kräutern angemachten Käse und frischen Salat, den

Bjarne mit Apfelstückchen verfeinert hat. Während die beiden in der Küche werkeln und Louis mit glasigem Blick auf der Bank sitzt und den Himmel anstarrt, welcher für ihn wahrscheinlich voller Geigen oder geigender Annikas hängt, berichtet Regula mir von ihrem Nachmittag. Bjarne habe sich auf ein Nickerchen zurückgezogen, Gerry über irgendwelchen Papieren gebrütet (ich kann mir denken, welchen, verkneife mir aber jeden Kommentar), und da habe sie beschlossen, einfach mal so in den Wald zu laufen.

»Ohne Lama. Ohne Handy. Und ohne Schuhe.« Ich linse unter den Tisch. Tatsächlich ist sie noch immer barfuß. Ihre Zehen sind leicht mit Matsch verschmiert, und der Lack an den Nägeln stellenweise abgeblättert.

»Das war so so so schön«, schwärmt sie. »Ich war drei Stunden weg. Hab gar nicht gemerkt, wie die Zeit vergeht. Oder wie sie eben nicht vergeht, wenn mal kein Telefon klingelt und mal keiner was von einem will.«

»Das glaube ich dir.«

»Ich sollte so was öfter machen. Weißt du, ich mag meinen Job und habe wirklich, wirklich viel dafür getan, dass ich heute bin, was und wo ich bin. Aber das alles ist manchmal so …«

»… sinnfrei?«

»Das auch. Aber einfach zu kräftezehrend. Herrgott, ich bin 47. Mehrfach geschieden. Keine Kinder, ja aber die wollte ich auch nie. Aber wozu das Ganze? Irgendwie habe ich schon alles.«

»Wie, alles?«, hake ich nach.

»Appartement, Cabrio, Reisen und diese sauteuren Klamotten. Schmuck. Sowas eben. Genieße ich auch alles.«

»Und hätte ich gerne«, flüstere ich, weiß aber im selben Moment nicht mehr, ob das wirklich so ist. Möchte ich eine gestresste Karrierefrau sein, die kurz vor der Menopause auf den ersten Burnout zusteuert? Karriere – ja. Aber um den Preis, den Regula offensichtlich bezahlt hat? Ich betrachte sie ganz genau. Sie trägt beinahe kein Makeup, nur etwas Mascara. Ich kann die Falten um ihre Augen sehen – und die tiefen Schatten und Ringe. Das sieht nicht sehr gesund aus.

»Seit Monaten habe ich nicht mehr so gut geschlafen wie hier. Obwohl ich mir regelmäßig meine Auszeiten in Zermatt oder auf Bari gönne. Ich komm einfach nicht runter, hab das Gefühl, zu rattern wie ein Uhrwerk.«

Oh. Burnout, tatsächlich, er scheint bei ihr in greifbarer Nähe zu sein. Neulich hatten wir ein Themenspecial in der Donatella. Über ausgepowerte Powerfrauen. Ich war an der Produktion der Reportage nicht beteiligt und erinnere mich auch nur bruchstückhaft an deren Inhalt. Aber mir fallen Stichworte wie Schlaflosigkeit, Zusammenbruch, Panikattacken und ähnlich Ekliges ein. Das wünsche ich Regula auf gar keinen Fall. Als ich mir in Erinnerung rufe, was ich alles über sie im Internet gefunden habe, wird mir klar, dass diese Frau wahrscheinlich seit Jahren mit 280 Sachen über die Lebensautobahn rast. Ganz ähnlich wie Paola, nur dass es bei ihr nicht ganz so schlimm zu sein scheint. Meine Chefin hat immerhin ein einigermaßen funktionierendes Privatleben, und es gibt Tage, an denen sie völlig ausgeglichen zu sein scheint. In der Redaktion witzeln wir dann zwar, ob es an Tabletten oder Koks liegt, aber das ist nicht so. Paola geht zum Yoga. Kann auch Kickboxen sein, ich hab es vergessen. Auf jeden Fall hat sie ein Ventil, und wenn sie kurz vor dem Durchknallen ist, schreit sie eben die Mitarbeiter an. Oder geht in den roten Salon und quarzt Inga und mir die Kippen weg. Ich muss ein bisschen grinsen. Regula sieht mich irritiert an.

»Vielleicht solltest du die Reißleine ziehen«, sage ich vorsichtig. Sie sieht mich aus großen Augen an.

»Halt! Du hast gerade WAS gesagt?«

»Äh … Reißleine ziehen …« Oh. Fettnapf?

»Du bist die Erste, Stella, die DAS sagt. Sonst bekomme ich immer nur zu hören, ich soll meine Arschbacken zusammenkneifen. Mich nicht so haben. Erfolg habe nun mal seinen Preis, blabla.«

Ich atme auf. Erstens, weil ich dem Fettnapf offensichtlich nicht mal nahe war. Und zweitens, weil Regula mir einen kleinen Kuss auf die Wange haucht.

»Ich hab keine Ahnung, ob das an den Lamas liegt, aber irgendwie …«

»… ist hier alles anders«, ergänze ich und muss an Bjarne denken und das merkwürdige Kribbeln in meinem Bauch, das da eigentlich gar nicht sein dürfte.

Ein paar Minuten sitzen wir schweigend da und starren wie Louis in den Himmel. Dann räuspert sich Regula.

»Scheiß auf Chanel.«

»Deine Pumps sind von Chanel?« Ich erstarre ein bisschen in Ehrfurcht.

»Nö. Nur das Kostüm oben im Schrank. Die Schuhe sind von Blahnik.«

»Was?« Wow.

»Soll ich dir mal was verraten? 400 Dollar und die drücken wie Sau.« Regula lacht und wackelt mit den nackten Zehen. »Aber Chanel sieht jenseits Größe 36 schrottig aus, und ich hab keine Lust mehr auf meine Dauerdiät.«

»Das höre ich gerne!« Wie auf das Stichwort hin erscheinen Gerry und Bjarne. Beide balancieren Tabletts mit Geschirr und Essen. In Windeseile decken wir gemeinsam den Tisch, und auch unser liebeskranker Louis haut rein. Zwischen Essiggurke und fingerdick mit Leberwurst bestrichenem Leberwurstbrot raunt Regula mir ein »Sabbatical ... ich mach ein Jahr Pause« ins Ohr. Ich zwinkere ihr zu.

»Was habt ihr denn?«, will Bjarne wissen.

»Ferien!«, rufe ich.

»Genau. Und Mädchenkram.« Regula lacht und schenkt sich noch ein Bier ein.

»Ah, les filles.« Louis bekommt glasige Augen. Was nicht am halben Bier liegt, das wir ihm genehmigt haben. Aber das scheint außer mir keiner zu wissen. Woher auch.

»Du, Louis ... du siehst aber müde aus«, sage ich quer über den Tisch.

»Isch? Pas du tout!«, entrüstet der sich.

»Aber toootal«, insistiere ich und zwinkere ihm zu. »Wie wär denn das: Du gehst jetzt in dein Zimmer, legst dich ins Bett, hörst ein bisschen Geigenmusik und übernimmst morgen freiwillig die Frühschicht?«

»Mais ...«

»GEIGENmusik ...«

»Ah ... bon ...« Jetzt hat er verstanden und gähnt theatralisch. »Ja. Oui.«

»Von mir aus gerne«, sagt Gerry. Es ist das erste Mal an diesem Abend, dass er den Mund aufmacht, abgesehen vom Essen hineinstopfen. Und auch das hat er, obwohl es sehr lecker schmeckt, mehr oder weniger mechanisch getan. Ich kann mir denken, wo er mit seinen Gedanken ist. Louis steht auf, haucht Regula ein kleines Küsschen auf

147

die Wange und mir ein größeres, flüstert leise »Merci« in mein Ohr und verschwindet. Ganz bestimmt nicht in sein Zimmer, aber es sei ihm gegönnt. Schließlich sind ja Ferien!

ALLES KÄSE

STELLA

»So. Das Würfeln fällt weg. Was machen wir stattdessen?« Bjarne sieht uns der Reihe nach an, und ich bemerke sehr wohl, dass sein Blick bei mir etwas länger hängen bleibt. Was mir nicht unangenehm ist, wie ich erstaunt feststelle. Vielleicht liegt's auch am Sonnenuntergang, der besser als auf jedem Kitschkalender aus der Apotheke aussieht und die ganze Szenerie in angenehm orangefarbenen Weichzeichner taucht.

»Wollt ihr einen Spieleabend machen?«, fragt Gerry halbherzig.

»Bloß nicht!«, ruft Regula. »Ich verliere sowieso. Egal was. Und heute ist mir eher nach ...«

»... nichts. Wir wollen gar nichts machen«, beende ich ihren Satz. Regula nickt zustimmend.

»Fein.« Bjarne lehnt sich zurück, schnappt sich die letzte Gurke vom Holzbrett und mümmelt sie genüsslich.

»Sehr gut.« Gerry klingt erleichtert. Ich kann mir denken, dass er den Kopf voll hat. Voll mit Sachen, die da kein Mensch haben will. Er schiebt den Stuhl zurück und steht auf.

»Wenn Ihr mich nicht braucht ... ich muss noch ... Papierkram und so.« Er verzieht das Gesicht zu einer übertriebenen Grimasse.

»Wegen Stephan?«, platze ich raus und könnte mich im selben Moment selbst schallend ohrfeigen. Gerry jedenfalls wird blass, kneift Augen und Lippen zusammen. Seine Hände umklammern die Tischplatte so fest, dass die Knöchel weiß hervortreten.

»Oh entschuldige, ich wollte nicht … ich … das … tut mir leid.« Mist. Was hab ich jetzt wieder gemacht?

»Schon gut.« Gerry sieht aus, als hätte jemand an einem Ventil gezogen und ihm die Luft abgelassen. Er sinkt zurück auf den Stuhl.

»Ich hab heute Mittag zufällig Herbert getroffen«, versuche ich zu erklären. »Naja, und da dein Bruder ja hier war und so …«

»Schon gut«, sagt Gerry noch einmal. Regula sieht mich fragend an, Bjarne in einer Mischung aus Neugier, Erstaunen und etwas, das mir Selbstbewusstsein gibt. Warum und wofür auch immer. Jedenfalls hole ich tief Luft und sage, ohne nachzudenken: »Gerry, wenn ich irgendwie helfen kann, das tue ich gerne.«

»Ähm. Ich auch. Wobei ich keine Ahnung habe, wobei.« Bjarne lächelt, wobei seine Augen blitzen.

»Na klar, bin dabei. Wobei auch immer«, sagt Regula und lässt eine frische Flasche Bier aufploppen. »Prosit!«

»Also zu feiern gibt es eher nichts«, sagt Gerry lahm, nimmt sich aber auch ein Bier. »Mehr so im Gegenteil.« Er trinkt die halbe Flasche in einem Zug leer.

»Soll ich erzählen?«, frage ich vorsichtig.

»Du weißt wahrscheinlich sowieso alles, wenn Herbert dich mit Trollinger abgefüllt hat«, sagt Gerry resigniert und starrt in den Himmel, der jetzt nicht mehr ganz so orange ist. Bjarne zündet das Windlicht in der Tischmitte an. Die Kerzenflamme flackert wie ein fröhliches Kind. Dann reicht er mir eine aufgeploppte Bierflasche. Ich nehme einen großen Schluck, soll ja gut für die Stimmbänder sein, und berichte, was Herbert mir erzählt hat. Allerdings in der Kurzform.

»Habe ich das so richtig erzählt?«, frage ich nach knapp

fünf Minuten unseren Gastgeber, der schweigend vor sich hinstarrt.

»Ja. Korrekt.«

»Dickes Ding. Au weia.« Regula kratzt sich am Kinn.

»Boah. Ohne Worte.« Bjarne stützt sich auf beide Arme und starrt in die Flamme, die in der Dämmerung immer heller zu lodern scheint.

»Aber alles war das noch nicht«, setze ich nach und hoffe, dass Gerry selbst erzählt, dass er pleite ist. Sonst müsste ich zugeben, dass ich etwas gelesen habe, das mich nichts angeht. Obwohl ich ja nicht spioniert habe, quasi. Irgendwie. »Oder?«

Er nimmt mein Stichwort auf. »Mein Bruder will aus dem hier ein Tagungshotel machen.« Gerry macht eine ausladende Bewegung mit den Händen, die das Haus, die Ställe, die Weide und das Umland mit einschließt.

»Spinnt der?«, ruft Regula. Bis vor ein paar Stunden war sie selbst noch eine Kandidatin, um hier zu tagen und Big Business zu machen. Jetzt, da sie beschlossen hat, eine Weile nichts zu tun, scheint ihr die Vorstellung, dass hier in Weinlingen demnächst Krawattentypen und Kostümmädels ihre Seminare abhalten, ein Graus. »Das kann der doch nicht machen!«

»Doch. Kann er. Ich bin nämlich ... äh ... also finanziell ...«

»Pleite?« Bjarne fragt ganz direkt. Gerry nickt.

»Scheiße.« Unser Sternekoch starrt noch konzentrierter in die Flamme. Gerry sieht aus, als würde er gleich zu heulen anfangen, und ich bekomme ein mächtig schlechtes Gewissen, dass ich das ganze Thema angeschnitten habe.

»Tja, ihr seid quasi meine ersten und wohl auch letzten Gäste.« Gerry prostet uns mit Galgenmiene zu. Ich leere mein Bier und angle aus dem Kasten unter dem Tisch noch eine Flasche. Der schwäbische Gerstensaft schmeckt anfangs ziemlich herb und bitter, wird aber – wie der Trollinger – von Schluck zu Schluck süffiger. Und eine kleine Ölung können sowohl mein Hirn als auch mein Herz jetzt gebrauchen.

»Und was wird dann aus Dalai?« Ich muss an ›mein‹ Lama denken. Nicht auszudenken, wenn er wie ein abgehalfterter Gaul zum Abdecker käme. Oder in einem Wanderzirkus landet. Blöd, dass Lamas so groß sind. Hätte er das Format eines Kaninchens, würde ich ihn glatt mit nach Berlin nehmen, aber ein Lama im dritten Stock? Ich stelle mir das Gesicht der Nachbarn vor, wenn Dalai eines Morgens vom Balkon guckt. Lustig eigentlich. Aber im Moment ist mir echt nicht zum Lachen.

»Keine Ahnung. Ich muss die Herde wohl verkaufen.« Gerry fährt sich mit der Hand über die Stirn. »So war das alles echt nicht gedacht, mein Onkel wollte den Hof erhalten. Und dass seine Lamas hier bleiben. Ach verdammte Scheiße.« Er haut mit der Faust auf den Tisch.

»So gefällst du mir schon besser!« Regula strahlt Gerry an. »Was hast du zu verlieren?«

»Nichts. Alles. Den Hof. Die Lamas. Aber ganz bestimmt kein Geld.« Gerry ist erstaunlich ehrlich. Wäre ich an seiner Stelle, vielleicht auch, trotzdem bewundere ich seinen Mut, mit uns, quasi wildfremden Leuten, so offen zu sprechen.

»Nichts hast du zu verlieren«, betont Regula. »Also, dann kämpfen wir ein bisschen.« Sie reibt die Hände aneinander.

»Wir sind doch hier nicht in einem Kitschroman«, sagt Gerry.

»Nö. Und eben drum werden wir nicht kampflos aufgeben. Hör mal, ich bin Marketingexpertin. Kenne mich
auch mit Zahlen aus. Da lässt sich doch was machen!«

»Ich weiß nicht …« Gerry klingt skeptisch.

»Ich hab neben der Kochlehre her ein bisschen BWL
studiert«, gibt Bjarne bekannt. Oha. Wusste ich nicht und
hätte ich ihm auch nicht zugetraut.

»Hm.« Gerry ist immer noch nicht überzeugt.

»Und eine Sekretärin wie Stella kann sicher auch einen
Teil beitragen«, meint Regula.

»Nein!«, rufe ich.

»Wie? Du machst nicht mit?« Bjarne sieht mich ehrlich
erstaunt an. Ich werde knallrot.

»Natürlich bin ich dabei. Aber ich bin keine Sekretärin.« Ich senke den Blick. »Ich bin Journalistin«, flüstere
ich der Tischdecke zu.

»Wie bitte?« Regula hat mich nicht verstanden. Die
beiden anderen auch nicht.

»Ich bin eigentlich hier, weil ich eine Reportage über
Lamatrekking schreiben soll«, sage ich in normaler Laut-
stärke. Gerry reißt den Mund auf. Regula starrt mich
an. Bjarne fixiert mich – dann lächelt er. Sehr breit, sehr
warm.

»Mensch, das ist doch fantastisch, dann kannst du ja
prima recherchieren, schon von Berufs wegen!« Regula
ist begeistert und prostet mir zu.

»Für welche Zeitung?«, fragt Gerry, der immer noch
etwas von der Rolle scheint.

»Für die Donatella«, antworte ich.

»Was? Wahnsinn, das ist ja ein riesengroßes Magazin!
Mensch Gerry, so eine geniale Werbung, da lecken sich
andere die Finger danach!« Regula umarmt mich. »Wenn

du das als Anzeige schalten würdest, wären das an die 20.000 Franken!«

»Euro. Und nicht ganz so viel.« Jetzt muss ich doch lachen, wenngleich nicht wegen mir oder den anderen: Aus den Augenwinkeln sehe ich, wie Louis aus dem Fenster im ersten Stock klettert und sich an der Regenrinne nach unten gleiten lässt. Dann verschwindet er in der Dunkelheit.

»Marketing. Journaille. Finanzen. Wir haben alles, was wir brauchen.« Regula strahlt.

»Außer einem Plan«, lenkt Bjarne ein.

»Na, das kriegen wir auch noch hin.« Unsere Schweizerin scheint nicht mehr zu bremsen zu sein. Ihre Begeisterung steckt uns alle an, und nach zwei Stunden und einer halben Flasche Birnenbrand sieht auch Gerry nicht mehr ganz so unglücklich aus. Allerdings bleibt er skeptisch, was ich ihm nicht verdenken kann. Gegen elf hat Regula fünf Seiten vollgeschrieben, auf einem alten karierten Block, den Gerry in der Küchenschublade gefunden hat. Bjarne ist mittlerweile neben mich gerutscht, und als seine Hand zufällig auf meinem Arm liegen blieb, weil er nach einer Kirschtomate geangelt hat, bleibt sie dort. Was ich schön finde. Sehr schön sogar. Zwar lege ich meine nicht auf seine, aber ich schiebe seine auch nicht weg. Regula bemerkt die Geste und zwinkert mir zu. Gerry scheint völlig in Gedanken, und ich sehe ihm an, dass er irgendwann abschaltet, als Regula einen wahrhaft genialen Marketingplan für den Hof entwirft. Ich bin sicher, dass die Käserei, für die sie arbeitet, Millionen umsetzt – und hoffe, dass Gerry das hier alles nicht für Käse hält.

HACH!

STELLA

Piep.

Piep. Piep.

Pieppieppiep!

Drrring.

Drrringrinnngdrrrringgg.

Piepdringpiepdringeling!!!

Aaaaargh!

»Kann mal jemand den Wecker ausmachen?« Ich höre, wie Regula die Tür ihres Zimmers aufreißt. »Und irgendwo klingelt ein Handy! Jetzt macht das doch aus!«

»Ich schlafe noch«, gähne ich mein Kissen an und ziehe die Decke über den Kopf. Regula kennt keine Gnade, plötzlich steht sie mitten in meinem Zimmer.

»Stella! Mach das Handy aus oder geh ran!«

»Ich?« Oha. Stimmt. Das Drrring ist bei mir, auf meinem Nachttisch. Ich tapere nach dem Gerät. Inga. Ist die schon oder immer noch wach?

»Ist der Louis taub oder was?« Das Piepen des Weckers dröhnt durch das ganze Haus und hat auch Bjarne geweckt, der jetzt hinter Regula im Türrahmen erscheint.

»Mach doch was!«, herrscht sie ihn an. Er lächelt mir zu, und ich finde es unglaublich süß, wie seine schwarzen Haare in alle Richtungen zu Berge stehen. Und wenn er nur halb so schön geträumt hat wie ich eben … hach …

Als Bjarne verschwindet und Regula sich gähnend wieder in ihr Zimmer begibt und endlich, endlich das penetrante Piepen aus Louis‹ Zimmer verstummt, gehe ich ans Telefon.

»Weißt du, wie spät es ist?«, herrsche ich meine Freundin an. Allerdings wird mein wütender Ton von einem kräftigen Gähnen deutlich gemildert.

»Eher früh«, kichert Inga und schickt ein langgezogenes »Haaaaach« von Berlin nach Weinlingen.

»Hach was?«

»Mike. Hach.«

»Sag bloß?«

»Ja. Die ganze Nacht. Ich kann auch nicht so laut sprechen, er schläft.«

»Das würde ich auch gerne.«

»Jetzt sei nicht so, sonst willst du doch auch alles sofort wissen.«

»Können wir sofort auf in zwei Stunden verschieben?«, bitte ich Inga, aber die hört mir gar nicht zu. Zwischen viel »Hach« und »Oh« und »Ah« erfahre ich, dass ihr Barkeeper sich mit einem monströsen Blumenstrauß entschuldigt hat. Sie anschließend in eine spanische Tapasbar ent- und hinterher nach allen Regeln der Kunst verführt hat. Er muss verdammt gut gewesen sein, denn meine Freundin ist vollkommen aufgekratzt. Und erkundigt sich nicht einmal nach mir, meinem Liebesleben oder den Lamas. Was mir gerade recht ist. Als Inga nach 20 Minuten genug geschwärmt hat, bin ich beinahe schon wieder eingeschlafen. Ich wünsche ihr eine gute Nacht, sie mir einen guten Morgen. Wobei ich entschieden dagegen bin, jetzt schon aufzustehen. Hopfen und Malz haben eine beruhigende Wirkung, und mir ist, als hätte ich gestern flaschenweise Schlaftabletten getrunken. Gähnend lege ich auf, kuschle mich zurück in die Kissen und zerre aus den verwaschenen Gedankenbildern Bjarnes Gesicht nach vorne. Das heißt, ich muss gar nicht zerren, es erscheint von ganz allein, und ich bin viel zu müde, um mich darüber zu wundern.

»Louis ist verschwunden«, sagt das Gesicht.

»Du bist ja echt da!«, rufe ich und setze mich auf. Dass unsere Lippen sich berühren, genau so, wie sie es gestern Abend auch getan haben, ist mir alles andere als unangenehm. Und es macht mir auch nichts aus, dass ich vermutlich aussehe wie ein gerupftes Huhn. Als Bjarne nach einem langen, langen Kuss, der ein fettes ›Hach‹ verdient, mein Gesicht in beide Hände nimmt und mir ganz tief in die Augen sieht, wird mir sehr, sehr hach zumute.

»Was hast du eben gesagt?«, krächze ich mit belegter Stimme.

»Louis ist nicht da.«

»Vielleicht ist er schon los, Frühstück besorgen?«

»Eher nicht. Sein Bett ist gemacht.«

»Oh.« Ich werde knallrot, denn ich ahne, wo unser kleiner Franzose steckt. Oder eben hoffentlich nicht steckt, bildlich gesprochen.

»Also ich gehe jetzt jedenfalls nicht in die Kirche, um verloren gegangene Franzosen zu suchen.« Bjarne zwinkert mir zu. Ich hebe die Decke ein Stück an und er schlüpft zu mir ins Bett.

»Amen«, kichere ich. Und dann machen wir das, wofür wir bei der Beichte mindestens sieben Rosenkränze kassieren würden. Aber erstens bin ich nicht katholisch und zweitens … hach! ☺

KRINGELREIHEN

STELLA

Als ich zum zweiten Mal an diesem Morgen die Augen aufmache, bin ich allein im Bett. Allerdings riecht mein Kopfkissen noch nach Hach. Und mein Körper fühlt sich auch sehr hach. Hach! Nach einer ziemlich langen und sehr heißen Dusche schlüpfe ich in meine neuen Schlüpfer und muss lachen, als ich mich im Schrankspiegel betrachte. Die Unterhose reicht bis über den Bauchnabel und unten bis zur Hälfte der Schenkel. Sieht irgendwie sehr retro aus, macht aber eine einigermaßen gute Figur. Auch wenn ich mir fest vornehme, mich bei der nächsten Hach-Gelegenheit so schnell und so diskret wie möglich von diesem Viermannzelt zu befreien. Immerhin ist es bequem, ebenso wie meine neue Hose. So ausstaffiert passe ich bestens auf den Hof und steige mehr als gut gelaunt die Treppe runter. Zu meinem Erstaunen sitzen alle schon am üppig gedeckten Frühstückstisch. Einschließlich Louis, der zwar dunkle Ringe unter den Augen hat, dafür aber grinst wie ein Schokocroissant und mit gönnerhafter Geste auf den Brotkorb in der Tischmitte zeigt, in dem sich zwei Dutzend ofenfrischer Backwaren türmen. Einschließlich Croissants.

»Nischt so gut wie in Fronkraisch, viel su wenisch Bütter in die Teig«, sagt er entschuldigend, als ich mich setze. Regula zwinkert mir verschwörerisch zu. Bjarne schenkt mir ein strahlendes Hach-Lächeln. Und sogar Gerry ist besser gelaunt als gestern. Es scheint ein guter Tag zu werden.

»'ab isch was verpasst'?«, erkundigt sich Louis zwischen zwei Bissen französischem Hörnchen, das er dick mit Butter bestrichen hat.

»Wie man's nimmt.« Regula grinst von Bjarne zu mir. Was mir kein bisschen peinlich ist, schließlich scheint unser Schüler mit seinen 17 Jahren jede Menge Ahnung von Hach zu haben. Ich überlege einen Moment, ihn zu fragen, wie es in der Kirche war. Lasse das dann aber bleiben und bin froh, dass Gerry sich einmischt.

»Schon. Ich geb dir die kurze Kurzfassung. Ich hab Zoff mit meinem Bruder. Und bin quasi pleite. Gestern haben wir eine Marketingstrategie ausgearbeitet.«

»Isch verstehe«, nuschelt Louis, und es ist ihm deutlich anzusehen, dass er nichts versteht. Gerry greift hinter sich und angelt einen Stapel Blätter vom Sideboard. »Regula hat alles notiert, lies selbst. Und übrigens … falls du das nächste Mal nachts in die Kirche gehst (hier macht Gerry mit den Fingern Gänsefüßchen in die Luft), dann sag vorher Bescheid. Ich hab keine Lust, im Morgengrauen meine Gäste zu suchen.«

Louis klappt den Mund auf. Wird ein bisschen rot. Dann grinst er und nimmt die Blätter. Starrt darauf. Und sieht uns fragend an.

»Soll ich übersetzen?«, bietet Regula an.

»Non. Oder sprichst du bürmesisch?«

»Was?« Sie reißt ihm die Papiere aus der Hand. »Was ist das denn?« Ihr Blick liegt irgendwo zwischen Erstaunen und Entsetzen.

»Zeig«, sage ich und nehme ihr das oberste Blatt ab. Außer Kringeln, alle schön in einer Reihe, ist nichts darauf. Auch nicht auf dem zweiten. Und nicht auf den anderen. Kringel, in Reih und Glied.

»Ach du Scheiße.« Gerry starrt uns an. »Ich ... äh ... das ist meins. Ich mach das zur Beruhigung. Also so Kringel malen und so.«

»Kringel malen? Ooookay.« Ich muss ein Grinsen unterdrücken. Der Menge der Kreise nach scheint er jedenfalls mächtig beunruhigt gewesen zu sein. »Hol mal die anderen Blätter. Also den Strategieplan.«

»Kann ich nicht. Damit hab ich dann wohl aus Versehen vorhin den Ofen angezündet.«

»...«

»Sorry, Leute.«

21. 22. Ich will es nicht. Aber ich kann es nicht aufhalten. Ein lautes, herzhaftes Lachen kollert meine Kehle hinauf. Einen Augenblick lang kann ich es noch unterdrücken. Doch als ich Regula anschaue, die sich auf die Lippen beißt, um die ein Lächeln spielt, ist es aus. Ich platze los. Und dann kugeln wir uns alle vor Lachen. Minuten lang. Mir laufen die Tränen über die Wangen, Louis hustet ein Stück Croissant quer über den Tisch. Bjarne klopft ihm auf den Rücken und hält sich mit der anderen Hand den Bauch (der übrigens, wie ich ja nun weiß, so rund gar nicht ist). Regula schnappt nach Luft und wischt sich das verschmierte Mascara aus den Augen. Sogar Gerry klopft vor Vergnügen mit der flachen Hand auf den Tisch.

»Was ist hier denn los?«

»Herbert! Wir, hahaha, haben ... hahahahaaa...«

»Hoffentlich nicht über Annika gelacht!«, herrscht mein Kumpel mich an. Er scheint den gestrigen Trollinger bestens weggesteckt zu haben und sieht frisch und rosig aus wie ein 70-jähriges Kleinkind. Als der Name ›Annika‹ fällt, erstirbt Louis' Lachen und er starrt seinen Teller an. Wir anderen beruhigen uns auch langsam, und nachdem ein

letztes Kichern meine Zunge gekitzelt hat, kann ich ein
»Guten Morgen« sagen.

»Das weiß ich nicht, ob der für alle hier so gut wird.«
Herbert setzt sich zu uns an den Tisch und fixiert den
jüngsten in der Runde.

»Isch ab nischts gemacht«, flüstert Louis. Und wird
röter als die Rückleuchten des Taxis auf seiner Tasse.
Mir schwant etwas. Mein lieber Schwan. Der wird doch
nicht …?

»Nichts ist ein bisschen untertrieben.« Herbert zückt
sein Handy. Es ist eines der jüngsten Generation, bei denen
der Bildschirm so groß ist, dass man ganze Filme fast im
Kinoformat sehen kann. Ich hätte ihm eher ein Senioren-
handy mit extragroßen Tasten zugetraut. Er tippt jedenfalls sehr gekonnt auf dem Touchscreen rum und hält uns
dann den Bildschirm hin. »Da!«

Ich muss gar nicht näher rücken, um zu erkennen, was
Louis angestellt hat: Das Foto zeigt die Weinlinger Kirche, den Platz vor dem Turm. Die schlichte Holztür sieht
man nicht. Die ist hinter einem Leintuch verborgen. In
Herzform. Und darauf steht in Knallrot: »Mon amour,
je t'aime!«

»Alors … je … isch …«

»Ist das mein Leintuch?«, will Gerry wissen. Louis
nickt schuldbewusst und entschuldigt sich mit genuschel-
ten Worten, die niemand verstehen kann. Was nicht am
Mischmasch aus Deutsch und Französisch liegt, sondern
daran, dass er die Hände vor das Gesicht hält.

»Isch ätte fragen müssen, pardon«, krächzt er schließlich. Gerry macht eine wegwerfende Handbewegung.

»Kein Ding, sind ja genug da«, sagt er. Und dann sagt
er nichts mehr. Weil er nicht kann. Ein erneuter Lachkol-

ler erfasst seinen ganzen Körper. Wir anderen wollen uns erst noch wehren, aber dann ist es vorbei, und wir steigen lachend quasi genau da ein, wo Herbert uns unterbrochen hatte. Selbst er, der strenge Exlehrer, muss kichern.

»Das Leintuch hab ich im Auto«, presst er schließlich hervor. »Hat wohl außer mir auch niemand gesehen, bin ja meistens als Erster im Dorf wach, so als Quasibäcker.«

»Quoi? Annika auch nischt?« Louis sieht ehrlich enttäuscht aus.

»Zum Glück, junger Mann. Denn dann wüsste auch ihr Vater Bescheid, und der ist da, sagen wir mal so, nich so humorvoll.«

»Oh.«

»Das kannst du ihr doch einfach so geben«, schlage ich vor und spüle den Rest des Lachanfalls mit einem Schluck aus meiner Smileytasse runter. »Ist doch viel romantischer.«

»Meinst du? Aber isch weiß nischt, wann …«

»Sie hat um halb eins Schule aus.« Herbert zwinkert unserem Casanova zu. »Gymnasium Weinlingen. Ist ausgeschildert.«

»Du könntest einen Spaziergang mit Ding machen«, stimmt Gerry zu. »Und so ganz zufällig …« Ich sage lieber nichts, denn ich glaube nicht, dass es cool ist, mit einem Lama an der Leine auf die Angebetete zu warten. Mofa. Roller. So was macht Eindruck. Aber wenn ich mir vorstelle, dass einer so auf mich gewartet hätte, damals, vor gefühlten 50 Jahren – also nö. Originell wäre das zwar gewesen, mitten in Berlin, aber als Teenager stand ich dann doch auf die eher harten Typen mit ihren Mofas. Während Gerry und Herbert unserem Louis noch ein paar Tipps geben, wie er am besten mit der Pfarrerstochter umgeht, und ihm bestätigen, dass es zwar toll ist, sie gestern schon um Mitternacht nach Hause begleitet zu haben, aber ziemlich doof, bis zum Morgengrauen Plakate zu malen und wie ein liebeskranker Vogel um die Kirche und das Pfarrhaus zu flattern, räumen Regula, Bjarne und ich den Tisch ab. Dann setzen wir uns wieder.

»Also, Plan B. Quasi«, sagt Regula und klickt auf einem Kugelschreiber rum. Vor ihr liegt ein Block mit karierten Blättern, den sie irgendwo in der guten Stube gefunden hat.

»Plan?«, will Herbert wissen, der mittlerweile mit einer Blümchentasse ausgestattet ist und genüsslich Kaffee schlürft.

»Naja, wegen Stephan und so«, sage ich. Gerry bringt seinen ehemaligen Lehrer ganz kurz auf den Stand der Dinge. Der hört geduldig zu. Und zuckt am Ende mit den Schultern.

»Ist eine harte Nuss«, sagt er. »Da mach dir nicht allzu viel Hoffnung.«

»Machen wir uns auch nicht«, gesteht Bjarne, der meine Hand hält. Was keinen hier am Tisch zu wundern scheint und wenn doch, lässt niemand sich was anmerken. »Aber ist die Hoffnung erst ruiniert, rächt es sich ganz ungeniert«, dichtet er das bekannte Stichwort um.

»Dann macht mal. Ich muss los. Annerose will nachher in den Baumarkt. Blumenerde kaufen oder so.« Er seufzt schwer unter der Last des Ehestandes, trinkt den letzten Schluck Kaffee und verabschiedet sich mit dem Hinweis, dass er Louis' überdimensional großen Liebesbrief neben die Haustür legt. Als Herbert verschwunden ist, schweigen wir alle erst einmal ein paar Minuten. Jeder denkt für sich nach. Und dann ist alles ganz einfach: Das, was wir noch im Kopf behalten haben von all den Sachen, die Regula gestern notiert hatte, scheint genau die Quintessenz zu sein, mit der wir zwar keine guten Karten, aber immerhin ein recht ordentliches Blatt auf der Hand haben, um zu tun, was wir dann tun.

AGENT LOUIS – MISSION TOILETTE, CODENAME
Casanova

Merde! Ich bin so müde. Aber das kann ich Juliette nicht sagen. Sonst fragt sie, warum. Und spielt sich als Mama auf. Und dann bekomme ich wieder einen Vortrag, von wegen, ich sei nur zum Deutschlernen hier und solle gefälligst die deutschen Mädchen in Ruhe lassen. Mon dieu. Ich kann doch nichts dafür, dass die Jungs hier nicht küssen können und die Frauen behandeln wie Holzklötze. C'est vrai! Jedenfalls rufe ich sie an, bevor sie es versucht. Dann ist sie immerhin stolz, dass ich schon wach bin. Das ist auch so eine Sache, die ich nicht kapieren kann. Wieso fangen in Deutschland Schule und Arbeit mitten in der Nacht an? Um halb acht? Neun Uhr reicht doch völlig.

Es klingelt ziemlich lange, ehe sie drangeht.

Juliane: »Hallo?«

Louis: »Salut, Juliette! Comment vas-tu?«

Juliane: »Ah … Moment … oh … Louis? Bist du das?«

Louis: »Mais oui! 'abe isch disch geweckt?«

Juliane: »Nein. Äh. Ja.«

Louis: »Oh pardon.«

Juliane: »Macht nichts. Wie geht es dir?«

Louis: »Formidable. Alle sind sehr nett zu misch und gleisch isch kummere misch um die Lamas.«

Juliane: »Toll. Klingt gut.«

Louis: »Alors …«

Juliane: »Du, ich melde mich später, ich ... oh ... kicher ... lass das ... nicht jetzt t... ooooh!«

Louis: »Oh la la!«

Klack.

Oh. La. La. Da scheint ja am ganz frühen Morgen schon die Post abzugehen im Hotel. Ich hoffe nur, mein Gastbruder hat ein eigenes Zimmer. Wobei es ihm nicht schaden könnte, ein bisschen was von amour zu lernen.

Tant pis. Ich muss jetzt wirklich zu den Lamas. Natürlich wäre ich viel lieber mit Annika zusammen. Die ist wirklich süß. Auch wenn ich nicht alles verstehe, was sie mir erzählt. Muss ich aber auch nicht, küssen kann sie für eine Nichtfranzösin ziemlich gut. Allerdings sieht ihre kleine Freundin, deren Namen ich mir nicht merken konnte, besser aus. Und die hat auch keine Zahnspange. Und einen größeren Busen. Nicht, dass ich darauf Wert lege, also auf gerade Zähne. Aber ich weiß leider auch nicht, wo die wohnt. Vielleicht bekomme ich das schnell genug raus, denn übermorgen muss ich schon wieder zu Juliette und dem pupslangweiligen Tauschbruder nach Hannover. Und in die Schule. Non, merci.

Herbert hat das Leintuch tatsächlich auf die Stufen vor der Haustür gelegt. Ich lasse es erst mal liegen und finde mich ziemlich genial, dass ich nicht geschrieben habe, dass ich Annika liebe. Sondern nur ›mon amour‹. Wenn das nämlich sowieso keiner gesehen hat und ich rausbekomme, wo die kleine süße Maus wohnt, kann ich mir das malen diese Nacht sparen. Ich habe also ziemlich gute Laune, als ich zur Weide schlendere. Einer muss ja die Drecksarbeit machen, wenn die Erwachsenen ganz ganz wichtig irgendeinen Plan haben, den ich auch nur zur Hälfte verstanden habe. Erstens, weil ich Probleme habe, wenn

Deutsche zu schnell reden. Und zweitens habe ich nicht wirklich zugehört. Die werden mir schon sagen, was Sache ist. Oder auch nicht.

Lustig sind sie ja. Besonders Bjarne. Der hat vorher mit Händen und Füßen versucht, mir zu erklären, was eine fourche à fumier und eine brouette ist. Ehrlich gesagt sah er total soûl, pardon: besoffen aus, wie er da einen Tanz vollführt hat. Fand ich jedenfalls. Regula hat ja schon gar nicht hingeschaut, die hat irgendwas geschrieben. Gerry hat ihr dabei zugesehen, und Stella hat den Bjarne angehimmelt, als würde ein echter Beau vor ihr Samba tanzen. Schon irgendwie ... eklig, wenn Erwachsene miteinander fummeln und knutschen. Wenn ich so alt bin, mache ich das nicht mehr.

Trotzdem habe ich natürlich verstanden, dass ich eine Mistgabel und eine Schubkarre aus dem Schuppen holen soll. Lamaklo putzen. Igitt. Meine Maman würde zwar sagen, dass man nie weiß, wozu das im Leben noch gut sein kann, aber, merde, wie viel kacken fünf Lamas? Immerhin liegen die allermeisten Köttel in der mit Stroh ausgelegten Klo-Ecke. Aber bevor ich da hingehe, kraule ich erst meine Ding ein bisschen. Und Rama gleich mit, die ist auf Schmusekurs. Ich kann mich nicht entscheiden, welches Lama mir besser gefällt. Die weiße Ding oder die braune Dong mit ihren super großen Augen. Zum Glück bin ich nicht Dalai. Der muss sich ja zwischen ganz schön vielen Frauen entscheiden. Andererseits ... verdammt, ich hab die Handschuhe vergessen. Und das ist Scheiße. Jede Menge davon!

AGENTIN REGULA — MISSION MARKETING, CODENAME Strategie

Leck mich doch am Füdli! Ich muss kein Revisor sein, um zu sehen: Gerry macht mit den Lamas nicht mal ein Sackgeld im Monat. Ja schon, wir sind die ersten Gäste, und bislang hat er nichts getan. Außer darüber nachzudenken, was er tun könnte. Aber die Hände in den Hosensack stecken und abwarten, dass das Ganze hier abserbelt ... ist doch auch keine Solution.

Ich hab mir den Gerry geschnappt, der sich einen Pappkarton (tatsächlich!) mit Papieren und Unterlagen. Jetzt sitzen wir auf der Terrasse, und ich versuche, ihm Sachen wie Strategie und Taktik, Differenzierungsstrategie, Markenbewusstsein und Livestyleselection zu erklären. Marketing 1. Semester. Er sieht mich an, als würde ich ihm binomische Formeln servieren. Wenn er ein Kunde wäre, dann wüsste ich: den kann ich nach Strich und Faden ausnehmen, ihm das Teuerste verkaufen, mit ein paar englischen Begriffen garniert. Und anschließend fetten Reibach machen und darauf hoffen, dass es zwei, drei Jahre dauert, bis er merkt, was er da zu viel bezahlt hat. Er ist aber kein Kunde. Und ich bin keine Werbeagentur. Obwohl ich das ja mal gelernt habe. Und mich jeden Tag darum kümmere, dass ich Käse verkaufe. Das heißt, dass mein Arbeitgeber noch mehr Käse verkauft.

»Dafür, dass du eigentlich ein Jahr Pause von dem ganzen Zeug machen willst, haust du aber ganz schön auf den Ballon.« Gerry lächelt mich schief an. Dabei sieht er ein bisschen aus wie ein Drittklässler, der seiner Lehrerin erzählt, dass er die Hausaufgaben nicht machen konnte, weil der Hund das Heft aufgefressen hat. Ich weiß, dass ich mit branchenüblichen Sachen hier nicht weiterkomme. In meiner ganzen Karriere musste ich auch noch nie für Lamas werben. Mein Professor an der Uni in Genf sagte zwar schon in einer der ersten Vorlesungen, dass es völlig egal ist, ob man den Leuten Autos, Büstenhalter oder überteuerte Versicherungen vertickt, die Masche sei immer gleich. Aber der hatte bestimmt noch nie gesehen, wie so ein Lama einen anschaut, aus diesen riesengroßen Kulleraugen mit den langen langen Wimpern. Tut mir leid, ich kann mir nicht einbilden, dass Dalai, Rama oder Dong ein Energydrink oder eine Sonnenmilch sind.

»Wie wärs, wenn du Kaffee machst? Und ich schau mir das da mal an.« Als ich den Karton zu mir über den Tisch ziehe, ist Gerry schon aufgesprungen und eilt ins Haus. Ich glaube, der ist froh, dass er etwas tun soll, das nichts mit Papierkram und Zahlen zu tun hat. Kann ich ihm nicht verdenken. Es dauert ziemlich lange, bis ich den Inhalt des Kartons in drei Stapel sortiert habe. Der kleinste: Werbepost, die man wegwerfen kann. Der mittelgroße: amtliche Schreiben der Gemeinde Weinlingen zur Grundsteuer und so weiter. Der allergrößte: Rechnungen, Mahnungen, alles, was rote Zahlen verspricht. Gerry hat zu den Papieren noch seine Kontoauszüge beigelegt. Immerhin die sind in einem schmalen Papphefter ordentlich gesammelt. Ich muss kein Mathe-Ass sein, um zu sehen: Stapel drei und die Zahlen auf den Bankbelegen passen überhaupt nicht zusammen. Ich überschlage die Summe im Kopf. Soll und Haben klaffen fünfstellig auseinander.

Als Gerry mit meinem Bärchenbecher und seiner Hundetasse wiederkommt, gelingt es mir nicht, ihn aufmunternd anzulächeln. Muss ich auch nicht. Er weiß von selbst, was Sache ist.

»Sieht scheiße aus, was?« Gerry setzt sich und pustet in seinen Kaffee. Ich nicke.

»Und? Ich meine … andere kriegen das doch auch hin …« Er klingt hoffnungslos. »Immerhin habe ich ja jetzt Gäste. Also dich. Euch.«

»Hast du. Was ich sehr schön finde. Aber hast du für kommende Woche schon Buchungen?«

»Ähm«, druckst er rum. »Nicht so direkt. Also zwei Anfragen. Für den Herbst.«

»Herbst. Anfragen.« Ich schüttle innerlich den Kopf. Jetzt nicht zeigen, was ich denke. Profi sein. Wobei der Profi in mir schallend lachen will – schließlich habe ich die winzige Anzeige im Internet auch nur durch absoluten Zufall gefunden. Weil sie eben just in dem Moment neu eingestellt und ergo ganz oben in der Suchliste des Ferienblogs erschien. Mittlerweile muss das Ding auf die hinteren Ränge gerutscht sein, und niemand macht sich die Mühe, 20 oder mehr Seiten anzuschauen. Internet ist schnell. Und wer nicht schnell genug ist, der ist weg vom Bildschirm.

»Also gut. Das hier ist wirklich erst mal nur Mist.« Ich schiebe die Papiere zur Seite, nehme ein leeres Blatt und zücke den Werbekugelschreiber der örtlichen Sparkasse. »Fangen wir doch mal mit dem an, was du hast.«

»Ich hab nichts.« Gerry seufzt. »Aber davon jede Menge.« Sein Lächeln sieht traurig aus.

»Du hast eine ganze Menge!«, rufe ich. Und dann legen wir los, stockend zuerst, doch nach einer guten halben Stunde ist mein Blatt auf beiden Seiten vollgeschrieben. Ich fasse das Ganze einigermaßen zusammen: die Lage des Hofes, der Hof selbst, die bereits fertigen (wenn auch altbackenen) Gästezimmer, die Ruhe, die wunderschöne (wenn auch altbackene) Küche, die herrliche (wenn auch baufällige) Terrasse. Und nicht zuletzt: die Lamas. In meinem Kopf setzt sich das Ganze zu einem Bild zusammen. Gerry will etwas sagen, doch ich bedeute ihm, sein Göschli zu halten. Er versteht und steht auf. Als ich ganz alleine in der Sonne sitze, geht alles wie von selbst, und ich entwerfe einen Flyer. Grafisch muss das Ganze natürlich aufbereitet werden, aber Stella als Journalistin wird schon fotografieren können. Diese Nuss, übrigens, gibt sich als Sekretärin aus. Das ist so schräg … sie macht doch hier keinen investigativen Journalismus à la Wallraff. Aber egal, sie an Bord zu haben, ist einer der Pluspunkte in meinem Marketingplan. Dass sie mit Bjarne angebandelt hat – nun gut, muss jeder selbst wissen. Aber auch er hat eine ziemlich große Rolle in meiner Strategie. Als Gerry nach ein paar Minuten wiederkommt und sich setzt, bin ich fast fertig. Es fehlen nur ein paar winzige Details, und die kann nur er mir geben. Ist schließlich sein Hof.

»Verführ mich«, fordere ich Gerry auf. Der reißt die Augen auf.

»Wie bitte?«

»Du sollst mich verführen«, sage ich noch einmal ganz ganz langsam.

»Also Regula, ich mag dich wirklich, aber das kommt jetzt ein bisschen plötzlich«, stammelt er.

»Doch nicht so!« Ich muss lachen. Nein, von Männern habe ich genug, und Gerry ist erstens zu jung und zweitens gar nicht mein Typ. Wobei ich mir nicht sicher bin, was mein Typ ist, meine Exmänner waren alle komplett verschieden. Blonde gab's und schwarzhaarige, Anzugträger und Sportler. Alles nichts gewesen außer Spesen und ja, auch Spaß. Aber eben nichts fürs Leben, und da ich meins sowieso umkrempeln will – oder muss! – hat ein männliches Wesen darin jetzt gar keinen Platz.

»Wie im Supermarkt, Gerry.«

»Hä?«

»Du weißt schon, die pusten Brötchenduft in den Laden, damit man Hunger bekommt. Spielen verkaufsfördernde Musik. Beleuchten den Käse mit gelblichem Licht, damit der leckerer aussieht.«

»Ach so!« Er sieht erleichtert aus, und ich weiß nicht, ob ich als Frau jetzt gekränkt sein soll oder nicht. Aber eigentlich habe ich dafür gar keine Zeit.

»Gerry, du musst mir ein paar Schlagworte liefern. Was macht den Hof, was macht das Ganze hier zu etwas so Besonderem, dass es anders ist als alles andere?«

»Dalai!«, kommt es wie aus der Pistole geschossen. Und dann schießen meine Ideen wieder. Kurz darauf habe ich den Flyer skizziert und kann mir super vorstellen, wie der mit Fotos aufgepeppt aussehen wird. Ich drehe das Blatt so, dass Gerry es lesen kann. Dessen Grinsen wird immer breiter, als er leise murmelnd den Text liest:

Urlaub mit dem Lama Dalai!
Schnell sein muss im Alltag jeder – bei uns muss niemand
irgendwas! Wir entschleunigen Ihren Tag.
Genießen Sie das ursprüngliche Flair eines ehemaligen
schwäbischen Bauernhofes. Saftige Wiesen, herrliche Wäl-
der und an Ihrer Seite eines unserer Lamas. Spüren Sie, dass
Sie nichts spüren außer Wohlbefinden, wenn Sie mit unse-
ren Tieren spazieren gehen. Sie werden das Gefühl haben,
neben Ihnen schwebt eine Wolke. Unsere Herde rund um
den Hengst Dalai wird Sie verzaubern. Und nach einem
erholsamen Tag verwöhnen wir Sie mit Spezialitäten aus
Schwaben, neu interpretiert mit Rezepten von Spitzen-
koch Bjarne Hellstern.

»Wow.« Gerry liest den Text ein zweites, dann ein drittes
Mal. Schließlich steht er auf, geht um den Tisch, nimmt
mein Gesicht in seine Hände und drückt mir einen Kuss …
auf die Stirn.

»Danke!«

»Das muss jetzt nur noch unters Volk gebracht werden«,
teile ich ihm mit und beschließe, auf sämtliche Begriffe wie
Zielgruppen oder Marktanalyse zu verzichten.

»Und wie?«

»Ich werde mir nachher mal einen Internetauftritt skiz-
zieren. Dafür muss dann Stella Fotos machen. Und natürlich für den Flyer. Die ersten verteilen wir mal hier in
der Region. Und zwar wie ein kleiner Wanderzirkus.«

»Mit Clowns und Akrobaten?«

»Nein. Mit den Lamas. Die sind doch ein Hingu-
cker!«

Gerry versteht. »Klar! Wie ein Pony.«

»Viel besser!«

»Eine Frage noch, Regula. Das mit dem Essen ... also neu interpretiert und so ... was genau meinst du damit?«

»Das weiß ich nicht«, muss ich zugeben. »Aber Bjarne wird schon wissen, was er macht.«

AGENT BJARNE – MISSION
SCHUPFNUDEL, CODENAME
Tellerwäscher

Was mache ich hier bloß? Dong kann mir auch nicht weiterhelfen. Sie trottet neben mir her und ist beleidigt, weil ich sie nicht an jedem Löwenzahn halten und fressen lasse. Vielleicht bilde ich mir auch nur ein, dass sie beleidigt ist. Ich kenne mich mit Frauen nicht so gut aus.

Frauen.

Frau.

Stella.

Was ist da nur passiert? Ich wollte das nicht. Obwohl ich es wollte. Schon lange. Seit Carola. Also seit fast zehn Jahren. Während ich mit dem Lama an meiner Seite Richtung Weinlingen spaziere, tut es auf einmal nicht mehr weh, an sie zu denken. In den ersten zwei, drei Jahren nach unserer Trennung hat es wirklich geschmerzt. Dann ist sie verblasst, quasi untergegangen im Küchendunst. Ich hatte mein Lokal. Die Gäste. Die Kollegen. Den Erfolg. Nur dann und wann, wenn mir jemand erzählt hat, dass er Carola gesehen hat, kam dieses leere Gefühl wieder hoch. Dabei hätte unsere Beziehung funktionieren müssen: Beide aus der Gastronomie (sie Hotelfachfrau, ich Koch). Beide aus Wiesbaden. Beide gleich alt.

Es hat aber nicht funktioniert. Trotz gleicher beschissener Arbeitszeiten an Feiertagen und Wochenenden. Trotz ähnlichem Lebensplan, dem Wunsch nach einem eigenen

Lokal. Oder Hotel. Oder beidem. Irgendwann haben wir uns verloren, hat sie gesagt. Und sich entschuldigt, dass sie diesen Christopher gefunden hat. Auch aus Wiesbaden. Aber ein Vertriebsleiter für irgendwas, der Hotels nur als Gast kennt. Mittlerweile haben sie zwei Kinder. Reihenendhaus. Zwei Autos.

Für mich war das Thema erst mal durch. Mal hier ein Urlaubsflirt, dort eine Nacht verbracht. Mehr irgendwie nicht, von einer vierwöchigen ›Beziehung‹ zu einer Kellnerin mal abgesehen. Rein rechnerisch habe ich gute Chancen, Single zu bleiben. Es gibt mehr Männer als Frauen, das hat sich wohl die Evolution so ausgedacht. Und die Frauen in meinem Alter, die noch nicht vergeben oder wieder frei sind, haben Probleme. Mit sich. Mit der Welt. Mit dem Leben. Darauf habe ich auch keine Lust. Irgendwann war mir das egal, mir geht es ja gut. Frau Schneider kümmert sich zwei Mal die Woche um meine Wohnung und die Wäsche. An meinem freien Tag mache ich nicht viel mehr, als zu schlafen, zu lesen und stundenlang fern zu schauen. Klingt langweilig, ist es aber nicht. Ich brauche das. Sonst halte ich die sechs Tage im Hellstern nicht aus.

Und jetzt … Stella. Schöner Name.

Schöne Frau.

Und so jung.

Zu jung.

Eigentlich.

Andererseits … was sind elf Jahre? Dong spitzt die Ohren. Weinlingen kommt in Sicht.

»Es war nur eine Nacht«, erkläre ich dem Lama. Das Tier scheint zu nicken. Bleibt dann so ruckartig stehen, dass ich stolpere. Dong stupst mich mit der Schnauze gegen die Brust. Linke Seite. Herz. Ich weiß, dass sie ein Stück Würfelzucker aus meiner Hemdtasche will. Trotzdem bilde ich mir ein, dass das Symbolcharakter hat.

»Abwarten«, sage ich zu dem Tier, halte der Stute mit der flachen Hand das Leckerli hin und kraule sie am Ohr, ehe wir weitergehen. Nachdenken kann ich auch auf dem Rückweg. Jetzt muss ich erst mal auf den Markt. Regula will, dass ich ›schwäbische Landhausküche‹ zubereite. Ich bin eigentlich nicht zum Arbeiten hier und wollte einen Herd nur aus der Ferne sehen, wenn überhaupt. Aber irgendwie ist das strange. Seit meiner Zeit als Jungkoch hat mir keiner mehr gesagt, was ich kochen soll. Im Gegenteil. Alle haben immer darauf gewartet, dass Bjarne Hellstern eine neue Idee hat. Zum Glück hat keiner gemerkt, dass er seit über einem Jahr keine mehr hatte. Sondern alte Rezepte ausgegraben hat. Einmal auch eins aus einer Frauenzeitschrift, die ich beim Zahnarzt mangels Sportbild gelesen habe. Aber als jetzt die mit rot-weiß gestreiften Markisen bedachten Stände des Weinlinger Wochenmarktes auftauchen, taucht ein Gefühl auf, das ich lange nicht hatte: Appetit.

Ich binde Dong neben einem kleinen Brunnen fest. Sie säuft sofort das Wasser, das aus einem schlichten Hahn in ein schlichtes Steinbecken fließt. Ich schnalle den Korb ab und umrunde erst einmal den Marktplatz im Uhrzeigersinn. Als ich am Ausgangspunkt angekommen bin, habe ich – Hunger. Nein. Nicht dieses leere Gefühl im Bauch, das ich mit Kalorien stopfe. Ich habe Appetit. Ich kann beinahe schon schmecken, was ich nachher kochen werde. Und das wird nichts Kompliziertes. Denn erstens habe ich darauf keine Lust, und zweitens muss es etwas sein, das auch Gerry zur Not hinbekommt. Bei dem Gedanken, heute Abend mit ihm zu brutzeln und zu braten, muss ich kichern. Ich wette, er ist unbegabter als mein Azubi Jens. Der kann kaum eine Kartoffel von einer Banane unterscheiden. Ist aber ein netter Kerl.

Als Erstes steuere ich den einzigen Verkaufswagen auf dem Platz an. Auf dem Schild über der nach oben gekippten Fensterklappe steht ›Landmetzgerei Fischer‹. Hinter der fahrbaren Theke wartet ein Mann, der mehr wiegt als ich, in einer weißen Schürze auf Kundschaft. Man sieht ihm an, dass er das, was er verkauft, selbst gerne isst. Ein gutes Zeichen!

»Grüß Gott«, sage ich und lasse den Blick über die ausgelegte Wurst und das Fleisch schweifen.

»Wa derfs'n sai?«, brummelt der Metzger. Ich übersetze das in: »Was hätten Sie denn gerne?«

»Was können Sie denn empfehlen?«

»Bei eis isch älles guad.« Der Mann stemmt die Hände in die Hüften. »Flaisch? Wurschd?«

»Fleisch. Ich hätte gerne Fleisch. Ist das aus eigener Schlachtung? Von Bauern aus der Region?« Wenn schon schwäbische Küche, dann bitte richtig.

»Welled Sia au no wissa, wia dia Kuh ghoiße hätt?«

»Bitte?«

»Ob Sie wissen wollen, wie die Kuh geheißen hat«, sagt der Mann und zeigt auf das Schild oberhalb unserer Köpfe. Dort steht unter dem Namenszug in Knallrot: »Eigene Schlachtung«.

Ich muss lachen. »Also dann hätte ich gerne ein Kilo gut abgehangenes Rindfleisch.«

Der Metzger greift nach einem hellroten Stück.

»Nein, das will ich nicht«, sage ich. Hellrot heißt frisch. Heißt bei Rindfleisch zäh.

»Ned?« Er ist irritiert und legt das Stück zurück.

»Nein. Gut abgehangen, bitte.« Wieder starrt er mich an. Und dann krabbelt ein breites Lächeln über sein rot-glänzendes Gesicht.

»Sind Sie Hobbykoch?«, will der Metzger wissen.

»So ähnlich.«

»Wissed Se, die meischten Kunden wollen das dunkle Fleisch nicht, weil die denken, das ist alt.« Jetzt muss er lachen. Ein tiefes, rollendes Lachen, das seinen ganzen Bauch erfasst. Dann dreht er sich um, öffnet einen Kühl-schrank und – tadaaa! – zaubert ein perfektes Stück Rin-derbrust hervor. Ich nehme das Ganze. Gute fünf Kilo. Plus Beinscheiben. Suppenknochen. Und eine ganze Palette schwäbischer Wurstspezialitäten, geräucherten Speck und Griebenschmalz fürs Vesper. Nach einer Vier-telstunde habe ich drei prallvolle Tüten, für die ich einen lächerlich günstigen Preis zahle, bekomme noch einen Ring Fleischwurst geschenkt und habe dermaßen große Lust, zu kochen, dass es mit dem restlichen Einkauf an den Obst- und Gemüseständen, bei der Käsefrau und dem Bäcker-wagen gar nicht schnell genug gehen kann. Ich will schon zu Dong eilen, da entdecke ich zwischen einem Stand mit Geranien, Petunien und fertig gebundenen Blumensträu-ßen und einem Anbieter für Bürsten, Besen und Hosen-träger einen winzig kleinen Stand. Eher einen Tisch mit einem knallroten Sonnenschirm. Dort werden Salzlampen, indianische Traumfänger und Silberschmuck aus Hippie-zeiten angeboten. Mein Blick bleibt an einem mit schwar-zem Samt bezogenen Holzbrett liegen, auf dem Speck-steine in Herzform liegen. Die Verkäuferin, eine Rentnerin mit Strickmütze, nickt mir aufmunternd zu. Ich trete näher und nehme eines der Herzen in die Hand. Es ist ange-

nehm kühl und samtig, schmeichelt sich wie selbstverständlich in meine Hand. In den Stein sind die Worte ›Du
& ich‹ geritzt. Und ehe ich nachdenken kann, habe ich
fünf Euro bezahlt und lasse das Herz in meine Hosentasche gleiten. Ich hoffe, dass das kein schlechtes Omen ist,
und mache mich auf zu Dong. Die mich wohl schon sehn-
süchtig erwartet, denn als ich sie losbinde, kann sie gar
nicht schnell genug den Weg Richtung Hof einschlagen.
Ich komme ganz schön ins Schwitzen bei dem Versuch,
das Lama vom gestreckten Galopp abzuhalten. Zum ersten Mal gelingt es mir nicht, in den sonst so gemütlichen
Rhythmus des Tieres einzusteigen. Macht aber nichts, das
Fleisch sollte sowieso zügig in den Kühlschrank.

AGENTIN STELLA – CODENAME Newspaper, MISSION LEICHEN IM KELLER AUSGRABEN

»Raucht ihr nur die eine Marke?« Paola pustet hörbar den Qualm aus. Im Hintergrund rattert Inga runter, was wir üblicherweise in unserem geheimen Lager im roten Salon bunkern.

»Okay, ich besorg euch mal Nachschub«, kommt es von Paola.

»Hallo? Haaalloooo?!«, rufe ich in den Hörer.

»Ach, du bist schon dran? Paola hier. Hör zu, du bist doch morgen Abend wieder da.«

Stimmt. Leider.

»Ja.«

»Wann landest du?«

Keine Ahnung. Ich will gar nicht an morgen denken.

»Ich glaub, so um acht.«

»Prima. Dann komm doch gleich in die Redaktion. Wir haben ein Meeting.«

Spinnt die?

»Äh. Also. Ja. Oookay.«

»Spitze. Willst du noch Inga sprechen?«

Nanu, warum ist Paola so freundlich? Da ist was im Busch. Ich will meiner Freundin keine Probleme machen und verneine. Die Chefredakteurin verabschiedet sich mit einem »Tschüssi dann, ich freu mich auf morgen«. Und ich stehe sehr ratlos mitten auf dem Marktplatz. Das heißt, ich stehe hinter einer Reihe Gemüsestände vor der Redaktion des ›Weinlinger Kuriers‹ und frage mich, ob ich schon Gespenster sehe, oder ob da wirklich gerade Bjarne zwischen den Ständen verschwunden ist. Ich habe allerdings keine Zeit, mir über mein Liebesleben (sofern man wegen einer Nacht von einem Leben sprechen kann) oder über den Zustand meines Geistes Gedanken zu machen. Ich muss in die Redaktion. Mission erfüllen. Bei dem Gedanken muss ich grinsen und wische das komische Gefühl, das mich nach dem Anruf von Paola beschlichen hat, zur Seite.

Als ich die unscheinbare Glastür zur Geschäftsstelle aufstoße, blickt eine Blondine hinter dem Tresen auf.

»Grüß Gott«, sage ich und setze mein hoffentlich nettestes Lächeln auf.

»Welled Sie a Azeig uffgäba? Des isch für dia Woch zschbät, erscht wiader am Mendig«, sagt die Frau, die ich auf Anfang 20 schätze, im breitesten Schwäbisch. Ich verstehe sie trotzdem.

»Nein, keine Anzeige. Ich würde gerne mit jemanden aus der Redaktion sprechen.«

Die Blondine grinst so breit, dass ich befürchte, ihr Nasenpiercing rutscht mit den Mundwinkeln gleich mit rüber zu den Ohren. »Äbber? Do isch bloß oiner.«

»Dann würde ich gerne mit dem einen sprechen.«

»Ganged Se oifach hendre. Zwoite Tür vo links. Dr Gebhard isch do.«

Okay. Ich schlängle mich um den Tresen, auf dem regionale Krimis, Reiseführer und andere Romane zum Verkauf angeboten werden. An der zweiten Tür von links klopfe ich an. Und nachdem keiner antwortet, öffne ich und strecke den Kopf hinein. Ich muss die Luft anhalten, als ich förmlich gegen eine Wand aus Zigarettenqualm, blumigem Aftershave und etwas anderem laufe, das mich an Leberwurst erinnert. In dem winzigen Redaktionsbüro steht ein überladener Schreibtisch, auf dem sich mehr Papier stapelt als in der ganzen Redaktion der Donatella. Hinter einem verstaubten Bildschirm sitzt ein Mann im Karohemd und hackt wie wild auf die Tasten ein.

»Moooment!«, ruft er und hackt weiter. Ich quetsche mich zwischen ein übervolles Regal und den Schreibtisch.

»Jetzetle!« Der Redakteur seufzt und klickt ein paar Mal mit der Maus. Dann sieht er mich an. Seine Augen hinter der viereckigen Brille sind genauso grau wie sein Viertagebart. »'tschuldigung, i schreib grad da Gemeinderat vo geschdern.«

»Kein Problem, ich wollte nicht stören.«

»Ha no, a Mädle wie Sie schdört doch ned!« Er steht auf, umrundet den Schreibtisch und legt den Stapel alter Zeitungen vom Stuhl auf den Boden. »Nehmed Sie Blatz!«

Ich nehme Platz. Leider verpufft meine sorgsam vorbereitete Rede in dem Moment, als mein Hintern den grünen Bezug berührt. Was nicht am Stuhl liegt, sondern daran, dass ich mit meiner Idee, investigativ zu arbeiten, hier wohl keinen Stich machen kann. Dieser Gebhard sieht viel zu nett aus für einen Journalisten. Er wirkt eher wie ein Kinderarzt. Oder ein Grundschullehrer, wie er mich jetzt anschaut und dabei ganz breit lächelt.

»Ich würde Ihnen ja einen Kaffee anbieten, aber die Maschine hat den Geist aufgegeben«, sagt er entschuldigend.

»Alles gut«, beeile ich mich zu sagen.

»Also, Sie sind nicht von hier?«

»Hört man das?«

»Nein. Ja. Aber ich kenne alle. Und Sie kenne ich nicht. Gebhard Gellert. Aber lass den Gellert weg. Gebhard langt.« Er reicht mir am Bildschirm vorbei die Hand. Ich schlage ein.

»Stella.«

»Lustiger Name.«

»Naja, eigentlich sollte ich Mareike Louise Sophie heißen. Aber mein Vater hatte Schnupfen, als er am Tag nach meiner Geburt zum Standesamt ging. Und aus seinem Hatschi wurde …«

»… Stella! Herrlich! Und viel besser als der andere Name.« Gebhard lacht so herzhaft, dass ich mich mit einem Schlag pudelwohl fühle. Ich muss selbst lachen, als ich mir das Gesicht meines Erzeugers vorstelle, der mit stolzgeschwellter Brust und schnupfenroter Nase samt druckfrischer Geburtsurkunde bei meiner Mutter auflief … Ich habe die Geschichte noch nicht mal Inga erzählt, aber jetzt ist es irgendwie aus mir rausgeplatzt. Wie so manches in den letzten Tagen, seit ich Dalai kenne. Gerry. Regula und Louis. Und natürlich Bjarne. Beim Gedanken an letzte Nacht wird mir ein bisschen schwummrig und ich beschließe, nach vorne zu preschen. Ob ich nun rum eiere oder nicht, wenn Gebhard Nein sagen will, dann sagt er Nein. So jedenfalls schätze ich ihn ein.

»Ich bin sozusagen geschäftlich hier. Wir sind quasi Kollegen und ich …«, beginne ich.

»Das tut mir leid, einen Job gibt's hier nicht!«, unterbricht mich Gebhard. »Ich mach noch bis zur Rente.« Wieder lacht er.

»Nein, ich will keinen Job. Obwohl es sicher sehr toll wäre, hier zu arbeiten.« Das meine ich sogar ernst. Sein

Büro ist so viel gemütlicher als die Räume bei der Donatella, obwohl Inga und ich mit unserem roten Salon ja schon einiges an Gemütlichkeit geschaffen haben. Dennoch ist es ein himmelweiter Unterschied, ob man in der Hauptstadt für eine stylishe Frauenzeitung arbeitet oder in einer kleinen Lokalredaktion quasi an der Quelle der Journaille sitzt. Ich gebe Kollege Gebhard eine kurze Zusammenfassung, wobei ich mich auf das Wesentliche konzentriere. Dass ich eine Reportage über Gerrys Hof schreiben soll. Dass ich weiß, dass er pleite ist. Und dass ich vermute, dass alles zwei Seiten hat, auch wenn es hier um seinen Zwillingsbruder geht. Oder eben gerade deswegen. Gebhard zückt während meiner Erzählung einen mit einer Spirale zusammengehaltenen Stenoblock, wie ich ihn seit gefühlten 200 Jahren nicht mehr gesehen habe, und macht sich eifrig Notizen. Berufskrankheit, nehme ich an.

»Tja, und nun wollte ich quasi recherchieren, wie hier so die Hintergründe sind.«

»Berufskrankheit, nehme ich an?« Gebhard zwinkert mir zu.

»Naja, fast. Auch ein bisschen aus Freundschaft. Und weil es hier wirklich wirklich schön ist.«

»Tagungshotel. Wäre ja eine ganz dicke Nummer. Da könnte ich den Gemeinderat als Aufmacher für morgen knicken und mal eine echte Nachricht bringen.«

»Gebhard! Noch nicht. Bitte.«

»War nur laut gedacht, keine Sorge.« Er zündet sich eine Kippe an und bietet mir auch eine an. Ich greife zu, und eine Weile inhalieren und paffen wir schweigend. Ich wage nicht, etwas zu sagen, weil ich dem Kollegen quasi ansehen kann, wie er sein Kopfarchiv durchstöbert.

Und tatsächlich, nach der halben Zigarette scheint er die richtige Schublade in seinem Kopf gefunden zu haben.

»Da war mal was«, sagt er so langsam, dass ich befürchte, er schläft gleich ein. Dann sagt er wieder nichts, zieht an seiner Zigarette, bläst Rauch in die Luft. Der Sauerstoffgehalt in diesem Büro muss mittlerweile gegen null tendieren, und ich halte heimlich Ausschau nach einer Tauchermaske. Endlich drückt Gebhard seine Kippe aus. Ich mache mit meiner dasselbe. Sie verschwindet zwischen Dutzenden anderer im übervollen Aschenbecher.

»Genau!« Er strahlt. »Machen wir einen Deal?«

»Deal?« Um Himmels willen, welche dreckigen Details will der mir auftischen, und was kann ich dem guten Mann schon bieten?

»Genau. Deal. Info gegen exklusiv.«

»Ich verstehe nicht?«

»Du bekommst alles, was ich weiß, dafür darf ich dann exklusiv darüber berichten, ob das Tagungshotel nun gebaut wird oder nicht. Und ich darf den Text deiner Reisereportage exklusiv als Nachdruck in die Samstagsausgabe nehmen, sagen wir … im September? Mit Fotos?«

Meine Verhandlungsbasis ist gleich null. Ich kann mir nicht vorstellen, dass Paola sich freut, wenn Teile der Donatella kostenlos in einer Lokalzeitung zu lesen sind. Ganz zu schweigen vom Verleger, dem sie das verkaufen muss. Aber vielleicht liest ja in Berlin kein Menschen den Weinlinger Boten und niemand erfährt jemals etwas davon? Ich weiß, dass ich meine Kompetenzen um Meilen überschreite. Ich weiß aber auch, dass ich keine andere Wahl habe. Und schlage in Gebhards ausgestreckte Hand ein. »Deal!«

»Super, Mädchen. Also. Das ist so sieben, acht Jahre her. Das genaue Datum hab ich nicht, aber im Archiv finde ich das ruckizucki.«

»Was denn?«

»Lass dich überraschen.« Er tippt auf seiner Tastatur herum, als wäre sie eine mechanische Schreibmaschine. Ich bekomme ein bisschen Angst um die Tasten, aber die sind seine Schläge offenbar gewohnt und halten Stand. Sekunden später rattert der Drucker. Gebhard dreht sich halb um und fischt ein Blatt aus dem Gerät.

»Bitteschön!« Er reicht es mir wie eine Preziose. Und tatsächlich: Was ich in der Hand halte, ist Gold wert. Zumindest hoffe ich das.

»Wow!« Mehr kann ich nicht sagen. Muss ich auch nicht, denn in dem Augenblick schellt das Telefon. Gebhard nimmt ab, und während er vielschichtig »Hm« und »Ja« und »Aha« in den Hörer brummelt, verabschieden wir uns mit einem Kopfnicken. Ich habe beste Laune und beschließe, nicht gleich zu meinem Smart zu gehen, den ich hinter dem Rathaus geparkt habe. Stattdessen will ich noch ein bisschen durch die City schlendern. Oder mir die Marktstände anschauen. Das fühlt sich tatsächlich an wie Urlaub, beinahe schon mediterran mit all den wuselnden Menschen, den Düften und Farben. Fehlen nur noch die Palmen, und die Illusion von Oberitalien wäre fast perfekt. Zwischen den Ständen fällt mir ein kleiner Tisch auf, hinter dem eine ältere Frau mit Wollmütze sitzt und auf Kundschaft wartet. Der knallrote Sonnenschirm hebt sich von den Markisen der Stände ringsherum ab, und ich gehe auf den Stand zu. Die Frau bietet kitschige Traumfänger aus Hühnerfedern an. Billige Ringe. Und auf schwarzem Samt ausgebreitete Herzen aus Speckstein. Ohne es zu wollen, nehme ich eines in die Hand. Es fühlt sich an, als gehöre es genau hier hin. In den Stein geviert sind drei Worte: ›Du und ich‹. Kitschig, aber ich bezahle es und stecke es zu Gebhards Ausdruck in meine Handtasche.

DOPPELTE LOTTCHEN

STELLA

Im Film würden die Reifen meines Mietsmarts jetzt quietschen, als ich – zugegeben etwas zu schwungvoll – auf den Hof einbiege, ich ruckartig das Lenkrad nach links reißen muss, um mit dem winzigen Blechauto nicht in ein wild gewordenes Lama zu krachen, das mir mitten in die Fahrspur galoppiert. Und dann sofort wieder nach rechts steuern, sonst würde ich Bjarne ummähen, der wild gestikulierend hinter Dong her rennt. Das alles geht so schnell, dass ich kaum atmen kann, geschweige denn blinzeln oder nachdenken. Ich handle in purem Instinkt, werde im Wagen herumgeschleudert und kann nur noch »Uff« machen, als der kleine Flitzer nur ein paar Millimeter vor der Wand zur Scheune zum Stehen kommt. Hinter mir türmt sich eine meterhohe Staubwolke, in der Tier und Mensch verschwinden. So schnell ich kann löse ich den Gurt, reiße die Tür auf und renne durch den Staub in die Richtung, in der ich Bjarne und das Lama vermute. Hinter der Scheune habe ich wieder klare Sicht. Dong ist beim Gatter angekommen und … spuckt! In Bjarnes Richtung. Obwohl der noch gute zehn Meter entfernt ist. Er bleibt stehen, und nach wenigen Augenblicken habe ich ihn erreicht. Der Schweiß läuft ihm über die Stirn, wird von den schwarzen Augenbrauen umgelenkt und versiegt nach einem Ausflug über seine Wangen am Hemdkragen. Er schnauft wie nach einem Marathon. Oder wie nach … hach …

»Die ist einfach durchgegangen«, hechelt er und schüttelt den Kopf. »Ich weiß auch nicht, was sie plötzlich hat.«

Dong schnaubt, als die anderen Lamas sich dem Zaun nähern. Sie trägt noch immer den Sattel mit den Einkäufen.

»Bleib du hier«, sage ich zu Bjarne und gehe ganz ganz langsam auf das Tier zu. Dabei mache ich brummende Geräusche, von denen ich hoffe, dass sie beruhigend wirken, und vermeide jeden Blickkontakt. Das hab ich mal im Fernsehen gesehen. Allerdings war das ein Cowboy, und das Tier ein Pferd, aber Hufe und vier Beine haben Lamas ja auch. Dong ignoriert mich, und ich erreiche sie, ohne dass sie einen Satz macht. Ich schnappe mir die Leine, mache noch ein paar Mal »Hmmmm« und binde sie dann fest. Sie lässt sich ohne Murren die Trage abschnallen. Dann klicke ich die Leine aus dem Halfter, öffne das Gatter und gebe dem Tier einen sanften Klaps auf den weichen Po. Sie trabt sofort zu den anderen, wobei sie von den Stuten umringt wird wie eine Freundin, die erzählen soll, was sie geshoppt hat. Dalai schnaubt, Dong schnaubt zurück. Wahrscheinlich haben die Stuten irgendwelchen Mädelskram zu besprechen, denn der Hengst trollt sich auf den hinteren Teil der Wiese.

»Was war denn da los?«, frage ich und drehe mich zu Bjarne um. Erst jetzt habe ich Zeit, um meine Knie zittern zu lassen. Was die aber umso heftiger tun. Ich muss mich an Bjarne festhalten. Vielleicht hält er sich auch an mir fest, das kann ich so genau nicht sagen. Sein Atem streift meine Wange.

»Keine Ahnung, die ist auf einmal losgerannt.«

»Wo warst du denn?«

»Auf dem Markt.« Aha, habe ich also vorhin doch keine Gespenster gesehen, er war es tatsächlich. »Und das Lama hatte ich am Brunnen angebunden. Die hat viel getrunken, aber sonst war nichts.«

»Vielleicht ist sie von einer Biene gestochen worden?«, mutmaße ich. Wir beobachten die Tiere. Dalai hat sich unter einem Baum in den Schatten gelegt und schaut die Landschaft an. Seine Mädels ignoriert er auffällig unauffällig. Die anderen Tiere haben sich auf der Wiese verteilt und zupfen Gras und Kräuter. Nur Dong nicht. Die ist hinter dem Unterstand verschwunden. Ihr Kopf lugt aus der Klo-Ecke hervor.

»Vielleicht musste sie nur mal ganz dringend«, sage ich halb scherzend.

»So viel hat sie nun auch nicht getrunken. Glaube ich. Und außerdem pinkeln Tiere doch überall, wenn sie mal müssen.«

»Auch wahr«, muss ich Bjarne recht geben. »Aber wo du es erwähnst, ich muss ...«

»... pinkeln?« Oh. Romantik geht anders.

»Nein. Ins Haus gehen, zu Gerry. Ich hab da was.« Ich greife in die Hosentasche und ziehe den Zeitungsartikel heraus. Dabei streift meine Hand das Specksteinherz, das mittlerweile die Temperatur in meiner Hose angenommen hat und schön warm ist. Für den Bruchteil einer Sekunde überlege ich, es Bjarne zu geben. Aber erstens ist das nicht der richtige Zeitpunkt, denn wenn, dann will ich es als Abschiedsgeschenk machen. Und zweitens bin ich mir nach nur einer Nacht nicht so ganz sicher, ob es schon angebracht ist, mein Herz zu verschenken. Oder eben auch nur ein symbolisches aus Stein.

»Darf ich?«, fragt Bjarne und legt den Arm um meine Schulter. Seine Frage galt allerdings nicht unserer Umarmung, sondern dem Ausdruck.

»Klar«, sage ich und meine beides. Dass er mich an sich drücken und dass er mein Fundstück lesen darf. Zu zweit gelingt es uns auch, das Blatt so zu halten, dass wir beide im Gehen lesen können. Ich hatte den Artikel vorhin nur überflogen. Das schwarz-weiße Foto ist ein bisschen grobkörnig, trotzdem erkennt man genau, dass Gerry und Stephan schlechte Laune haben. Und zwar beide. Sie stehen sich gegenüber, ihre Nasenspitzen berühren sich beinahe. Ich kann die beiden nicht auseinanderhalten und der Fotograf offensichtlich genau so wenig, denn unter dem Bild steht nur: ›Die beiden Brüder Gerald und Stephan K. (Namen geändert) nach der Verhandlung am Oberlandesgericht Stuttgart. Foto: Gellert‹

Unter dem Foto ist der Zeitungsbericht, drei Spalten, geschrieben und gedruckt vor acht Jahren.

Zwillingspaar narrt Gericht

Weinlingen / Stuttgart (geg). Das doppelte Lottchen – so nannte der Vorsitzende Richter am Oberlandesgericht Stuttgart, Gerwin Karrenmann, die Zwillinge Stephan und Gerald K. (Namen geändert) aus Weinlingen. Sichtlich amüsiert verhandelte die Kammer am gestrigen Mittwoch das Berufungsverfahren gegen die Brüder. Der Vorwurf: Anlagebetrug.

Staatsanwältin Esther Gruber schilderte in der mehrseitigen Anklage noch einmal den Sachverhalt. Demnach hat ein Mann namens K. im vergangenen Jahr in einem Stuttgarter Autohaus einen Wagen der Luxusklasse gekauft. Die Anzahlung erfolgte in bar, die Raten allerdings blieben bereits im ersten Monat nach dem Kauf aus. Als der Inhaber des Autohauses schließlich nach mehreren erfolglosen Mahnungen die Ermittlungsbehörden einschaltete und diese den in Weinlingen wohnhaften Bruder des Zwillingspaares aufsuchten, behauptete dieser, nichts von einem

Wagen zu wissen. Sein Bruder allerdings, der mittlerweile in Frankfurt lebt, behauptete im Gegenzug dasselbe und bestritt während der Verhandlung vehement, etwas mit der Sache zu tun zu haben.

Zugelassen ist der Wagen auf den Weinlinger. Der bestritt auch vor dem Oberlandesgericht vehement, jemals einen Fuß in das Autohaus gesetzt zu haben, obwohl der als Zeuge geladene Verkäufer ihn bereits in der Verhandlung vor dem Landgericht zweifelsfrei identifiziert haben will. Dass der Beklagte nun in doppelter Ausführung vor Gericht erschien, sorgte zunächst für Erheiterung. Dann aber war schnell klar, dass nicht zweifelsfrei geklärt werden kann, wer den Wagen gekauft hat. Von dem Fahrzeug fehlt übrigens jede Spur, und die Einlassung des Beklagten, sein als Zeuge geladener Bruder aus Frankfurt habe das Auto womöglich nach Polen verschoben, konnte das Gericht nicht werten.

Der Anwalt des Weinlingers plädierte auf Freispruch. Dem gab das Gericht nicht nach, sondern verhängte neben der Zahlungsaufforderung der ausstehenden Raten ein Bußgeld in vierstelliger Höhe. Zur Begründung sagte der Richter, man könne zwar den Betrug nicht eindeutig einer Person zuordnen, aber es bleibe ja quasi in der Familie. Und er empfahl dem Angeklagten und dessen Zwilling mit einem Schmunzeln, sich künftig derlei Spielchen zu verkneifen.

Während des Lesens war Bjarnes Grinsen immer breiter geworden. Als er mir schließlich das Blatt zurückgibt, lacht er schallend. »Wie im Film!«

Ich muss ebenfalls kichern, als ich mir den Auftritt der Zwillinge bei der ehrwürdigen Justitia vorstelle.

»Ich bin überzeugt, die haben damals den falschen Bruder verknackt«, überlege ich laut. »Eine Luxuskarre passt doch gar nicht zu Gerry.«

»Stimmt, würde ich auch so sehen. Aber das ist Schnee von vorgestern.« Bjarne drückt mir einen Kuss auf den Mund. »Und ich weiß nicht, wie diese olle Kamelle uns helfen kann.«

Innerlich muss ich Bjarne recht geben. Das ist ein alter Hut. Zeigt aber, wie mies das Verhältnis der Brüder sein muss. Und erklärt, warum Gerry chronisch klamm ist. So viel Geld abzubezahlen, ist sicher kein Spaziergang. Wie ich die Sache für unseren Zweck nutzen kann, weiß ich aber ehrlich gesagt auch nicht.

»Vielleicht sollte ich das Gerry gar nicht zeigen«, denke ich laut nach. »Sonst wühlt das nur was auf.«

»Kann sein. Aber ich muss jetzt was wühlen.« Bjarne zwinkert mir zu. Mir wird heiß. Aber leider meint er nicht mich, sondern seine Einkäufe. Wir laufen zu den Taschen, schnappen uns jeder zwei und marschieren in die Küche. »Jetzt wird gewühlt – und zwar im Küchenschrank!«, ruft Bjarne, als wir eintreten.

DAS LAMA GEHT SO LANG ZUM BRUNNEN ...

STELLA

Der Küchentisch ist übersät mit Papieren. Regula schreckt auf, als wir die Taschen auf die Anrichte wuchten.

»Ich mach das weg, komme sowieso nicht weiter«, sagt sie und schiebt alles zu einem ordentlichen Stapel zusammen. In dem Moment kommen Gerry und Louis herein. Unser kleiner Franzose haucht mir zwei Küsschen auf die Wange. Er roch auch schon mal besser.

»Hast du dich im Lamaklo gewälzt?«, scherze ich. Louis verzieht das Gesicht zu einer gequälten Grimasse.

»Isch bin gerutscht aus.« Als er sich umdreht, sehe ich die Bescherung: Seine Jeans sind ... dreckig.

»Geh dich umziehen«, flehe ich. Es stinkt erbärmlich.

»Isch ... isch ... pardon.« Louis läuft knallrot an, spurtet aber dann nach oben in sein Zimmer. Sekunden später hören wir die Dusche rauschen. Ich überlege, ob ich Gerry von meinen Recherchen berichten soll, lasse es dann aber sein. Er sieht total fertig aus, dunkle Ringe unter den Augen, seine Haare stehen in alle Richtungen ab. Auch Regula gähnt. Die beiden müssen heftig viel gearbeitet haben.

»Jetzt wird erst mal gegessen«, ruft Bjarne. Niemand widerspricht, im Gegenteil. Als der frisch gewaschene Franzose wieder auftaucht, köchelt schon ein Süppchen auf dem Herd, in dem die von uns gemeinsam geschälten Möhren, Zwiebeln und Sellerie garen. Um die Zeit für unsere Mägen zu überbrücken, zaubert Bjarne eine kleine Vorspeise aus angebratenen Maultaschen, die er auf frischen Salaten drapiert.

»Ich schreib dir alle Rezepte auf, die gehen superschnell.«

»Na hopfemdlisch«, nuschelt Gerry mit einem Bissen Maultasche im Mund.

»Es schmeckt fantastisch«, lobt Regula.

»Ach, was ich noch sagen wollte«, beginnt Bjarne. »Dong war vorhin so komisch.«

»Wie komiff?« Gerry schaufelt sich einen Berg Salat in den Mund.

»Die hat ewig viel Brunnenwasser gesoffen und ist dann wie eine Rakete ab auf die Weide.«

»Waff?« Gerry hustet. Ein angekautes Salatblatt fliegt quer über den Tisch und bleibt ausgerechnet an meinem Glas kleben.

»Es geht ihr gut«, sage ich und versuche, das Blatt möglichst unauffällig mit meiner Serviette zu entfernen. »Ist nicht schlimm, schon sauber!« Ich versuche ein Lächeln, aber das gelingt mir nicht. Gerry ist auf einen Schlag so weiß wie eine Pusteblume geworden und sieht auch so aus, als würde ihm jeden Moment der Schädel wegfliegen.

»Also doch. Scheiße.«

»Das auch. Ich meine, die hat ganz schön viel gekackt. Glaub ich. Gesehen hab ich nichts.«

»Sie hat die Wehen«, sagt Gerry tonlos. »Erfolgloses Koten und saumäßiger Durst. Wie im Lehrbuch.«

»Was tut sie weh?«, will Louis wissen und schaufelt sich noch eine Maultasche aus der Schüssel auf seinen Teller.

»Die ist schwanger? Wie süß!« Regula strahlt in die Runde.

»Gar nicht so süß«, brummt Gerry.

»Aber … wie das denn? Dalai ist doch kastriert?« Ich kapiere nicht so ganz.

»Ja eben. Aber wohl noch nicht lange genug.« Gerry stützt den Kopf in die Hände. »Ich hatte doch kein Geld für den Tierarzt. Und als der dann … also schnippschnapp eben … da hatte Dalai sie wohl schon gedeckt.«

»Gedeckt? Mit eine Tuch? Wie in Bett?« Louis ist der Einzige am Tisch, der weiterisst.

»Die Lamas haben … na, du weißt schon …« Himmel, ich denke nicht, dass ich unserem Franzosen die Sache mit den ollen Bienchen und Blümchen erklären muss.

»Faire l'amour? Ah.« Louis scheint wenig beeindruckt. »Und jetzt die Dong wartet auf eine bébé?«

»Japp.« Bjarne seufzt. Ich nehme an, zu einem guten Teil vor Erleichterung, dass Dongs merkwürdiges Verhalten nichts mit ihm und dem Brunnen zu tun hat.

»Also, dann können wir die Tour heute Mittag knicken.« Gerry steht auf. »Ich geh mal schauen, wie weit sie ist.«

»Ich komme mit!«, rufe ich. So eine Lamageburt habe ich erstens noch nicht mal im Fernsehen gesehen, wenn ich krank auf dem Sofa liege und mir am Nachmittag die Zoosendungen reinziehe. Und zweitens wäre das wohl ein prima Aufhänger für meine Reportage. Nachstellen kann man das mit dem Profifotografen nicht, also muss ich eben improvisieren. Mein Handy ist zu 80 % geladen. Und die Kamera im Gerät gar nicht mal so schlecht, auch wenn es für unser Hochglanzmagazin eigentlich nicht reicht.

Regula und Bjarne springen ebenfalls auf. »Dürfen wir?«, fragen sie, aber Gerry ist schon zur Tür draußen. Louis zuckt mit den Schultern.

»Isch komm später«, meint er und kippt eine doppelte Portion Röstzwiebeln auf seine Maultaschen.

»Dann räum nachher ab«, rufe ich ihm zu, drehe im Hinausgehen den Herd ab, auf dem der Eintopf köchelt, und spurte hinter den anderen her. Als ich die Weide erreiche, stehen Regula und Bjarne etwas ratlos vor dem Gatter. Gerry ist auf der Wiese und nähert sich im Schneckentempo den Tieren. Das heißt: Dong ist hinter dem Unterstand verschwunden, ich kann nur ab und an ihren Kopf sehen, dann wieder ihr Hinterteil. Die übrigen Stuten stehen ziemlich ratlos unter einem Baum. Dalai hat sich in die andere Ecke verzogen und sieht genauso verwirrt aus. Vom Unterstand her höre ich ein tiefes Summen.

»Ich wusste gar nicht, dass Lamas solche Geräusche machen können«, flüstert Bjarne, als ich mich zwischen ihn und Regula stelle.

»Vermutlich machen alle Frauen komische Geräusche, wenn sie Kinder kriegen«, wispert Regula zurück. Wir beobachten Gerry, der mit ausgebreiteten Armen auf die Stuten zuläuft und sie auf uns zutreibt.

»Macht das Gatter auf und schnappt euch jeder eine!«, fordert er uns auf. Die Tiere trotten auf uns zu, und da wir quasi schon Profis sind, ist es kein Problem, sie nacheinander am Halfter zu fassen. Gerry kümmert sich derweil um Dalai, der hoch erhobenen Hauptes die Szene beobachtet und keine Anstalten macht, seinen Damen zu folgen. Unser Gastgeber hat einige Mühe, bis er den Hengst – oder besser: Wallach – zu fassen bekommt. Dalai macht einen Schritt nach hinten, dann zur Seite. Wirft den Kopf herum und sieht ziemlich zickig aus. Aber Gerry strahlt irgendwie Ruhe aus und Autorität, und das muss auch auf das Lama abfärben, denn nach ein paar Minuten, in denen wir mit den Stuten vor dem Gatter warten, hat er es geschafft und führt Dalai zu uns.

»An Dong komm ich nicht ran«, erklärt uns Gerry. »Die anderen bringen wir am besten in den Schuppen. Ist zwar kein richtiger Stall, aber für die eine Nacht wird das schon gehen.«

Louis taucht auf. »Ist die bébé schon da?«, erkundigt er sich.

»Noch lange nicht.« Gerry seufzt. »Das kann bis morgen früh gehen.«

»Oh.« Unser Franzose sieht ein bisschen enttäuscht aus. Ich bin es auch. Ich hab zwar ein ziemlich vollgeladenes Handy, aber mein eigener Akku ist nicht ganz so voll, und ich schätze, dass mir eine Nachtschicht nicht bekommt. Ganz zu schweigen davon, dass ich mir für heute Nacht etwas anderes vorgenommen hatte, als Hebamme für ein Lama zu spielen. Ich schiele zu Bjarne, aber der verzieht keine Miene.

Nach einer guten Stunde haben wir den Schuppen so weit hergerichtet, dass die Lamas sich wohlfühlen können. In einer Ecke, die wir mit hochkant gestellten Paletten abgetrennt haben, haben Regula und Gerry Stroh auf dem Boden verteilt. Bjarne und Louis haben einen großen schwarzen Mörtelkübel in der Größe einer Badewanne mit Wasser gefüllt, und ich habe mit Gerry dafür gesorgt, dass genügend Futter im Trog ist. Die Lamas sehen alle etwas beleidigt aus, weil sie nicht in der Sonne bleiben dürfen. Aber vielleicht bilde ich mir das auch nur ein. Während die Stuten es sich auf dem Stroh bequem machen, steht Dalai mit hoch erhobenem Haupt in der für ihn abgetrennten Behelfsbox.

»Ist besser, wenn er allein bleibt«, erklärt Gerry. »Der

ist zwar kein ganzer Kerl mehr, aber wer weiß, ob da nicht übrig gebliebene Hormone durchsickern. Und so ein Hengst kann dann schon mal fies werden.« Ich will gar nicht wissen, was genau Gerry meint, denn für mich sieht Dalai so friedlich aus wie immer, wie er uns aus seinen großen glänzenden Augen mustert.

Gemeinsam gehen wir zurück zur Weide. Dong hat sich in den Schatten des Unterstandes gelegt. Trotz ihres dicken Wollkleids sehe ich, wie sich ihr ganzer Körper ausdehnt und zusammenzieht, so schwer atmet das Tier.

»Kann man da irgendwie helfen?«, fragt Regula. Ihre Stimme zittert ein bisschen.

»Eigentlich nicht. Mutter Natur weiß schon, was zu tun ist. Allerdings wirft sie zum ersten Mal. Ich hoffe, sie weiß auch, was angesagt ist.« Gerry klingt besorgt, obwohl er versucht, sich nichts anmerken zu lassen. Er strafft die Schultern und mustert uns einen nach dem anderen. »Tja, das ist dann wohl mal ein unvergessliches Urlaubserlebnis«, grinst er schief.

»Ich finde das gran-di-os!« Regula strahlt. »Ich meine, so ein niedliches kleines Tierbaby … das sieht so süß aus auf den Flyern, und wenn du mit einem Fohlen losziehst, um Werbung zu machen … hach!«

»Lass es erst mal da sein.« Gerry klopft unserer Marketingexpertin auf die Schulter. Dann sagt niemand mehr etwas. Zu fünft lehnen wir am Gatter und sehen zu, wie Dong atmet.

UNVERHOFFT KOMMT UNGELEGEN

STELLA

»Komme ich ungelegen?« Die Ironie in Stephans Stimme trieft förmlich auf den Boden, als wir herumfahren. Niemand hat bemerkt, dass er plötzlich hinter uns stand. Seine Augen sind hinter einer riesigen verspiegelten Sonnenbrille verborgen, die jeden amerikanischen Jetpiloten vor Neid Loopings schlage lassen würde. Über seiner Schulter hängt ein Seesack (so einen hätte ich auch gerne!), in der rechten Hand hält er eine Laptoptasche.

»Immer«, knurrt Gerry und funkelt seinen Bruder mit dem Blick an, den ich bereits vom Zeitungsfoto kenne.

»Tja. Dann freue ich mich auch, dich zu sehen, Brüderchen.« Stephan lässt den Seesack auf den Boden gleiten.

»Was willst du?« Gerry macht einen Schritt auf seinen Zwilling zu.

»Ein Zimmer.« Stephan grinst so breit, dass ich seine Backenzähne sehen kann. Die sind im Vergleich zu den viel zu weiß gebleichten Frontzähnen quittengelb.

»Wir sind ausgebucht«, presst Gerry hervor.

Stephan lacht. »Ja klar. Ist ja auch das Adlon hier.«

»Ich meine es ernst.« Gerry Stimme ist leise, aber sehr fest.

»Ich auch. Ich will kein Pensionszimmer. Ich ziehe ein. Werde ich sowieso bald, also dachte ich mir, Stephan, altes Haus, im Appartement ist es so einsam, und ein bisschen Landluft tut dir gut. Außerdem kommt nachher ein Investor, da ist es ganz gut, wenn ich vor Ort bin.«

Gerry saugt hörbar die Luft ein. Dann dreht er sich abrupt um und legt die Hände auf die oberste Sprosse des Gatters. Er umklammert das Holz so fest, dass seine Knöchel weiß hervortreten. »Du kennst dich ja aus.«

»Japp!« Stephan tippt sich mit zwei Fingern an die Schläfe, schultert den Seesack und trollt sich. Als er um die Ecke der Scheune verschwunden ist, atmen wir alle aus.

»Puh.« Regula legt Gerry die Hand auf die Schulter. »Das wird schon«, sagt sie. »Wir haben schließlich einen Plan.«

»Aber kein Geld. Stephan hat Kohle. Money rules the world. Scheiße.« Gerry lässt den Kopf hängen. Ich würde gerne etwas Kluges sagen. Etwas, das ihn tröstet. Aber mir fällt nichts ein. Ich schiele zu Bjarne. Er schenkt mir ein schiefes Lächeln und nickt in Richtung meiner Hosentasche. Woher weiß er, dass dort ein steinernes Herz ist? Aber nein! Er meint den Artikel. Ich fingere ihn heraus und reiche ihn Gerry.

»Da. Das kennst du sicher. Aber vielleicht hilft das irgendwie?«

Gerry wirft nur einen kurzen Blick auf die Kopie. Regula liest halblaut und übersetzt, was Louis nicht versteht.

»Wo ist die Auto?«, will unser Franzose wissen.

»Keine Ahnung.« Gerry zuckt mit den Schultern.

»Was war das für eine Auto?«, insistiert Louis weiter.

»Porsche. Neunelfer.« Ehe Louis sich noch weiter zu technischen Details oder der Innenausstattung ausquetschen kann, ergreift Regula das Wort.

»Wenn nachher ein Investor hier aufkreuzt, dann sollten wir den guten Mann gebührend empfangen.«

»Wie bitte?« Gerry fährt herum und sieht die Schweizerin verwundert an. »Ich helfe doch ganz bestimmt nicht dabei mit, wie mein Bruder das hier zu einem Disneyland für Manager macht!«

»Eben darum.« Regula zwinkert uns zu. »Stephan nimmt es offensichtlich mit der Wahrheit nicht ganz so genau, wie ja sogar in der Zeitung stand. Warum sollten wir also nicht auch ein bisschen, sagen wir mal ... tricksen?«

»Ich verstehe nicht?« Gerry legt den Kopf schief. Er sieht aus wie ein Hund, der um ein Leckerli bettelt. Nur dass es hier nicht um ein Stück Speck, sondern um die ganze Wurst geht. Als Regula dann lossprudelt, reißen wir alle Augen und Ohren auf. Könnte uns jemand sehen, er würde uns glatt für eine Abordnung der Selbsthilfegruppe der internationalen Blöd-aus-der-Wäsche-Gucker halten. Bis Regula in die Hände klatscht.

»Auf geht's!« Sie geht voran. Bjarne grinst, nimmt meine Hand und sagt sehr sehr fröhlich: »Auf in den Kampf!«

POKERFACE

STELLA

Als wir nach getaner Arbeit in die Küche kommen, lümmelt Stephan am Tisch, den Stuhl nach hinten gekippt, die Füße in den blank polierten schwarzen Schuhen auf dem Tisch. Ich kann Gerry ansehen, dass er ihm am liebsten einen Schubs geben würde, und es ihn alle Mühe kostet, sein Pokerface zu bewahren. Und nicht nur ihn. Ich muss mir auf die Zunge beißen, um keinen Kommentar der bösen Art von mir zu geben. Schließlich bin ich hier offiziell nur Urlaubsgast. Ich starre auf das Etikett, das auf Stephans linker Schuhsohle klebt. 389,95 €. Dafür könnte sein Bruder sich einen guten Monat über Wasser halten.

»Na, fertig Lamas geguckt?« Stephan kommt in die Senkrechte und rückt seine Krawatte zurecht. Dann schlüpft er in das dunkelgraue Jackett aus feinstem Zwirn, das er über der Lehne hängen hatte. Zusammen mit den schwarzen Jeans sieht das, zugegeben, ziemlich edel aus. Er schüttelt seinen linken Arm, sodass die Uhr – einer dieser Chronografen mit mehr Zeigern als eine Weltuhr – hervor rutscht. »Mein Kunde kommt gleich. Könnt ihr bitte lüften? Es riecht ein bisschen streng.«

Er schnuppert demonstrativ in unsere Richtung. Klar, fein riechen geht sicher anders, aber Lamakacke ist nun mal kein Chanel Nummer 5. Niemand von uns sagt ein Wort, als Stephan hoch erhobenen Hauptes aus der Küche stolziert. Auf der Terrasse zündet er sich eine Zigarette an und sieht dabei ein bisschen aus wie ein Gutsbesitzer, wie er so seinen Blick über die Ländereien schweifen lässt.

»Uff.« Gerry lässt sich auf einen Stuhl plumpsen. Seine Wangenknochen treten hervor. Es kann nicht gesund für die Zähne sein, sie so fest aufeinander zu beißen. Bjarne macht sich am Herd zu schaffen. Als er den Deckel des Suppentopfes hebt, hebt sich auch meine Laune: Es riecht … gigantisch. Heimelig. Tröstend. Aufbauend. Alles auf einmal.

»Möchte jemand?«, fragt unser Sternekoch in die Runde. Louis ist sofort dabei, auch Regula und ich stellen uns mit einer Suppenschüssel an. Nur Gerry hat keinen Appetit, was ich ihm nicht verdenken kann. Während wir uns das Gericht schmecken lassen (Gaisburger Marsch à la Hellstern – fein geschnittenes Rindfleisch, Gemüse, Kartoffeln, Spätzle und ein feiner Meerrettichgeschmack) denkt unser Gastgeber laut nach. Es klingt ein bisschen, als würde er das Lama-Lehrbuch auswendig aufsagen.

»Also, so eine Erstgeburt kann sich hinziehen. Die unmittelbar bevorstehende Geburt kann man unter Umständen an einem Schleimpfropf sehen, der aus der Vagina des Tieres hängt.« Louis wird knallrot und verschluckt sich. Regula klopft ihm fürsorglich auf den Rücken und grinst. Gerry fährt fort.

»Dass ich nicht gemerkt habe, dass Dong trächtig ist, ist mein Fehler. Aber die ist ja sowieso ein bisschen dick.«

»Womit sie ja bestens zu mir passt«, sagt Bjarne fröhlich und kaut genüsslich auf einem Löffel voll Spätzle. Ich zwinkere ihm zu. Er mag zwar rund sein – aber kuschelig. Was sonst ja nicht so mein Ding ist, aber zu ihm passt es. Ich frage mich im Stillen, ob das auch zu mir passt, also so ein gemütlicher, knuffiger Typ. Die Antwort ist ein klares ›Keine Ahnung‹.

»Wahrscheinlich kommt das Fohlen irgendwann morgen früh.« Gerry steht nun doch auf und schöpft sich Suppe. Er wird ein bisschen Kraftnahrung brauchen, denke ich mit einem Blick aus dem Fenster. Stephan hat es sich mittlerweile unter dem Sonnenschirm gemütlich gemacht und riesengroße Pläne auf dem Tisch ausgebreitet. Er tippt wie wild auf seinem Laptop rum. Leider spiegelt sich die Sonne, sodass ich nichts erkennen kann.

»Der Investor kommt früher«, sagt Regula. Draußen fährt ein Wagen vor. Wir springen auf und quetschen uns ans Fenster. Neben meinem Mietsmart parkt ein schwarzglänzender Daimler mit getönten Scheiben. Auf dem Kennzeichen steht ›HH‹.

»Aus Hamburg?«, staunt Louis. Ich staune auch, dass er die deutschen Autokennzeichen kennt, aber Hamburg ist ja so weit nicht von Bremen entfernt.

»Wahrscheinlich eine Autovermietung, die haben meistens HH«, erklärt ihm Bjarne. Die Fahrertür wird aufgestoßen, und es erscheint ein linkes Bein. Ein langes linkes Bein. Ein langes schlankes Damenbein in unglaublich hohen roten Pumps. Dann folgt der Rest des Investors: hellgraues Kostümchen, knallrote Bluse, farblich passender Lippenstift und blonde Locken, für die andere Frauen töten würden. Ich kann die Frau auf Anhieb nicht leiden. Bjarne schluckt, ich knuffe ihn in die Seite.

»Ey!«

»Putain!« Louis klebt beinahe an der Scheibe. »Ist die 'eiß!«

Dasselbe scheint auch Stephan zu denken, als er bemüht lässig aufsteht und auf die Frau zugeht. Die hebt die übergroße Sonnenbrille an, blinzelt und lässt das Riesenteil wieder über ihre Augen gleiten. Dann rümpft sie die Nase. Kein Wunder, draußen riecht es auch nicht so besonders

blumig. Unser kleiner Franzose hat beim Ausmisten ganze
Arbeit geleistet – und das, was die Lamas produziert haben,
haben wir vorhin mit Schubkarren und Mistgabeln überall auf dem Gelände verteilt. Die Frau sieht ein bisschen
hilflos aus, denn direkt vor ihren Schuhen, die sehr teuer
aussehen, liegt ein Haufen Köttel, vermischt mit vollge-
pieseltem Stroh. Sie strahlt Stephan an, als dieser ihr den
Arm reicht. Macht einen großen Schritt über den Haufen,
landet aber trotzdem mit dem rechten Absatz im Mist.
Mein Herz zieht sich ein bisschen zusammen … ich bin
eine Frau, das da sind geniale Schuhe. Die beiden gehen
auf die Terrasse, Stephan bietet der Dame einen Platz an.

»Stella, mach schon!« Regula hat in der Zwischenzeit
ein Tablett mit zwei Gläsern und einer Wasserkaraffe beladen. Dazu ein paar Kekse. Die Eiswürfel klirren, als ich
das Tablett nehme.

»Steht dir bestens!«, grinst Bjarne mich an und zupft an
der Schleife der Schürze, die ich mir umgebunden habe. Sie
ist zwar nicht zimmermädchenweiß, aber blaue Blumen
auf gelbem Untergrund müssen auch gehen. Ich atme tief
ein, dann balanciere ich das Tablett nach draußen.

»Die Erfrischungen, Herr Stephan«, flöte ich. Der
Angesprochene fährt herum und starrt mich an wie eine
Erscheinung. Er klappt den Mund auf. Ich setze mein –
hoffentlich – unschuldigstes Lächeln auf und kann förmlich hören, wie es im Hirn von Gerrys Bruder rattert.
Allerdings fängt er sich ziemlich schnell und nickt mir
stumm zu. Ich stelle das Tablett auf den Tisch, mitten auf
einen der Pläne. Jetzt kann ich sehen, was darauf ist: das
Grundstück des Hofes. Dort, wo bislang die Lamas wohnen, ist ein Gebäude eingezeichnet. Um nicht weiter auf-
zufallen, muss ich allerdings einen Schritt zurückgehen.

Dabei erhasche ich einen Blick auf den Bildschirm des Laptops. Darauf blinkt eine Partie Solitaire. Ich beiße mir auf die Zunge, um nicht loszulachen.

»Wünschen Sie sonst noch etwas?«

»Äh. Nein. Danke.« Stephan schüttelt den Kopf, ich knickse und gehe. Allerdings nur bis zur Hausecke. Von hier aus kann ich zwar nichts mehr sehen, aber hören. Nach dem üblichen Geplänkel (ja, die Dame hatte einen guten Flug aus Hamburg, und nein, es war gar kein Problem, Weinlingen und den Hof zu finden), beginnt Stephan mit seiner Verkaufsveranstaltung. Und bringt dabei so ziemlich alle Argumente ins Spiel, die unsere Marketingfachfrau Regula vorausgesehen hatte. Und die wir ein bisschen entkräften wollen, mal so ausgedrückt.

Stephan schwadroniert also gegenüber dieser Frau Doktor van Haaren (wie passend!) von der Abgeschiedenheit des Hofes. Der Ruhe. Der Natur. Blabla. Der Ursprünglichkeit des Haupthauses, welches selbstverständlich einer umfassenden Renovierung bedürfe, wie Frau van Haaren sich bestimmt selbst überzeugen werde. Er sülzt vom Neubau des Kongresszentrums, welcher sich in die Landschaft der schwäbischen Alb einfüge, den Panoramascheiben mit Blick auf die unberührte Natur und den verwendeten Materialien aus der Region.

»Schiefer, verehrte Frau Doktor. Wir schwimmen hier im Schiefer. Versetzen Sie sich ein paar Millionen Jahre zurück – dies alles hier war einst ein urzeitliches Meer. Trilobiten, Schnecken aller Art, was man hier nicht alles an Versteinerungen finden kann!« Er klickt unauffällig das Solitairspiel weg und dreht den Bildschirm um. Dann öffnet er eine neue Datei. Ich kann nichts sehen, entnehme aber dem gelegentlichen ›Ah‹ und ›So‹ der Besucherin, dass Stephan ihr eine Computeranimation des Manager-tempels zeigt.

»Hier werden wir die Wellnessoase erbauen«, froh-lockt er. »Und wenn ich Oase sage, dann meine ich auch eine Oase. Sehen Sie. Schiefer an den Poolwänden. Gegen-stromanlage. Solarien. Und natürlich eine Massageabtei-lung. Ich denke da an die Zusammenarbeit mit einem nam-haften Kosmetikhersteller, dessen Namen ich natürlich in diesem Projektstadium noch nicht nennen darf.«

Frau van Haaren nimmt einen Schluck Wasser und unterbricht Stephans Redefluss. »Gut, Sie haben Ihre Hausaufgaben gemacht. Aber nun würde ich mir das Anwesen gerne anschauen. Mein Rückflug geht in drei Stunden.«

»Sehr gerne!« Stephan springt auf, wobei er gegen den Tisch stößt. Die Gläser geraten ins Schwanken, aber sie kippen leider nicht auf den Plan. Macht nichts, wir haben auch einen Plan. Ich husche zurück in die Küche.

»Es geht los!«, flüstere ich, obwohl ich weiß, dass die beiden da draußen mich nicht hören können.

»Oh Mann, ihr spinnt. Wollt ihr das wirklich durchzie-hen?« Gerry schüttelt den Kopf.

»Du machst jetzt auf keinen Fall einen Rückzieher«, sagt Regula streng. »Was hast du zu verlieren? Du bist sowieso pleite. Also entweder oder …«

»Okay, dann macht mal.« Gerry zuckt mit den Schul-tern, was Louis und Bjarne schon nicht mehr sehen. Ihr Einsatz ist dran. Ich binde die Schürze ab und schlei-che nach draußen, wo Madame van Haaren eben auf die Scheune zu stöckelt. Ich verschanze mich hinter einem Busch. Mein Herz klopft wilder als beim Versteckspielen als Kind, und ich befürchte, dass ich die Fotos, die ich von meinem Posten aus hoffentlich gleich per Handy knipsen kann, nicht zu verwackelt werden.

Leider kann ich nicht hören, was Stephan seiner Investorin so alles erzählt, aber seinen großkotzigen Gesten nach zu urteilen, scheint er davon auszugehen, dass sie blind ist. So, wie er auf die Scheune zeigt und wie er dabei mit den Armen fuchtelt, müsste das der Buckingham Palast sein. Oder aber er will alles platt machen und einen Betonklotz hinstellen, zutrauen würde ich ihm im Moment alles. Er ist jedenfalls so vertieft darin, Frau van Haaren zu beeindrucken, dass er erst nicht bemerkt, wie sich das Scheunentor langsam öffnet. Die Kostümlady sieht es als Erste – und stößt einen spitzen Schrei aus, als Dalai aus der Scheune trabt. Sie klammert sich an Stephan, beide geraten ins Schwanken. Und fallen, wie eben die Gläser, leider nicht um. Dalai blinzelt in die Sonne. Dann wedelt er mit den Ohren, schnaubt ein bisschen und geht langsam und mit erhobenem Haupt auf das Paar zu. So ein Lama ist schon beeindruckend groß, wenn man es zum ersten Mal sieht, das weiß ich aus Erfahrung. Frau van Haaren scheint mächtig beeindruckt zu sein und drückt sich hinter Stephan.

»Ho, Brauner!« Bjarne taucht auf und fuchtelt mit einem Stock.

»Der ist nicht braun«, ruft die Madame. Ich muss ihr recht geben. Und ein Kichern unterdrücken: Bjarne sieht ebenfalls beeindruckend aus. Allerdings eher auf die komische Art, wie er mit zerstrubbeltem Haar, aus der Hose hängendem Hemd und schielend mit seinem Stock fuchtelt.

»Wohl ist der braun!« Bjarne nähert sich dem Lama und gibt Dalai einen Klaps auf den schwarz-weißen Schenkel. Stephan starrt ihn aus zusammengekniffenen Augen an.

»Sind Sie betrunken?«

Statt einer Antwort kichert Bjarne grenzdebil.

»Ist das ein Angestellter?«, erkundigt sich Frau van Haaren und kann dabei den Ekel in ihrem Gesicht trotz des aufgesetzten Lächelns nicht verbergen.

»Von mir ganz bestimmt nicht«, antwortet Stephan betont.

»Ich bin so frei-ei-ei …« Bjarne fängt an zu singen. Was eindeutig nicht zu seinen Talenten gehört. Dann hebt er die Arme, lässt den Stock fallen und ruft: »Heißa!«

Das ist das Stichwort für Louis. Der kommt jetzt mit Ding am Halfter aus dem Stall geschlendert und pustet eine dicke Rauchwolke vor sich her. In seiner freien Hand hält er eine Zigarette, die einer Haschtüte sehr gut nachgebaut ist, wenn auch ein bisschen übertrieben groß.

»'Allo Cherie!« Er geht – oder besser schwebt – schnurstracks auf Stephan und seinen Gast zu und pustet ihnen Qualm um die Nasen. Die Investorin hustet affektiert.

»Was soll das?«, herrscht Stephan den Franzosen an.

»Frau van Haaren, ich muss mich entschuldigen, das …«

»… ist aber ein schönes Frauschen. Kann isch mal kussen?« Louis drückt Bjarne Dings Leine in die Hand und legt den Kopf schief. Er spitzt die Lippen. »Isch bin so gut drauf, mon amour!«

»Igitt!« Frau van Haaren macht einen großen Schritt rückwärts – und rammt dabei den Absatz in einen Misthaufen. Bingo!

»Geht's noch?« Stephans Gesichtsfarbe wechselt vom gesunden Sonnenbraun zu Rot. Seine Wangenmuskeln zucken, und ich kann die Ader an seinem Hals bis zu mir her pulsieren sehen.

»Das wollte ich auch gerade fragen!« Regula rennt auf

die Gruppe zu. Ich beiße in meine Faust, um nicht zu lachen: Auf der Nase trägt sie eine Brille, die der verstorbene Onkel Philipp hinterlassen hat und die wohl schon zu dessen Zeiten völlig aus der Mode war. Zum eckigen schwarzen Horngestell passen allerdings der strenge Dutt und die weiße Bluse perfekt. Fräulein Rottenmeier könnte nicht strenger aussehen.

»Ich muss mich entschuldigen.« Regula streckt Frau van Haaren die Hand hin. Die schlägt zögernd und schweigend ein.

»Ich bin ein Pilz, ich bin ein Pilz!«, singt in dem Moment Bjarne, stellt sich auf ein Bein und rudert, um die Balance zu halten, mit den Armen in der Luft.

»Uuuuh lalala.« Louis schnalzt mit der Zunge und nimmt einen tiefen Zug von seiner Megakippe. Ich hoffe nur, dass er von der Riesenportion Tabak keinen Durchfall bekommt.

»Nein, Herr Hellstern, heute essen wir keine Pilze.« Regula spricht mit sanfter Stimme und fasst Bjarne an der Schulter. Der scheint einen Moment wie erstarrt zu sein, dann lässt er das Bein und die Arme sinken und schielt Regula an.

»Nicht, Frau Doktor?«, fragt er mit zitternder Stimme.

»Frau Doktor? Was ist hier los?« Stephan brüllt beinahe.

»Ich habe mich nicht vorgestellt, wie unhöflich.« Regula zuckt bedauernd mit den Schultern. »Dr. Schmitt-Pfefferer. Ich leite die Außenabteilung der Klinik. Wir sind ja so dankbar, dass wir mit einigen unserer Patienten hier in die offene psychiatrische Therapie gehen können. Nicht wahr, Louis, du magst es hier auch?«

Der Angesprochene hält Regula den falschen Joint hin.

»Eigentlich sind Drogen ja verboten«, sagt sie mit Oberlehrerstimme. »Aber unser Louis soll doch nicht wieder mit Messern spielen und Mädchen weh machen, gell?« Frau van Haaren wird blass.

»Das ist doch absoluter Blödsinn!« Stephan speit die Worte förmlich aus seinem Mund.

»Wie meinen?« Regula sieht ihn hinter den Brillengläsern aus großen Augen an.

»Ich habe keine Ahnung, was diese ... diese ... Leute hier machen«, wendet er sich an seine Investorin.

»Aber Herr Stephan, ich bitte Sie. Lassen Sie uns doch beim Abendessen weiterplaudern. Es wird langsam Zeit. Kommen Sie gleich mit? Schwester Stella wartet schon mit Ihren Medikamenten.«

»Au ja, Pillen!« Louis lässt Dings Leine los und stürmt ins Haus. Auf seinem Weg kommt er bei mir vorbei, und ich sehe, wie breit er grinst.

»Ich bin doch ein Pilz.« Bjarne stampft mit den Füßen auf und stapft dann wie ein beleidigtes Kind hinter Louis her.

»Was ist hier los?« Frau van Haaren rauft sich die selbigen. »Ich dachte ... das Hotel? Der Lageplan?«

»Ach herrjeh, das tut mir aber leid.« Regula hakt sie unter und zieht sie ein paar Schritte von Stephan weg. »Unser Stephan, wissen Sie, der macht immer große Pläne. Aber das ist nicht, also, wie soll ich sagen, er ist ein bisschen ...«

»... verrückt?«

»Also so würde ich das medizinisch nicht ausdrücken. Eher manisch. Es tut mir sehr leid, wenn Sie seinetwegen Unannehmlichkeiten hatten. Darf ich Sie noch zum Abendessen einladen?«

»Ich ... äh ...« Die Dame schaut demonstrativ auf ihre mit Sicherheit sündhaft teure Armbanduhr.

»Also Sie spinnen doch alle total. Das ist doch alles ein abgekartetes Spiel! Dahinter steckt mein Bruder, wenn ich den in die Finger kriege!« Stephan explodiert. Allerdings nicht so weit, dass er die Fassung ganz verlieren würde, immerhin geht es für ihn ja um Geld. Viel Geld.

»Ich denke, ich habe genug gesehen«, unterbricht ihn Frau van Haaren. »Und gehört.«

»Sie glauben den Leuten doch wohl nicht?« Stephan sieht fassungslos zu, wie Regula sich bei der Investorin unterhakt und sie zum Wagen begleitet. Dalai und seine Stute scheinen mit den Schultern zu zucken und trotten zum Grünstreifen neben der Wand. Ihre einzige Sorge scheint dem jungen Löwenzahn zu gelten, den sie gierig abrupfen.

»Das mit dem Bruder ... er bildet sich ein, einen Zwilling zu haben«, flüstert sie der Frau zu. »Eine tragische Geschichte.«

»Das mag sein, aber ehrlich gesagt, also ... so etwas habe ich noch nie erlebt. Wer ersetzt mir jetzt die Kosten für den Flug?« Sie schnaubt wenig damenhaft und klemmt sich hinters Lenkrad.

»Ich fürchte ...« Regula zuckt mit den Schultern und rückt ihre Brille zurecht.

»Und außerdem ... es stinkt.« Die Frau knallt die Autotür zu, startet den Wagen und gibt dermaßen schnell Gas, dass tatsächlich Kies hinter ihr aufspritzt. Wie im Kino. Stephan sieht aus, als wolle er dem Wagen nachrennen. Dann macht er auf der Hacke kehrt und verschwindet hinter dem Schuppen.

Das ist mein Stichwort: Ich sprinte aus dem Gebüsch und renne ihm nach.

»Warte mal!« Er fährt herum und funkelt mich an.

»Ich verklag euch. Das werdet ihr büßen. Das wird so teuer, ihr seid ruiniert«, spuckt er mir entgegen. Mein Herz klopft so stark, dass ich befürchte, er kann es hören. Ich atme tief ein und ziehe mein Handy aus der Tasche.

»Ja, ruf doch Verstärkung«, pampt Stephan.

»Nein, kein Anruf«, sage ich. Erst klingt meine Stimme noch ein bisschen schwach, aber als ich die Mail von Gebhard aufrufe, hören wundersamerweise auch meine Hände auf zu zittern. »Schau mal!« Ich halte Stephan das Gerät hin. Er nimmt es und scrollt die Mail des Redakteurs bis unten durch.

»Kennst du das Auto?«, frage ich, als er beim angehängten Foto angekommen ist.

»Woher … warum …?« Stephan kann neben Sonnenbraun und Rot noch eine dritte Farbe und wird blass um die Nase. Sowas habe ich noch nie live bei jemandem gesehen und bin ziemlich fasziniert. Ich fürchte, ich starre ihn an, aber das nimmt er gar nicht wahr.

»Tja, nicht, dass ich jetzt irgendetwas wollen würde … aber der Porsche steht ja nicht weit von hier.« Was stimmt: Gebhard hat seine Stammtisch-Connections spielen lassen und ist tatsächlich auf eine alte Scheune im Wald hinter Weinlingen gestoßen, in der einige teure Wagen stehen. Privatsammlung. Wem sie gehört und wo genau die illegale Garage ist, wollte der Kollege mir nicht verraten. Ich beschließe, mein stärkstes Argument in die Waagschale zu werfen.

»Ich nehme an, du hast so um die 50.000 für den Wagen kassiert«, flöte ich und staune über mich selbst. Sonst bin ich nicht so, wirklich nicht. Im normalen Leben hätte ich mir jetzt in die Hose gepinkelt. Aber diese Stella hier ist eiskalt.

215

»Woher …«, stottert Stephan wieder, und ich bin ein bisschen enttäuscht, dass er offensichtlich mehr Gesichtsfarben als Ausdrücke in seinem Wortschatz hat.

»Egal. Ich schlage vor, wir alle vergessen ziemlich viel. Ich kann für 25.000 € sehr gut auf eine Reportage verzichten.« Ich angle eine meiner Donatella-Visitenkarten aus der Hosentasche und drücke sie Stephan in die Hand. Dann nehme ich mein Handy wieder und mache auf der Hacke kehrt. Das Letzte, was ich höre, ehe ich um die Ecke der Scheune biege, ist ein unterdrückter Schrei und ein Geräusch, das klingt, als würde jemand gegen einen großen Stein treten.

CHEFSACHEN

STELLA

Wenn nur alles im Leben so einfach wäre wie Mousse au chocolat! Ich hatte ja keine Ahnung, dass es wirklich kein Hexenwerk ist, den braunsüßen Traum zu zaubern. Jedenfalls sieht es wie ein Kinderspiel aus, was Bjarne da macht, in eine große Glasschüssel füllt und im Kühlschrank parkt.

»Seelenfutter«, zwinkert er uns zu.

»Genau das, was ich jetzt brauche.« Regula lässt sich ächzend auf den Stuhl neben mich fallen. Die ganze Küche ist erfüllt vom süßen Schokoladengeruch. Dazu passt ihre säuerliche Miene so gar nicht.

»Was ist denn los? Ist doch prima gelaufen vorhin«, sage ich. »Du warst einfach spitze.«

»Allerdings. Und Louis … hahaha!« Bjarne bekommt einen Lachkoller, den siebten oder achten, seit die Investorin vom Hof gebraust ist. Selbst Gerry hat gelächelt, als wir ihm erzählt hatten, was genau passiert ist. Nur ein bisschen zwar, aber er sieht nicht mehr ganz so verbissen aus wie noch heute Morgen. Im Moment ist er mit unserem kleinen Franzosen bei Dong. Wo Stephan abgeblieben ist, wissen wir nicht. Sein Seesack ist aber noch da, was darauf schließen lässt, dass er nicht komplett das Weite gesucht hat. Ein bisschen mulmig ist mir schon, wenn ich daran denke, dass er theoretisch jeden Moment in die Küche platzen kann. Ich versuche, mich auf Regula zu konzentrieren, die nicht gerade glücklich aussieht. Gelinde gesagt.

»Regula, dein Plan war eine Wucht!«, betone ich nochmal.

»Der schon. Mein anderer scheint erst mal zu platzen.« Sie seufzt und malt mit den Fingern die Blumen auf der Tischdecke nach. »Messe. Hab ich vergessen. Hab eben meine Mails gecheckt, das hätte ich lieber bleiben lassen.«

»Ich verstehe nicht ganz?« Bjarne setzt sich zu uns.

»Ich muss noch mindestens drei Monate in die Maloche. Außer mir kann keiner die Messe planen.« Regula seufzt ganz tief. »Ich dachte eigentlich, ich kann mein Sabbatjahr quasi gleich anfangen, vielleicht noch ein paar Wochen hier bei Gerry auf dem Hof bleiben. Mist.«

»Wieso sollte denn niemand außer dir das können?«, hake ich nach.

»Weil ich das seit Jahren mache und …«

Ich unterbreche sie. »… und wenn du dir das Bein brichst? Ins Krankenhaus musst?«

»Das darf eben nie passieren. Nicht vor der Schlemmermesse in Bern.«

»Das könnte aber passieren. Und dann müsste es auch anders geregelt werden.«

»Ja schon …« Regula zuckt mit den Schultern.

»Na also!« Ich strahle sie an.

»So einfach ist das sicher nicht«, gibt Bjarne zu bedenken. Ich will ihm mit meinen Blicken sagen, dass er Regula nicht wieder runterziehen soll. Zu spät.

»In einer Führungsposition kann man nicht einfach mal so schwänzen. Glaub mir, ich weiß das.«

»Aber du bist dein eigener Chef, das ist doch was ganz anderes!« Versteht er denn nicht?

»Das ist noch viel schlimmer.« Jetzt nickt Regula. »Als Chef hast du die volle Verantwortung. Für das ganze Team, alle Mitarbeiter. Das Geld, die Aufträge …«

»Natürlich ist es toll, sein eigener Chef zu sein.« Bjarne lächelt. »Und ich liebe meinen Beruf. Trotzdem gibt es manchmal Tage, an denen ich mir wünsche, dass mal ein anderer sagt, wo es lang geht. Oder dafür sorgt, dass der Umsatz stimmt.«

»Dafür kannst du Ferien machen, wann immer du willst«, schmolle ich.

»Das kann ich nicht. Stell dir mal vor, ich verschwinde sieben Wochen in die Südsee. Da kommen keine Gäste mehr. Die wollen bei Hellstern essen, und dass ich derzeit nicht im Restaurant bin, ist schon nicht so prima. Für ein paar Tage geht das, muss es mal gehen. Aber sonst?« Er lässt die Antwort offen.

Ich denke an meine Knechtschaft bei der Donatella. Für andere ist das mit Sicherheit ein Traumjob. Redakteurin bei einem Hochglanzmagazin! Und das auch ganz ordentlich bezahlt. Ich dachte auch, es muss der Wahnsinn sein, dort zu arbeiten. Wahnsinn ist es auch. Aber nicht in dem Sinn, wie ich mir das vorgestellt hatte. Natürlich macht es Spaß. Und dass ich mit meiner besten Freundin ein Büro teile, ist besser als ein Sechser im Lotto. Ich mag es, im roten Salon zu sein – aber ich mag beileibe nicht alles, was ich dort den ganzen Tag tun muss. Denn längst nicht jedes Thema, über das ich schreiben soll, macht mir auch Spaß. Im Gegenteil. Mich gruselt, als ich an die Artikel denke, die Paola mir aufs Auge gedrückt hatte. Alleinerziehende Väter (alle sooo engagiert und sooo langweilig, aber mit einem groooßen Hass auf alle Frauen), gärtnern nach dem Mond (gähn), das große Verhütungsmittel-ABC (das WOLLTE ich nicht wissen!). Oder ›Besser im Bett mit Naturheilkunde‹. Das absolute Negativ-Highlight. Ich hatte nach den Interviews mit den Heilpraktikern drei Wochen lang eine totale Sexsperre, innerlich, weil ich immer daran denken musste, wo die sich welche Tinkturen draufschmieren.

»Also ich wäre manchmal gerne Chef«, gebe ich zu. »Dann könnte ich auch mal meine Kollegen so richtig zusammenscheißen.« Okay, bei der Donatella wird eigentlich niemand in den Senkel gestellt, der Umgangston ist sehr freundlich und kollegial. Aber trotzdem. Mal die Leitkuh raushängen – das wäre schon fein. Dann nämlich könnte ich selbst bestimmen, was ich schreibe. Und da wäre unter Garantie eine Livereportage in der Karibik dabei.

Ehe vor meinem inneren Auge ein Strand mit Palmen und ein fruchtiger Cocktail auftauchen, dazu ich in einem vom Designerlabel gesponsorten Bikini, ertönt draußen hektisches Hupen. Wir starren alle drei aus dem Fenster. Ein verstaubter Kombi kommt zum Stehen. Herbert und Annerose steigen aus und gestikulieren wie wild miteinander. Wir können nicht verstehen, was sie sagen, aber offensichtlich dreht es sich um die Person, die jetzt die Hintertür aufmacht. Es ist Stephan. Und er sieht ziemlich mitgenommen aus.

TISCHGESPRÄCH

STELLA

»Nahocka. Älle!« Herbert baut sich vor dem Herd auf. Annerose, die Louis und Gerry an der Weide abgeholt hat, steht neben ihrem Mann, die Arme verschränkt. Als er aber nun seinen Oberlehrerton anschlägt, zuckt auch sie zusammen. Ich fühle mich mit einem Schlag als wäre ich wieder zehn Jahre alt. Und setze mich gehorsam zwischen Regula und Bjarne an den Tisch. Gerry, der seinen Bruder keines Blickes würdigt, sitzt wie immer am Kopfende, neben ihm an der Längsseite Louis und dann Stephan. Auch er sieht seinen Bruder nicht an, bedenkt dafür uns andere mit einem Blick, der irgendwo zwischen Spott und Verachtung liegt. Seine Mundwinkel zucken.

»Send ihr no ganz bacha?« Herberts Augen blitzen.

»Pardon?« Louis ist scheinbar am wenigsten beeindruckt von Herberts Auftreten. Er ist ja auch in echt noch ein Schüler und kennt sowas vielleicht ganz aktuell in seiner Penne.

»Ob ihr noch ganz dicht seid. Spinnt ihr?« Herbert holt Luft. Annerose schüttelt den Kopf und macht ›tststsssss‹.

»Ihr seid doch erwachsen, Hemmelherrgoddsaggrament!« Das muss er nicht übersetzen. Ich starre die Tischdecke an. Bjarne greift unter dem Tisch nach meinem Knie und drückt es. Regula fixiert Herbert.

»Es fragt sich, wer hier erwachsen ist«, sagt sie sehr leise. Aber sehr bestimmt. Annerose seufzt und setzt sich neben Stephan.

»Kinder, Kinder«, murmelt sie. »Wenn das der Philipp wüsste …«

»Weiß er aber nicht«, bricht es aus mir heraus. »Herbert, hör mal, das war alles ganz anders …«

»… von *dir* hätte ich so eine Schau ja nicht gedacht. Von dir nicht.« Er sieht mich enttäuscht an. Mir wird schlecht.

»Herbert, ich … wir …«, stammle ich.

»Es ging doch gar nicht anders.« Bjarne drückt mein Knie noch ein bisschen fester. Ich schiele zu Stephan. Und traue meinen Augen nicht. Seine Mundwinkel zucken – der Kerl grinst!

»Was hast du ihnen erzählt?«, knurre ich ihn an.

»Die Wahrheit«, flötet Stephan.

»Und die wäre?« Jetzt meldet sich Gerry zu Wort. »Deine oder die wahre Wahrheit?«

»Gerald. Bitte. Lass erst Stephan reden.«

»Wieso der?« Gerry sieht aus wie ein beleidigtes Kind, als er die Arme vor der Brust verschränkt. »Und wieso mischt ihr euch eigentlich ein?«

»Ich mische mich nicht ein, junger Mann, ich vermittle. Stephan ist zu mir gekommen.«

»Petze!«

WUMMS! Annerose schlägt mit der flachen Hand auf den Tisch. »Jetzt reicht's! Benehmt euch! Wir sind hier doch nicht im Kindergarten, leggmiamarsch!«

»Schon gut, Annerose. Also Bruderherz, dann erleichtere dich mal.« Gerrys Stimme trieft vor Ironie. »Ich höre zu.«

»Gut. Herbert, Annerose, erst einmal danke, dass ihr euch Zeit nehmt.« Stephan nickt den beiden zu. Ich bekomme eine Gänsehaut: Er klingt wie ein Politiker, der mit Schwarzgeld, Kinderpornos oder Koks erwischt wor-

den ist und sich mit einem einstudierten Lächeln dann
auch noch bei den Wählern für deren Vertrauen bedankt.
Gruselig. Als er dann allerdings loslegt, muss Bjarne mich
förmlich auf den Stuhl pressen. Ich hätte nämlich gute
Lust, aufzuspringen und ihm eine zu langen. Die Räuber-
pistole, die er serviert, ist ohne Worte. Demnach seien wir
gar keine Touristen, sondern von Gerry engagiert worden,
um die Verhandlungen mit der Investorin zu torpedieren.
Wahrscheinlich, vermutet Stephan, seien wir Angehörige
einer Sekte, die auf dem Hof ein neues Glaubenszentrum
errichten wolle. Man kenne das ja, wie anfällig Menschen
seien, wenn sie in Schwierigkeiten steckten, schwadroniert
er weiter. Und sein Bruder habe enorme Probleme, mit den
Finanzen und überhaupt dem Leben. Er, Stephan, sei von
Herzen besorgt um das Wohl seines Zwillings.

»Ich mache mir auch Sorgen«, braust Regula auf. »Um
deinen Geisteszustand. Siehst du nachts weiße Mäuse?«

»Lass mich ausreden«, keift Stephan sie an. »Wir können
das auf die freundliche Art regeln. Oder ganz anders …«
Was er mit ganz anders meint, erläutert er nicht näher, aber
es klingt alles andere als erfreulich.

»Also Stephan, was schlägst du vor?« Herbert macht
seinen Job als Mediator echt gut. Weniger gut gefällt mir
allerdings das, was Gerrys Bruder dann sagt: Er will nach
wie vor den Hof übernehmen und begründet das mit seiner kaufmännischen Bildung, die seinem Bruder ja völlig
abgehe. Und damit, dass er schließlich Visionen habe (als
er das sagt, lacht Regula bissig und tippt sich an die Stirn)
und Gerry scheinbar nur am Alten klebe und den Hof,
das Erbe des geliebten Onkels, verfallen lasse. Ich wun-
dere mich, wie der so ruhig bleiben kann, ich wäre Stephan schon längst an die Gurgel gesprungen.

223

»So danke, Stephan. Und jetzt bist du dran, Gerald.« Herbert wendet sich dem zweiten Zwilling zu. Der holt erst einmal ganz tief Luft. Man kann die Spannung im Raum förmlich mit den Händen greifen, und ich bin froh, dass Bjarne neben mir sitzt. Er strahlt etwas Beruhigendes aus, und genau das kann ich jetzt gebrauchen.

»Also gut. Na schön. Nun denn.« Gerry sucht nach Worten. Atmet noch einmal sehr tief ein. Und aus. Und zuckt schließlich mit den Schultern.

»Was soll ich dazu schon sagen? Ganz ehrlich, mir fällt nichts ein.«

»Was?« Jetzt kann ich meine Klappe nicht mehr halten, und es ist mir egal, dass Herbert mich sehr streng ansieht. »Gerry! Das ist doch alles der absolute Blödsinn!«

»Natürlich ist es das. Und genau deswegen sehe ich nicht ein, warum ich dazu auch nur ein Wort sagen soll.«

Das gibt's doch nicht! Der kann doch jetzt nicht nichts sagen! So kurz vor dem Ziel aufgeben … kein Wunder, dass sein Leben durcheinander ist.

»Gerry!« Ich sehe ihn ganz, ganz eindringlich an. Er starrt zurück.

»Ist doch so, man kann das hier als Sekte betrachten«, sagt er schließlich. Mir wird schlecht. Bin ich im falschen Film?

»Ha!« Stephan grinst.

»Ja, das hier ist eine Sekte«, sagt Gerry und mit einem Mal ist seine Stimme fest und sein Blick ruhig. »Per definitionem kann man das so betrachten, wenn Freunde etwas gemeinsam machen, an dieselbe Sache glauben und sich dafür einsetzen. Dass du das verwechselst, lieber Bruder, kann ich nachvollziehen, denn du hast ja so etwas nicht. Freunde, meine ich.«

BINGO! Geht doch! Endlich ist Gerry auf dem richtigen Kurs.

»Du hast doch nicht alle Tassen im Schrank«, poltert Stephan los.

»Du lässt jetzt deinen Bruder ausreden«, knarzt Herbert dazwischen. Stephan zieht einen Flunsch.

»Aber …«

»Still jetzt!« Herbert sieht böse aus. »Gerald, bitte mach weiter.«

Und Gerald macht weiter. »Ich habe keine Ahnung, wo du dich in den letzten Jahren rumgetrieben hast. Und ehrlich gesagt ist mir das auch wurscht. Aber hier warst du jedenfalls nicht. Wann hast du Onkel Phillip das letzte Mal gesehen? Nicht mal zur Beerdigung hast du deinen Hintern nach Weinlingen bewegt.«

»Das stimmt«, flüstert Annerose.

»Und jetzt tauchst du auf, willst hier ein Kongresszentrum aufmachen und …«

»… von Marktwirtschaft hast du doch keine Ahnung«, fällt Stephan ihm ins Wort.

»Das vielleicht nicht, aber vom Leben.«

Stephan grinst hämisch. »Ja klar, darum bist du pleite.«

»Stimmt. Das bin ich. Aber ich bin kein geldgieriges Schwein. Hast du mal daran gedacht, dass das hier der einzige Ort ist, an dem für uns beide so etwas wie Familie ist? Und ganz abgesehen davon, was bitteschön soll Weinlingen mit einem Managertempel?«

»Gewerbesteuer, Tourismus …« Stephan zieht die Nase hoch.

»Bis jetzt ging es auch ganz gut ohne. Und es ging ganz gut ohne dich, Stephan. Weißt du, ich brauche keinen Porsche, damit ich glücklich bin. Das hier macht mich glücklich!« Gerry blickt in die Runde. »Menschen, die echt sind.«

Ich werde ein bisschen rot. Schließlich habe ich ziemlich geschummelt und mich als Sekretärin ausgegeben. Das war schon mal alles andere als echt. Und ich fand es hier ziemlich ... doof. Bis ich in zwei Paar Augen geblickt hatte. Die von Dalai. Und die von Bjarne.

»Und wie willst du mit menschlichen Werten eine Rechnung bezahlen?« Der Hohn trieft Stephan förmlich aus dem Mund.

»Damit nicht«, platze ich raus. »Aber damit.« Ich zücke mein Handy. Stephan schnappt nach Luft. Er weiß ja, was ich da als Foto gespeichert habe.

»Quoi?« Louis scheint aus einer Art Starre aufzuwachen. »Je ne comprends pas ...«

»Ich verstehe auch nicht, Stella?« Regula sieht mich fragend an.

»Sagen wir das mal so, ich weiß aus zuverlässiger Quelle, dass Stephan marktwirtschaftlich nicht ganz korrekt erworbene Finanzpolster hat.« Boah! Ich staune über mich selbst – das habe ich ja grandios ausgedrückt!

»Du blöde Kuh!« Stephan springt auf und will mir das Handy aus der Hand reißen. Bjarne ist schneller: Ehe der zweite Zwilling sich über den Tisch beugen kann, ist er aufgesprungen. Sein Stuhl kippt nach hinten und poltert auf den Boden. Bjarne fasst Stephan am Handgelenk.

»Fass sie nicht an!«, knurrt er.

»Lass mich los, Fettsack!«

»Wie hast du ihn genannt?« Jetzt hält es mich auch nicht mehr auf dem Sitz. Ich schnelle in die Senkrechte und funkle Stephan an.

»Send ihr no ganz gscheit?« Herbert brüllt uns an. Wir

zucken alle zusammen. Ich stecke mein Telefon in die Hosentasche und setze mich betont langsam. Bjarne löst seinen Griff, stellt den Stuhl wieder aufrecht und setzt sich. Nur Stephan bleibt stehen.

»Das hat doch alles keinen Sinn hier«, knurrt er und wendet sich ab.

»Du gehst jetzt nicht.« Das war ich. »Erst wird das hier zu Ende gebracht.«

»Kann mir mal jemand erklären, was los ist?« Gerry springt nun ebenfalls auf. Wie die beiden Brüder so nebeneinander stehen, sehen sie sich trotz der unterschiedlichen Kleidung, Frisur und vor allem Lebenseinstellung verdammt ähnlich. Das macht mich ein wenig traurig – sie könnten es so einfach haben. Ich kann mir nicht vorstellen, dass ich mich mit einer Zwillingsschwester dermaßen kabbeln könnte. Im Gegenteil. Als Einzelkind habe ich mir immer Geschwister gewünscht. Je nach Situation einen großen Bruder (der mich in der Schule aus Schwierigkeiten raus boxt) oder eine Schwester (die mit mir Klamotten tauscht und Liebeskummertränen trocknet). Oder eben einen Zwilling, der immer meiner Meinung ist, wenn meine Mutter mal wieder ganz anderer Meinung war.

»Schuppen … ich sage nur Schuppen«, flüstere ich so leise, dass nur Stephan es hören kann. Er wird blass, lässt sich aber nichts anmerken.

»Das geht nicht«, sagt er beinahe tonlos.

»Dann gehe ich zur Polizei.« Das haben nun wiederum alle im Raum gehört.

»Klärt uns mal jemand auf?«, ruft Regula.

»5.000. Mehr kann ich nicht …«, murmelt Stephan.

»Gut.« Ich lächle ihn an. »Bis wann?«

»Ende der Woche.«

»Passt.«

»Aber ich bin hier noch nicht fertig. Noch lange nicht!«
Er wirft einen letzten Blick in die Runde. Dann reißt er
die Tür auf, strafft die Schultern und verschwindet. Die
Haustür knallt er so fest zu, dass der Wumms uns alle
zusammenfahren lässt. Aus mir scheint in dem Moment
alle Luft zu entweichen. Meine Knie werden weich wie
Babybrei, und ich muss mich setzen. Ich spüre, wie ich
zu schwitzen beginne. Mir wird schlecht. War das eben
wirklich ich? Stella?

»Was auch immer das war, es war großartig!« Regula
legt mir den Arm um die Schulter.

»Ich weiß nicht«, jammere ich und habe Mühe, die Tränen zurückzuhalten. »Das war ziemlich illegal.«

»Scheißegal!« Louis klatscht in die Hände. »Das war
wie in eine Film!«

»Ich glaube, ich will gar nicht wissen, was das eben war.«
Annerose steht auf. Schüttelt den Kopf und nickt ihrem
Mann zu. Der sieht auch ziemlich ratlos aus.

»Ich wollte doch nur helfen.« Herbert starrt Gerry an,
der ratlos aus dem Fenster starrt.

»Ich glaube, das hast du auch.« Ich nicke Herbert zu.

»Wenn der Phillip das wüsste, der würde sich im Grab
umdrehen.« Annerose geht zur Tür. »Komm jetzt, Herbert.« Der Angesprochene steht schwerfällig auf.

»Wenn ich den Tag noch erlebe, an dem ihr Brüder euch
vertragt, dann …« Der Rest des Satzes bleibt in der Luft
hängen. Gerry wendet sich zum Spülbecken und öffnet die
schiefe Tür darunter. Dann nimmt er eine Flasche Trollinger heraus und drückt sie seinem ehemaligen Lehrer
in die Hand.

»Prost«, sagt er und zwinkert ihm zu.

»Aber das wird jetzt nicht aufgemacht!« Annerose stemmt die Hände in die Hüften.

»Keine Sorge, Stella hat ja keine Zeit zum Saufen«, platzt Bjarne raus. Ich muss grinsen.

»Schade«, lächelt Herbert mich an. »Aber Berlin ist ja immer eine Reise wert ... wir sehen uns bestimmt bald mal wieder!«

MUTTERGLÜCK

STELLA

Kann eine Nacht so schnell vorbei sein?

Sie kann.

Diese zumindest. Ich habe das Gefühl, dass wir eben erst nach dem oberleckeren Abendessen auf der Terrasse und mehreren Schlummertrollingern ins Bett gefallen sind. Immerhin war es Bjarne gelungen, nach mehreren Anläufen den Wecker zu stellen. Er hat heute Frühdienst und offensichtlich den Wecker auch gehört, denn er liegt nicht mehr neben mir. Ich habe nicht mitbekommen, dass er aufgestanden ist. Das davor allerdings habe ich mitbekommen, und wie ... und es war schön. Ich hatte mir verboten, daran zu denken, dass das womöglich unsere letzte gemeinsame Nacht ist. Berlin ruft mich. Er muss nach Wiesbaden. Dazwischen liegen einige Kilometer, aber es können auch Welten sein. Was hier in Weinlingen so prima funktioniert hat, das kann im Alltag ganz schnell in die Hose gehen. Dazu muss ich kein Pessimist sein, sondern nur meine Erfahrungswerte bemühen. Naja, den einen Erfahrungswert mit Joachim eben, der sich Jo nannte. Das mit uns hatte bei einer dieser Jungeleutebusreisen angefangen, Fahrziel Costa Brava. Wir haben schon im Bus geflirtet, spätestens auf der französischen Autobahn geknutscht und danach dafür gesorgt, dass unsere jeweiligen Zimmerpartner zum Bettentausch bereit waren. Von Spanien habe ich nicht viel gesehen, von Jo dafür umso mehr. Heiße Nächte, heiße Liebesschwüre und die Gewissheit, den Mann fürs Leben gefunden zu haben. Bis zum ersten Besuch bei ihm. Siemensstadt. Lauter unpersönliche Wohnungen, und die heißblütige Persönlichkeit von Jo war offensichtlich irgendwo an der Grenze hängen geblieben. Stattdessen Sofa, dämliche Fernsehserien und kistenweise Bier.

Ich schäle mich aus dem Bett, recke und strecke mich und trete ans Fenster. Die Sonne scheint ein bisschen zu hell, und ich kneife die Augen zusammen. Am Weidezaun stehen Regula, Gerry und Louis. Und auf der Weide – zwei Lamas. Ein großes, das ich als Dong identifiziere. Und daneben ein hellbraunes, winziges Lamakind. Ich reiße das Fenster auf.

»Das Baby!«, rufe ich. Die drei Menschen fahren herum. Gerry reckt den Daumen in die Luft, Regula strahlt wie eine Hebamme, und Louis reckt beide Arme zu einer Siegerpose in die Luft.

»Es ist eine Junge!«

Ein Bub! Wie süß! So schnell ich kann, werfe ich mich in die nächstbesten Klamotten. Dass ich das Shirt mit den Nähten nach außen herum angezogen habe, merke ich erst, als ich schon bei den Weide angekommen bin. Zuvor allerdings habe ich noch einen kleinen Schlenker in den Schuppen gemacht, wo Dalai eine Siesta auf dem Stroh machte. Als er mich sah, stand er auf, reckte die Ohren nach vorne und schien mich aus seinen großen glänzenden Augen anzulächeln.

»Herzlichen Glückwunsch, Dalai, du bist Papa geworden«, flüsterte ich ihm ins rechte Ohr, während ich sein linkes kraulte. Das Lama schnaubte, was für mich wie ein ›Ja‹ klang.

»Und? Gesund?« Ich bin ziemlich außer Atem, als ich mich neben die drei ans Gatter stelle. Dong macht einen

Schritt auf ihr Fohlen zu und stupst es mit der Nase an. Das Kleine steht noch ein bisschen wackelig auf den Beinen, aber – es steht.

»Alles perfekt.« Gerry grinst so breit, dass ich seine Backenzähne sehen kann. Er sieht aus, als wäre er selbst eben Vater geworden.

»Wann … ich meine wie?«

»Hat keiner mitbekommen. Die gute Dong hat das heute Nacht ganz alleine gewuppt. Braves Mädchen.« Gerry schnalzt mit der Zunge. Die Stute zögert einen Moment, dann kommt sie langsam auf uns zu. Gerry zaubert eine Handvoll Würfelzucker aus der Tasche und hält sie ihr hin. Dong schnuppert vorsichtig mit der weichen Schnauze, ehe sie Stück für Stück genüsslich und vorsichtig aufleckt.

»Das hast du dir verdient«, sagt Gerry und tätschelt ihren Hals. Das Baby stakst zu seiner Mama und stupst sie mit der kleinen Schnauze an den Bauch. Und dann schmatzt es.

»Oh wie süüüüüß! Es trinkt!«, flüstert Regula und verdrückt ein Tränchen.

»Dann können die Tanten nachher wieder raus«, sagt Gerry und wischt sich die vollgesabberte Hand an der Hose ab.

»Und Dalai?«, frage ich. Immerhin ist er ja irgendwie ›mein‹ Lama und ich fühle mich für ihn verantwortlich.

»Der leider nicht«, erklärt Gerry. »Der Hengst kann auf Fohlen etwas aggressiv reagieren. Der muss noch ein, zwei Wochen warten. Bis das Kleine fit genug ist.«

»Okay. Verstehe.« Armer Dalai. So ganz ohne Familie. Aber wer weiß, vielleicht genießt er ja auch eine kleine Auszeit? Allerdings … die ganze Zeit im Stall, bei dem schönen Wetter?

»Ich zäune nachher ein Stück auf der anderen Wiese für ihn ab, wenn ihr ...« Gerry stockt. Ich weiß auch so, was er sagen will. Wenn wir alle abgereist sind. Ich muss schlucken. Ich will nicht daran denken. Noch nicht. Noch habe ich ein paar Stunden, ehe die Großstadt mich wieder verschluckt. Ehe ich in der Redaktion antreten muss. Was Paola von mir will – auch daran mag ich noch nicht denken. Und nicht daran, dass ich vermutlich nach der außerordentlichen Sitzung bei der Donatella einen Sofaabend mit Inga verbringen werde, mit einer Großpackung Trosteis und einer Großpackung Taschentüchern. Denn die SMSen gestern Abend waren eindeutig ein ganz schlechtes Zeichen, und ich schäme mich, dass ich ihr nicht geantwortet habe. Ich hoffe, sie verzeiht mir, denn ich hatte ja mit Bjarne zu tun. Ich rufe mir die Nachrichten ins Gedächtnis:

»Gehe gleich zu Mike auf den Turm und dann hoffe ich auf einen Höhenflug ☺«

»Mist, überlange Schlange vor dem Aufzug ☹«

»Das glaube ich nicht! Der knutscht! Mit einer rothaarigen Schlampe!«

»Der hat nicht mal HALLO zu mir gesagt!«

»Ich hab ihm eine Schale Erdnüsse an den Kopf geworfen. Leider nicht getroffen.«

»Die Schlampe heißt Veronika und ist seine Verlobte!«

»Ich bring ihn um.«

»Bin betrunken. Bis morgen.«

Nur Inga schafft es, einen ganzen Hollywood-Kitschstreifen in ein paar Kurznachrichten unterzubringen. Leider fehlt in diesem Fall das Happy End. Ich hätte nicht gedacht, dass dieser Mike so eine Pfeife ist. Leider kann ich nicht sagen, dass mir an ihm irgendetwas aufgefallen wäre. Dass ich Inga hätte warnen können. Mir kam er sehr nett vor, und wenn meine Freundin ein bisschen Spaß hat – so what? Allerdings hat sie mal wieder zu viel Herz investiert. Und ich? Mein Herzblatt kommt in dem Moment um die Ecke, als das Lamababy leise rülpst.

»Schon echt goldig.« Bjarnes Brust schwillt förmlich an vor Vaterstolz. Immerhin ist ja Dong sowas wie ›sein‹ Lama. Und Dalai ›meins‹. Also sind wir quasi die Eltern, irgendwie. Ich muss zugeben, dass ich ein bisschen stolz bin. Irgendwie. Meine Hand sucht Bjarnes. Unsere Finger verschränken sich. Ich könnte ewig hier stehen.

»Isch 'abe 'unger.« Louis strahlt unseren Chefkoch an. Bjarne grinst.

»Dann ist es ja gut, dass ich ein bisschen kochen kann«, scherzt er. »Das Frühstück wäre übrigens fertig, die Herrschaften.«

»Süperb!« Louis klopft Bjarne auf die Schulter. »Allez!«

TAUFGESPRÄCH

STELLA

Bjarne kann wirklich ›ein bisschen kochen‹. Was er da aufgefahren hat, ist mehr als ein simples Frühstück. Omelette mit frischen Champignons, Speck und Zwiebeln. Knuspriger Bacon. Heringssalat mit frischer Sahne und Kräutern aus dem Garten. Würstchen, knackige Brötchen und ofenwarme Croissants. Dazu aufgeschäumte Milch im Kaffee und von Annerose hausgemachte Erdbeermarmelade. Dass da Erdbeeren drin sind, muss ich allerdings selbst herausfinden, denn das handgeschriebene Etikett vermeldet ›Breschtlingsgsälz‹.

Wir futtern, was unsere Mägen aushalten. Schwärmen vom Lamababy. Und verdrängen, wie es mir scheint, alle, dass das hier vermutlich unsere letzte gemeinsame Mahlzeit ist. Louis' Zug geht in zwei Stunden ab Stuttgart. Gerry wird ihn und Regula bald fahren, die Bahn Richtung Schweiz tuckert kurz nach dem ICE Richtung Norden ab. Ich habe noch reichlich Zeit, bis ich am Flughafen sein muss, und werde vorher Bjarne am Stuttgarter Hauptbahnhof rauslassen. Woran ich jetzt absolut nicht denken will.

»Das war sehr schön mit euch!« Gerry lehnt sich zurück und streichelt seinen Bauch. »Uff. Ich kann nicht mehr.«

»Ja, es war wirklich toll hier. Ich mach zu Hause die Flyer fertig und mail dir alles rüber.« Regula piekst das letzte Stückchen Wurst auf die Gabel.

»Isch bin gespannt, wie die Bébé 'eißen soll.« Louis schielt auf sein Handy. Offenbar keine neue Nachricht, nicht von Annika und auch sonst von keiner Schönheit aus Weinlingen. Er sieht ein bisschen enttäuscht aus, aber nur ein sehr kleines bisschen.

»Ja, einen Namen braucht das Kerlchen natürlich. Wie wär's, wenn ihr Taufpaten seid?« Gerry strahlt uns der Reihe nach an.

»Sehr gerne!« Bjarne macht ein väterliches Gesicht und zwinkert mir zu.

»Also dann, macht mal Vorschläge.«

Puh. Die besten Namen sind ja schon vergeben. Dalai, Rama, Lama, Ding und Dong. Besser geht's für Lamas ja nicht!

»Wie wär's mit Gerry?«, schlägt Regula vor.

»Bitte nicht!« Der echte Gerry verdreht die Augen, lacht aber.

»Du darfst sie meine Name geben«, schmettert Louis großzügig.

»Nicht schlecht.« Gerry denkt nach. »Weitere Vorschläge?«

Erst sagt keiner was. Und dann hauen wir uns mögliche Namen wie Pingpongbälle um die Ohren. Puschel. Möhrchen. Herbert. Baby. Buddha. Moritz. Max. Maultäschle. Spätzle. Hund, Katze, Maus. Strolch, Schlumpf, Micky. Überzeugend ist keiner davon. Auch Blümchen, Pünktchen und Anton fallen durchs Raster.

»Stephan!«, ruft Gerry plötzlich und reißt die Augen auf.

»Bist du sicher? Ausgerechnet Stephan soll das Lama heißen?« Bjarne sieht ihn fragend an.

»Sicher nicht!« Wir fahren herum. In der Tür steht – Stephan. »Macht euch keine Umstände, ich habe schon gefrühstückt.« Seine Stimme trieft geradezu vor Ironie.

»Was willst du?« Gerry ist aufgesprungen.

»Immer mit der Ruhe, Bruderherz. Bloß keinen Aufstand machen. Ich bin hier, um mich zu verabschieden. Den Mief in diesem Kaff hält ja keiner aus.«

Ich staune, wie schnell dieser Typ aus einer für ihn ganz schlechten Lage eine andere Wahrheit zaubert. Eine, die ihm passt. Und die ihn gut dastehen lässt.

»Hier.« Er wirft einen weißen Umschlag auf den Tisch. »Im Gedenken an Onkel Phillip.«

»Was …?« Gerry schnappt sich den Umschlag. Reißt ihn auf und holt einen Packen Scheine hervor.

»5.000. Und damit sind wir quitt.« Stephan schnappt sich das letzte Croissant aus dem Brotkorb und mustert uns der Reihe nach mit einem Blick, der mich an Eiswürfel erinnert. Ich bekomme eine Gänsehaut, als er mich mit zusammengekniffenen Augen fixiert.

»Du kannst den Schmus auf deinem Handy löschen, Lady.«

Ich nicke. Aber das sieht er schon nicht mehr. Die Tür fällt krachend hinter ihm ins Schloss. Ein paar Sekunden lang herrscht absolute Stille. Gerry fasst sich als Erster.

»Das sind tatsächlich 5.000 Euro.« Er staunt. »Mann, das ist … halleluja!«

»Stromrechnung, Futter, na? Das reicht doch ein Stück weit!« Regula strahlt.

»Oh ja.« Man kann Gerry ansehen, wie eine zentnerschwere Last von seinen Schultern fällt. Er stopft die Scheine zurück in den Umschlag. Seine Augen schimmern feucht, und ich möchte wetten, dass das nicht nur wegen des Geldes ist. Ich schätze, er liebt seinen Bruder. Trotz allem. Ich jedenfalls wünsche den beiden, dass sie irgendwann irgendwo neu anfangen. Oder zumindest mal die ollen Kamellen begraben können. Bjarne haucht mir ein Küsschen auf die Wange. Und dann weiß ich es.

»Phillip! Das kleine Lama soll Phillip heißen!«, rufe ich. Gerry legt den Kopf schief. Überlegt.

»Fips. Ja. Das passt«, sagt er schließlich, steht auf und holt eine Flasche aus dem Kühlschrank. Als der Champagnerkorken mit einem lauten PLOPP aus dem Flaschenhals schießt, lacht er.

»Taufwasser für alle!«

ZUM STEINERWEICHEN

STELLA

Kurz und schmerzlos – so hat Regula den Abschied gewollt. Und so war er auch. Louis, sie und Gerry haben die Taschen in den Kofferraum gewuchtet, sich selbst nach einer kurzen Umarmung allerseits auf die Sitze und sind davongebraust. Bjarne und ich stehen Hand in Hand in der Einfahrt und winken dem Wagen nach. Wir schweigen, sehen uns einen langen, schönen Moment lang in die Augen. Dann beugt er sich zu mir, unsere Lippen berühren sich und … hach. Leider ist der Kuss für meinen Geschmack viel zu schnell vorbei.

»Und nun?«, frage ich.

»Wie wäre es mit einem Spaziergang?«, schlägt Bjarne vor.

»Gerne!« Wir gehen in den Schuppen, wo Dalai heftig mit den Ohren wackelt, als er uns sieht.

»Na, freust du dich?«, flüstere ich ihm gegen den flauschigen Hals und presse meine Nase in sein Fell. Es riecht warm, kamelig irgendwie. Aber gut. Fast kann ich den Abschiedsschmerz vergessen, der seit dem Aufstehen an meinem Herzen nagt. Ich streife dem Lama das Halfter um, klinke die Leine ein und führe Dalai aus seiner Behelfsbox. Da Dong ja quasi im Wochenbett liegt, kümmert Bjarne sich um Ding. Rama und Lama schauen ein bisschen beleidigt, dass sie nicht mit dürfen, aber mit vier Lamas auf einmal – das trauen wir uns dann doch nicht zu. Dalai und Ding sind dafür umso begeisterter, vor allem, als sie am Wegesrand die unwiderstehlichen Löwenzahnbüschel sehen. Wir lassen sie ein bisschen rupfen, schweigen dazu, berühren uns an den Händen und gehen dann ganz langsam weiter. Als wir an eine Kreuzung kommen, biegen wir wie auf eine geheime Absprache hin nicht wie üblich links Richtung Weinlingen ab, sondern trotten nach rechts. Nach ein paar Metern ist die Landstraße nicht mehr geteert. Nur zwei Fahrspuren führen auf der Wiese an einem Feld entlang, auf dem halbhoher Mais wächst. Im Sommer muss das hier ein Paradies sein, denke ich. Da könnte man aus dem Maisfeld ein prima Labyrinth zaubern. Ich kann quasi schon die Kinder hören, die begeistert durch das mannshohe Gewächs irren und den Ausgang suchen. Ich muss lächeln.

»So fröhlich?«, fragt Bjarne und nickt mit dem Kopf in Richtung einer Bank, die unter einem mächtigen Baum steht. Ich habe keine Ahnung, was für einer das ist, aber der Stamm ist riesig, sehr zerfurcht. Ein paar Meter vor der Bank fließt ein Rinnsal. Bach kann man das nicht nennen, aber den Tieren reicht das. Dalai und Ding saufen gierig und lassen sich dann das frische Gras schmecken, während Bjarne und ich eng nebeneinander auf der Bank Platz nehmen. Das Holz ist von der Sonne angenehm warm.

»Fröhlich eigentlich nicht, aber ich versuche, das hier zu genießen«, erkläre ich Bjarne. Er nimmt meine Hände in seine und sieht mich an.

»Ich auch. Das … es … es ist schön mit dir, Stella.« Ich weiß nicht, ob es am Taufwasser von vorhin liegt oder an etwas anderem, aber in meinem Bauch spüre ich jetzt lauter kleine Blubberbläschen. Meine Haut kribbelt, und ich habe das Gefühl, als wäre das Grün der Wiese grüner als sonst, der Himmel blauer und alles irgendwie verstärkt.

»Ja.« Mehr fällt mir nicht ein, aber mehr kann ich auch nicht sagen. Bjarne nimmt mein Gesicht zwischen seine Hände, streicht mir mit dem Daumen eine Strähne aus der Stirn und küsst mich. Dann nimmt er mich ganz fest in den Arm. Ich kuschle meinen Kopf an seine Schulter und sehe den Lamas beim Leben zu. In meinem Kopf herrscht eine angenehme, wohlige Leere, aber gleichzeitig überschlagen sich meine Gedanken. Wie wird das mit uns weitergehen? Wird es weitergehen? Ich will nicht, dass es hier endet. Es ist lange her, dass ich mich so wohl gefühlt habe wie in diesem Moment. So ganz. So ganz ich selbst. Und wieder ist da diese kleine Angst, dass alles eben nur funktioniert, weil das hier Urlaub ist. Weil wir keinen Alltag haben. Was, wenn Bjarne im echten Leben ein Kotzbrocken ist wie Jo? Wenn er nur jetzt so nett ist, aber zum völligen Ekel mutiert, sobald er im ›Hellstern‹ in Wiesbaden die Kochschürze umbindet? Ich verbiete mir selbst diese Gedanken. Auch wenn das hier nichts ist, was für die Ewigkeit hält, hat es sich doch gelohnt. Allein wegen des Gefühls, ich selbst, Stella, zu sein.

»Das wird jetzt ein bisschen kitschig«, flüstert Bjarne mir ins Ohr. »Aber … ach, sieh selbst.« Er nestelt in seiner Hosentasche herum, dann hält er mir die geschlossene Faust unter die Nase. »Puste mal!«

Ich puste. Er öffnet seine Finger ganz langsam, wie in Zeitlupe. »Für dich«, sagt er, als ein kleines Herz aus Speckstein zum Vorschein kommt.

»Das gibt's doch nicht!«, rufe ich, setze mich kerzengerade hin und krame mein Herz aus meiner Tasche.

»Schau mal!«

Bjarne lacht. »Na so ein Zufall!«

»Oder Schicksal, keine Ahnung.« Ich nehme sein Herz

in meine Hand und lasse gleichzeitig meins in seine gleiten. Der Stein ist warm und weich.

»Danke«, sagen wir gleichzeitig. Und dann sagen wir
nichts mehr, eine ganze Weile nicht. Dalai und Ding haben
es sich derweil neben einem Busch bequem gemacht und
dösen vor sich hin.

»Sehe ich dich wieder? Irgendwann? Irgendwo?« Mein
Herz, dieses Mal das echte, setzt einen Schlag aus. Aber
doch, er hat das wirklich gefragt. Die Freude flutet durch
meinen ganzen Körper. Ich muss mich räuspern, denn
meine Stimme ist auf einmal ganz rau.

»Das hoffe ich doch«, murmle ich und sehe Bjarne nur
noch verschwommen. Ich weiß, das ist jetzt ein bisschen
übertrieben, wir kennen uns kaum – aber er fehlt mir jetzt
schon. Im Roman würden wir uns jetzt um den Hals fallen, und ewige Liebe schwören, unsere Jobs kündigen und
glücklich und zufrieden auf dem Lamahof leben. Davor
würden natürlich noch die Hochzeitsglocken bimmeln,
und im Nachwort würde stehen, dass wir sieben Kinder
bekommen haben. Aber erstens lese ich solche Kitschbü-
cher nicht und zweitens ist das hier kein Roman. Das hier
ist echt, und mein echter Flieger zu meinem echten Job
geht in echt in ein paar Stunden.

KONFERENZ

STELLA

Ich habe dann doch noch geweint. Heimlich, als Bjarne am Bahnhof aus dem Smart gestiegen und die Treppen hinauf in die große Halle verschwunden war. Ich würde jetzt wahrscheinlich immer noch auf einem Taxiplatz mitten in Stuttgart stehen und ein Taschentuch nach dem anderen vollrotzen, wenn ich nicht mit einem unfreundlichen schwäbischen »Jedzd gugg, dass da Land gwinnsch, des isch koin Parkbladz!« davongejagt worden wäre. Ich greife nach dem Steinherz in meiner Hosentasche, drücke es und atme tief ein. Dann stoße ich die Tür zur Redaktion auf. Berlin hat mich mit prächtigem Großstadt-Nieselregen begrüßt, aber hier drinnen ist dank der von einem Londoner Lichtdesigner angebrachten versteckten Leuchten, die Tageslicht simulieren, nichts zu merken. Eigentlich sollte das meine Stimmung heben, tut es aber nicht. Immerhin ist die Glasschale auf dem Empfangstresen frisch befüllt worden. Ich greife mir einen winzigen Schokoriegel, reiße die Folie ab und stecke ihn in den Mund. Außer mir scheint niemand im Gebäude zu sein, der nicht zur geheimnisumwitterten Konferenz eingeladen wurde. Die Türen zu den Büros der Kollegen stehen offen. Ich schnuppere den einzigartigen Donatella-Duft, eine Mischung aus Kaffee, Parfums, Klamotten und etwas Süßlichem, das ich noch nie identifizieren konnte. Dann biege ich in den Gang ein, an dessen Ende das Besprechungszimmer liegt. Vor der Tür lasse ich mein Gepäck auf den Boden gleiten und trete ohne anzuklopfen ein.

»Herzlich willkommen!« Paola springt auf, umrundet den ovalen Tisch, an dem 20 schwarze Lederstühle stehen, und drückt mir links und rechts ein Küsschen auf die Wange. Ich bin so perplex, dass ich vergesse, Hallo zu sagen. Am Tisch sitzt Inga, deren verheulte Augen hinter einer Fensterglasbrille nicht wirklich gut getarnt sind. Und am Kopfende Franziskus von Stein. Was will der Verleger hier? In meinem Bauch grummelt es. Klar, ich habe noch nichts gegessen, aber das ist kein Hungergrollen. Das hier fühlt sich eindeutig nach Kündigung an. Zumindest einer Abmahnung. Von Stein, den wir unter uns Kollegen nur ›the bulldozer‹ nennen, weil er regelmäßig wie ein ebensolcher redaktionelle Ideen platt macht oder wenig charmant alle Vierteljahre ein, zwei Praktikantinnen zwar zu einem schicken Abendessen und vielleicht auch mehr, nie aber zu einer Festanstellung übernimmt. Mir schwant also nichts Gutes, als ich mich zwischen Inga und Paola an den Tisch klemme.

»Schön, dass Sie trotz später Stunde noch Zeit haben«, wummert von Stein los. Seine Stimme hat das Timbre von 100 Kippen am Tag. Dabei ist er Vegetarier mit sportlichem Übereifer, was man ihm ansieht. Er könnte mit seinem kantigen Kinn, den stahlgrauen Augen und dem blonden Haarschnitt auch als Männermodel durchgehen. Ich schiele auf die Mappe, die vor ihm auf dem Tisch liegt. Leider steht nichts auf dem Deckblatt.

»Ja. Gerne.« Ich räuspere mich. Auch wenn Franziskus etwa in meinem Alter ist, er ist eben doch der Chef. Und als solcher schafft er es durch seine bloße Anwesenheit, dass ich mich winzig klein fühle. Mein Outfit trägt auch nicht gerade dazu bei, dass ich vor Selbstbewusstsein strotze: Ich habe immer noch die Jeans und das schlichte Shirt an.

Immerhin habe ich die versauten Turnschuhe gegen Ballerinas getauscht. Ich schnuppere unauffällig, ob ich nach Lama rieche. Tue ich nur ein ganz kleines bisschen.

»Ich komme gerade von einer Recherche. Bauernhof und so«, sage ich und versuche, dabei so professionell wie möglich zu klingen. Was mir neben Paola im perfekten Kostümchen und Inga im stylischen Twinset nicht leicht fällt.

»Dazu werden Sie in nächster Zeit wenig Gelegenheit haben, liebe Stella.« Von Stein lächelt mich an. Was irgendwie schmierig aussieht.

Okay. Kündigung. Ich habe keine Ahnung, was ich verbrochen habe. Aber ich weiß, dass ich jetzt ein Pokerface machen muss. Nicht auszudenken, wenn ich jetzt einen auf Heulsuse mache. Denn dann würden alle Dämme brechen, und ich wahrscheinlich nicht nur um meinen Job, den roten Salon und die Zeit mit Inga heulen, sondern noch Bjarne, Dalai und alles andere mit in den Trauertopf werfen.

Paola legt mir eine Hand auf den Arm. Soll mich wahrscheinlich beruhigen oder trösten, irritiert mich aber nur. Ich schiele zu Inga. Sie starrt auf die Tischplatte.

»Sie übrigens auch, liebe Inga. Ich meine, keine Reportagen und so.« Meine Freundin zuckt zusammen. Doppelrausschmiss. Wegen der verboten gerauchten Kippen? Weil wir zu oft privat im Internet gesurft sind? Ingas Wangen glühen. Am liebsten würde ich ihre Hand drücken, traue mich aber nicht.

»Ist das nicht fantastisch?« Paola gluckert und strahlt.

»Wie bitte?« Also ... ich bin mit ihr ja nie wirklich warm geworden, aber dass sie sich dermaßen über unseren Rauswurf freut? Das geht dann doch eine Nummer zu weit. Immerhin hat sie unseren Zigarettenvorrat geplündert und …

»Ich glaube, liebe Paola, wir müssen den Damen etwas erklären.« Von Stein schlägt die Mappe auf. Ich will ihn fragen, warum wir alle plötzlich so liebe Damen sind, aber dann kann ich nur noch Augen, Ohren und Mund aufreißen, als er mir und Inga die Mappe hinschiebt. Ich muss dreimal lesen, um zu kapieren, was da steht. Inga flüstert »Was?« und wird noch röter.

Paola steht auf, umrundet den Tisch und stellt sich hinter Franziskus von Stein. Legt ihm die Hände auf die Schultern und legt den Kopf schief.

»Nun ja, Franziskus und ich …«

»Ihr seid ein Paar?«, rutscht es mir raus. Darauf wäre ich im Leben nicht gekommen – die stahlharte Paola hat ein Herz? Der gnadenlose von Stein kann sich verlieben? Donnerwetter.

»Und bald zu dritt.« Von Stein wirft sich in die Brust.

»Du … bist … schwanger?« Inga erwacht aus ihrer Starre.

»Ja, ist das nicht toll?« Paola legt theatralisch eine Hand auf den sehr flachen Bauch. »Und da ist es doch nur normal, dass ich mich um Haus und Kind kümmere.«

Wie bitte? Wer hat der Frau ins Hirn gepupst? Paola ist doch keine Supermutter, die für Ehemann und Windeln die Karriere an den Nagel hängt?

»Ich wollte schon immer Romane schreiben«, erklärt sie, als könne sie meine Gedanken lesen. »Ich habe auch schon ein halb fertiges Manuskript in der Schublade. Einen Krimi aus dem Zeitschriftenmilieu.«

»Paola kam auf die Idee.« Von Stein deutet auf die Mappe vor Inga und mir. »Sie beide müssten nur noch unterschreiben. Seite vier unten.« Er schiebt uns seinen Kugelschreiber zu. »Aber natürlich können Sie sich mit der Entscheidung ein, zwei Tage Zeit lassen.« Mit diesen Worten steht er auf. »Wenn Sie uns entschuldigen wollen?«

Wir wollen. Obwohl ich eigentlich fragen will, warum ausgerechnet wir? So gut verstanden haben wir uns mit Paola nie, und an die ganz großen Dinger gelassen hat uns auch noch keiner. Da waren immer erst die Kolleginnen dran, denen wir nur hinterherwinken konnten, wenn sie zur Fashionweek nach New York oder zu Interviews mit Hollywoodstars aufgebrochen sind. Ob es ist, weil wir mangels langjähriger Berufserfahrung noch billig zu haben sind? Der Betrag im Vertrag allerdings spricht eine andere Sprache, Franziskus lässt sich seine zukünftige Frau eine Stange Geld kosten. Als die beiden gegangen sind, starren Inga und ich uns an. Sie nimmt die Brille ab. Ihre Augen sehen aus, als käme sie direkt aus einem Zombiefilm.

»Kapierst du das?«, fragt sie.

»Naja, die wollen, dass wir beide uns den Posten als Chefredakteurin teilen. Und wir bekommen mehr Gehalt«, fasse ich zusammen.

»Ich glaub, ich bin im falschen Film.« Inga stützt den Kopf auf die Hände. Ich schlage die Mappe zu und stehe auf.

»Familienpackung Fürst Pückler? Prosecco satt?«, frage ich. Meine Freundin nickt.

»Genau das. Und bitte noch 400 Gramm Vollmilch.«

DIE KLEINE KNEIPE

STELLA

Fürst Pückler muss in der Tiefkühltruhe im Supermarkt bleiben. Inga und ich kommen gerade mal bis zu einer schummrigen Eckkneipe. Die dunkelbraune Tür, an der der Lack abblättert, steht offen. Der schale Geruch von schalem Bier und schalem Zigarettenrauch züngelt auf den Gehsteig. Aus den Boxen trötet ein Schlager von anno dunnemals. Wir sehen uns einen Augenblick an, nicken beide und gehen in die Kneipe. Hier kennt uns garantiert keiner. Außer uns sind nur zwei weitere Gäste da. Beide sitzen an den Barhockern am kleinen Tresen, vor sich jeweils ein Bier mit unterschiedlichem Füllstand. Beiden Männern sind die Hosen so weit nach unten gerutscht, dass wir einen formidablen Ausblick auf ihre Maurerdekolletees haben. Inga grinst, und wir quetschen uns an einen Tisch am Fenster.

»Tja, künftig werden wir nur noch im Gourmettempel speisen, um unser Gehalt auf den Kopf zu hauen«, versuche ich zu scherzen und greife nach der schmierigen Karte, die auf einer beigen fleckigen Decke neben einem Bierdeckelhalter liegt. Der Wirt poliert hingebungsvoll Gläser und macht keine Anstalten, an unseren Tisch zu gehen.

»Zwei Weiße grün und die Buletten!«, rufe ich quer durchs Lokal. Der Mann brummt irgendetwas, verschwindet aber durch eine Schwingtür. Wenig später steht das Gewünschte vor uns. Jetzt merke ich, wie groß mein Hunger ist, und auch wenn das hier nicht mit Bjarnes Kochkunst mithalten kann, verschlinge ich die Hackfleischklopse regelrecht. Inga popelt mit der Gabel in ihrem Teller herum, legt dafür aber beim Trinken einen Zahn zu und hat bald zwei Weiße Vorsprung. Langsam sehen ihre Augen wieder normal aus.

»Chefredaktion«, sage ich gedehnt, als ich den letzten Klecks mittelscharfen Senf aus der kleinen Plastiktüte drücke. »Puh.«

»Puh.« Inga schiebt ihren Teller weg. »Ich bin ... ich kann ... und dann noch Mike ...«

Oha. Inga hat echt echt ein Problem. So wie sie aussieht, war sie auf dem besten Weg, sich in diesen Barkeeper zu verknallen. Am liebsten würde ich direkt zum Alex fahren und ihn vom Turm werfen. Mindestens.

»Ach Inga, der hat dich gar nicht verdient«, sage ich und stupse sie unter dem Tisch mit dem Zeh gegen das Schienbein. »So einer doch nicht.«

»Ja. Nein. Ach Scheiße. Wieso muss ich immer an solche Typen geraten?«

Gute Frage. Eine Antwort darauf habe ich auch nicht. Wenn ich die hätte, wäre ich steinreich und weltberühmt. Schließlich ist Inga mit diesem Problem ganz und gar nicht allein auf der Welt.

»Ach Inga ...« Ja, das ist nicht schlau. Aber mehr fällt mir auch nicht ein, und Sprüche nach dem Motto »Der hat dich doch gar nicht verdient« oder »Andere Mütter haben auch knackige Söhne« sind nie tröstend.

»Naja, immerhin hatte ich eine Wahnsinnsnacht.« Meine Freundin kippt den Rest Weiße hinunter und bestellt per Handzeichen Nachschub.

»Ich auch«, könnte ich jetzt sagen. Auf meiner inneren Leinwand erscheint das Gesicht von Bjarne. Und noch eine ganze Menge mehr. Aber das sage ich nicht.

Das wäre noch mehr daneben als ein Trostspruch aus der Kategorie ›Der Richtige kommt schon noch‹. Stattdessen ziehe ich den Vertrag aus der Tasche und lege ihn auf den Tisch. Inga macht mit ihrem Exemplar dasselbe. Eine Weile lesen wir schweigend. Vor lauter juristischem Geschwurbel verstehe ich nur die Hälfte. Es geht um das Gehalt (hoch), die Urlaubstage (zu wenige). Die Aufgaben (zu viele) und und und. Alles in allem scheint das ein wasserdichtes Angebot zu sein, nach dem andere sich die Finger lecken würden. Zumal zu den Aufgaben auch gehört, pro Ausgabe ein Tutorial und eine Kolumne zu schreiben, neben dem jeweils unsere vollen Namen und Porträtfotos stehen sollen. Ich muss grinsen, Paola hatte nur das Tutorial. Es folgen lange Absätze zu Reisekosten und Spesen und Aufzählungen der Events, die absolute Chefinnensache sind.

»Boah, Freikarten für die Berlinale! Erste Reihe bei der Modewoche!« Inga strahlt mich über ihr Glas hinweg an. Ihr Grinsen ist schon ein bisschen schief. Ich tippe auf etwas über ein Promille. »Hassu 'n Stift?«

»Moment mal, du unterschreibst das?«

»Ja logggissss. Hömma. Iss doch unfass…fass… toll!«

»Ja schon, aber denk mal an die ganze Verantwortung. Personalgespräche, Paragraph acht. Und die Einbindung in die Werbeabteilung, da hängt doch eine ganze Menge Geld dran für den Verlag, Paragraph zwölf!«

»Issmirwurscht.« Inga hat mittlerweile einen Kuli aus ihrer übergroßen Handtasche gefummelt und blättert ungeschickt zur letzten Seite. Dann setzt sie ihren Namen ungefähr dahin, wo es vorgesehen ist. So ganz kann sie die feine Linie nicht mehr anpeilen. Dann reicht sie mir den Stift. »Jetzt du!«

»Ich weiß nicht …«, gebe ich zu. Paola war ja nicht umsonst immer so gestresst. So schlecht gelaunt. Andererseits – hey, Stella als Chefredakteurin einer Frauenzeitschrift! Wollte ich sowas nicht schon immer? Ich klicke die Mine raus und rein, raus und rein.

»Wassn? Machma!«

»Sag mal, wo wäre denn dann unser Büro? Da steht nix.«

»Na inne Chefetage!« Inga rülpst leise. »Hupps!« Sie kichert.

»Und unser roter Salon?«

»Aso. Ja der …« Sie zuckt mit den Schultern. Mittlerweile hat sie wohl ein Bierstadium erreicht, in dem ihr so ziemlich alles egal ist. Zum Glück auch Mike, der scheint aus ihrem Kopf verschwunden zu sein. Was ich von Bjarne nicht behaupten kann.

»Ssssreib jetzt. Los!«, feuert Inga mich an. Ich seufze. Was soll's. Sie ist schließlich meine Freundin, und gemeinsam werden wir das schon hinbekommen. Ich blättere zur letzten Seite. Setze den Stift an und male ein ›S‹. Inga springt auf, reißt die Arme in die Luft – und die Gläser auf dem Tisch um. Eine grünliche Suppe schwappt auf den Vertrag, schießt über die Tischkante und saugt sich in meinen Jeans fest.

»Uppsala.« Inga bekommt Schluckauf. Ich versuche, mit der Serviette zu retten, was zu retten ist. Blöd nur, dass das blaue Papier abfärbt. Der Vertrag sieht aus wie die Sau. So kann ich das nicht abgeben. Ich schüttle die triefende Mappe über dem Tisch aus. Der Wirt kommt und knallt mir einen grauen Lappen hin, der sicher schon bessere Zeiten gesehen hat – und vermutlich auch sanitäre Einrichtungen, dem Geruch nach. Ich weigere mich, die Schweinerei damit aufzuwischen und kann mich nur mit

20 € Trinkgeld aus der Affäre ziehen. Irgendwie schaffe ich es, Inga in ein Taxi zu bugsieren. Dann schultere ich mein Gepäck, stecke die Hand in die Hosentasche und halte mich am Herzen aus Stein fest.

ZÜRICH

REGULA

Zur selben Zeit, als Stella in Berlin den mittelscharfen Senf über den Buletten ausquetscht, drückt Regula in Zürich ihre Stirn gegen die kühle Scheibe des Wohnzimmerfensters. Dann wendet sie sich ab und lässt den Blick schweifen. Die Kissen auf der Ledercouch haben in der Mitte alle einen akkuraten Knick. Sie nimmt eines in die Hand, knuddelt es einmal durch und wirft es zurück auf das Sofa.

»Besser!«, lacht sie und zieht an dem Stapel Hochglanzmagazine, die ihre Perle Kante auf Kante auf dem gläsernen Beistelltisch gestapelt hat. Die Zeitschriften rutschen auf den Boden. Regula grinst, als sie den Fettfleck sieht, den ihr Gesicht an der Scheibe hinterlassen hat. Sie betrachtet ihr eigenes etwas verschwommenes Spiegelbild. Gute Figur, keine Frage. Und auch der schwarze Hausanzug aus kuscheligem Nicki, den sie vorhin in einer winzigen Boutique am Bahnhof gekauft hat, passt zu ihr. Schnell wuschelt sie sich durch die Haare. Jetzt sieht sie aus, als käme sie direkt aus dem Bett. Sie fokussiert die Lichter draußen vor dem Fenster. Zürich schläft noch lange nicht.

»Aber ich bald«, sagt sie zu sich selbst und geht in die Küche. Auch hier hat die Putzfrau ganze Arbeit geleistet. Die weißglänzenden Fronten und die Arbeitsplatte aus Edelstahl sehen aus wie in einem Prospekt. Regula öffnet den Kühlschrank. Käse, natürlich die Marke ihres Arbeitgebers. Sie nimmt die drei Packungen und wirft sie in einer schnellen Bewegung in den Mülleimer. Greift nach einem Becher Himbeerjoghurt und der Rotweilflasche. Beim Eingießen achtet sie darauf, dass ja auch ein paar Tropfen daneben gehen. Zufrieden betrachtet sie die Kleckse auf dem silbernen Stahl.

»Total kindisch«, schilt sie sich selbst und geht mit Joghurt und Rotwein ins Schlafzimmer. Den Koffer hat sie noch nicht ausgepackt. Nur der Laptop blinkt auf dem kleinen Schreibtisch. 142 E-Mails. Davon nur drei Mal Spam. Sie stellt Weinglas und Joghurtbecher auf den Nachttisch und überfliegt im Stehen die Mails. Öffnet die erste. Seufzt und tippt eine Antwort ein.

Liebe Kollegen, sehr geehrter Herr Dr. Krauswinkel,

leider kann ich an der morgigen Sitzung nicht teilnehmen. Ich habe mir im Kurzurlaub wohl einen Virus eingefangen und möchte niemanden mit Magendarm infizieren. Den vorläufigen Plan für den Messestand nebst Kostenaufstellung finden Sie anbei.
Hochachtungsvoll,
Regula Schmitt-Pfefferer

Als sie auf ›senden‹ drückt, muss sie kichern. Das fühlt sich an wie Schuleschwänzen. Was sie nie gemacht hat. Aber die Hypochondrie des Geschäftsführers ist in der ganzen Firma bekannt und sie ist sich sicher, drei weitere Tage Schonzeit zu haben. Mit einem dermaßen langen und zufriedenen Seufzen, dass sie sich fast ein bisschen dafür schämt, lässt sie sich in die Kissen sinken. Zieht den Deckel vom Joghurt ab und lacht, als die rosa Masse auf ihr Dekolletee spritzt. Dann greift sie nach dem Buch aus der Bahnhofshandlung. Ein Bericht über Wandern auf dem Jakobsweg.

»Warum nicht?«, sagt sie zu sich selbst, nimmt einen großen Schluck Wein und fragt sich, ob man statt Eseln nicht auch Lamas mit auf den Trip nach Spanien nehmen kann.

BREMEN

LOUIS

Zur selben Zeit, als Stella in die Buletten beißt und
Regula den Rotwein genießt, steht Louis in Bremen
unter der Dusche. Nicht, dass das wirklich nötig gewesen wäre, aus hygienischer Sicht. Eher schon aus ero-
tischer. Der Franzose starrt an sich herunter auf seinen kleinen Louis, der trotz eiskaltem Wasser kribbelt
und pulsiert.

»Merde!« Er dreht den Mischarm so weit nach rechts,
wie es geht, und hält den Brausekopf direkt auf seinen
Bauch. Das Wasser sticht wie 1000 kleine Nadeln, und
ganz allmählich gibt seine Erregung den Geist auf. Allerdings nur so lange, bis er aus der Dusche steigt und nach
dem Handtuch greifen will. Dabei fällt sein Blick auf
einen knallblauen BH. Sofort hat er ein Bild im Kopf:
Juliane mit nichts bekleidet außer eben diesem Ding und
dem dazu passenden Höschen. Das nämlich verfolgt ihn
seit drei Stunden. Er kann ja nichts dafür, dass sie halb
nackt durch das Haus rennt, nur weil das Telefon im
Wohnzimmer klingelt. Und er kann auch nichts dafür,
dass sein Tauschbruder eine Flachpfeife ist. Obwohl
Manuel nach den paar Tagen am Meer irgendwie anders
war. Wie genau, das konnte Louis auch nicht sagen. Gut,
Manuel hatte eine gesunde Bräune bekommen, was ihm
gut stand. Und ein paar Bartstöppelchen mehr, was ihn
zwar nicht männlicher machte, aber seine Pausbäckchen
ein bisschen wegmogelte. Begrüßt jedenfalls hatte er ihn
mit einem satten ›Hi‹. Was mehr war, als er vom Sohn des

Hauses in den Wochen vor seiner Reise nach Weinlingen zu hören bekommen hatte. Und das alles nur wegen Mia, die ihm piepsegal war. Dann schon eher Annika, aber die war ja nun weit weit weg. Und eine Frau wie Juliette … unerreichbar. Louis wickelt sich das Handtuch um den Hintern und starrt auf den BH. Streckt wie ferngesteuert die Hand aus. Streicht über den zarten blauen Stoff. Seine Finger schließen sich um die weich gepolsterten Körbchen. Er hält sich das Dessous an die Nase, schnuppert und …

»Verdammt, wie lange willst du noch da drin bleiben?« Manuel wummert gegen die Tür.

»Isch komme gleisch!« Louis lässt den BH fallen, als stünde dieser mit einem Mal in Flammen. Er wird knallrot, zieht das Handtuch fester um seinen Bauch und entriegelt die Tür. Manuel steht mit verschränkten Armen im Flur und starrt ihn an.

»Ich habe Mia gesehen.«

»Ah. Oh.« Louis fällt nichts ein. Mit der linken Hand hält er das Handtuch fest, mit der rechten die Klinke.

»Sie war hier. Um einen Brief abzugeben.« Manuel starrt ihn an. Erst jetzt bemerkt Louis den kleinen roten Umschlag in dessen Hand. Sein Tauschbruder lässt ihn auf den Boden segeln. Vorne drauf steht ›Louis‹, das Pünktchen auf dem ›i‹ ist ein gemaltes Herz. Louis will sich bücken. Spürt einen Schlag gegen sein Kinn. Taumelt, knallt rückwärts gegen den Türrahmen. Sein Kopf knallt gegen das Holz. Es gibt ein dumpfes Geräusch. Er versucht, sich festzuhalten, wobei er das Handtuch loslassen muss, das auf den Boden rutscht. Verwundert stellt er fest, dass er tatsächlich so etwas wie Sternchen sieht. Kleine weiße Punkte, die vor seinen Augen tanzen.

»Spinnst du?«, fährt er Manuel an. Der grinst und reibt sich die rechte Hand.

»Scheiße! Ich wusste gar nicht, dass das wehtut, wenn man jemanden schlägt!«

»Natürlich tut das weh, mir auch!« Louis bückt sich nach dem Handtuch, wobei ihm ein bisschen schwindlig wird. Schnell wickelt er sich wieder in den Stoff ein. Sein Kinn pulsiert, und er spürt, dass er am Kopf eine Beule bekommt.

»Isch will doch gar nischts von Mia«, knurrt er und fixiert seinen Gegner.

»Mann, siehst du Kacke aus!« Manuel kichert. Louis betastet sein Kinn. Es ist schon deutlich geschwollen.

»Oh merde!« Er macht auf der Hacke kehrt und starrt in den Spiegel. Tatsächlich – sein Gesicht sieht irgendwie schief aus.

»Sorry.« Manuel lehnt sich gegen den Türrahmen.

»Pourquoi?« Louis beugt sich über das Waschbecken und schüttet eiskaltes Wasser in sein Gesicht.

»Mia. Und überhaupt. Musste sein.«

»Schcomprrrrnds.«

»Wie bitte?«

Der Franzose spuckt Wasser aus. »Isch verstehe. Je comprends. Ein bisschen. Aber isch interessiere misch nischt für dein kleines Freundin.«

»Ich weiß. Eben darum.« Manuel zuckt mit den Schultern. Dann streckt er Louis die Hand hin. »Quitt?«

»Quitt.« Louis schlägt ein. In dem Moment taucht Juliane im Flur auf.

»Da steckt ihr! Jungs, das Essen ist fertig! Und Louis, zieh dir bitte etwas an. Manuel, wasch dir die Hände und räum deine Turnschuhe aus dem Wohnzimmer, aber zackig und dalli!«

Als sie die Treppe hinunterrennt, blicken die Jungen sich an. Verdrehen gleichzeitig die Augen. Und haben beide das Gefühl, dass das vielleicht doch noch was werden kann mit der Brüderschaft auf Zeit.

WIESBADEN

BJARNE

Etwa zur selben Zeit, als Stella in Berlin ihre Reisetasche im Flur ihrer Wohnung auf den Boden gleiten lässt, als Regula in Zürich das dritte Glas Wein trinkt und im Reiseführer blättert, und als Louis und Manuel sich gemeinsam durch die Fernsehprogramme zappen, nachdem sie sich über Mias sehnsuchtsvollen Liebesbrief an ihren ›Supermann und Traumboy‹ schiefgelacht haben, lässt Bjarne sich in Wiesbaden von Kloppke einen doppelten Espresso bringen. Der Oberkellner macht dasselbe hochnäsige Gesicht wie immer, als er die Tasse vor ihm abstellt und zurück in den Gastraum geht. Seine Augenbrauen berühren sich beinahe in der Mitte, zwischen den Augen steht eine steile Ärgerfalte. Wahrscheinlich waren die Gäste heute Abend nicht allzu freizügig mit dem Trinkgeld, nimmt Bjarne an. Als das dampfende Gebräu vor ihm auf dem Schreibtisch im Büro hinter der Küche steht, schließt er für einen Moment die Augen. Die Geräusche aus der Küche sind hier nur gedämpft zu hören. Er schnuppert. In den Geruch des Kaffees mischt sich der Duft aus der Küche. Die Crew hat ganze Arbeit geleistet, nicht nur heute. Er kann sich auf sein Team verlassen. Bjarne lässt drei Stück Zucker in die Tasse gleiten und rührt um.

Sein Blick fällt auf den Stapel Post. Lieferscheine, Rechnungen vom Großmarkt, ein Prospekt eines französischen Weingutes. Gelangweilt blättert er die Papiere durch, trinkt den Espresso in einem Schluck leer und spült mit stillem Wasser nach. Dann greift er in die Tasche seines schwarzen Kochkittels. Seine Finger berühren das steinerne Herz. Bjarne lächelt versonnen. Und schilt sich selbst, als er sich bei dem Gedanken ertappt, wie er dieses Gefühl, diese wenigen Tage in einem Menü festhalten kann. Wie schmeckt Verliebtsein?

»Du klingst wie in einem Kitschroman.« Bjarne schüttelt den Kopf. Und doch ... Seezunge, fangfrisch. Dazu zerlassene Butter. Junge Kartoffeln. Das käme dem Ganzen nah. Dazu noch knackfrisches Gemüse mit frischen Kräutern. Zitronenmayonnaise. Etwas in der Art.

»Oh Mann.« Er zwingt sich, die Briefe nacheinander aufzumachen. Die Wäscherei hebt die Preise an. Die Druckerei schickt einen Kostenvoranschlag für die neuen Speisekarten. Dann ritscht er mit den Fingern einen unscheinbaren weißen Umschlag auf, der keinen Absender hat. Das Logo oben rechts kennt er aus dem Fernsehen, ein Privatsender. Bjarne will den Brief schon in den Papierkorb werfen, Werbung braucht und will er nicht. Aber dann werden seine Augen groß und größer, als er die wenigen Zeilen doch überfliegt:

Sehr geehrter Herr Hellstern,

leider habe ich Sie telefonisch und per Mail nicht erreicht. Wir produzieren für Kabelsat eine neue Dokureihe. Grob gesagt sollen Sterneköche wie Sie gemeinsam mit adipösen Kindern zwei bis drei Wochen in einer Art ›Kochcamp‹ verbringen. Unter Anleitung von Erziehern und Pädagogen sowie Sporttherapeuten werden die Kinder auf ein schlankes Leben vorbereitet. Dazu gehört natürlich auch die gesunde Ernährung, die sie möglichst auch alleine zubereiten können sollen.

Für einen Werbeteaser würden wir in Ihrem Restaurant drehen und diese Clips ab vier Wochen vor geplantem Sendebeginn im November täglich einspielen. Selbstverständlich wird Ihr Einsatz honoriert. Drehort ist in einem umgebauten Loft in Berlin.

Gerne würde ich Ihnen das Konzept persönlich erläutern und freue mich über einen Rückruf.

Mit besten Grüßen
Johanna Friedrichsen
Redaktion Kabelsat

Bjarne schluckt trocken. Faltet den Brief zusammen. Wieder auseinander. Überfliegt ihn noch einmal. Sein Blick bleibt auf einem Wort hängen. Berlin.

WEINLINGEN

GERRY

Zur selben Zeit, als Stella sich in Berlin die Bettdecke über den Kopf zieht und ihre Hand um das steinerne Herz schließt, als Regula in Zürich mit geöffnetem Buch in der Hand eindöst, als Louis und Manuel in Bremen heimlich in die Küche schleichen und zwei Flaschen Bier mopsen, und als Bjarne nach einer kurzen Unterredung mit Kellner Kloppke in Wiesbaden in seinem Appartement den Sendeplatz von Kabelsat sucht, rauft Gerry sich in Weinlingen die Haare. Sein Kopf summt und seine Augen brennen. Er steht vom Küchentisch auf und stapelt die Briefe an seine Gläubiger ordentlich zusammen. Briefmarken muss er morgen kaufen. Immerhin hatte er ausreichend Briefumschläge im Haus, auch wenn diese aus Onkel Phillips Vorrat stammen, angegilbt sind und die Klebefläche nicht mehr haften will. Dafür leistet das braune Heftpflaster aus dem Apothekerschrank gute Dienste. Er geht zum Kühlschrank, holt eine Flasche naturtrüben Apfelsaft heraus und setzt sie an den Mund.

»Boah.« Gerry spürt dem kühlen Saft nach, wie er von seinem Mund durch die Speiseröhre in den Magen fließt. Er rülpst, stellt die Flasche zurück und will den Laptop ausschalten. Mit einem Mausklick schließt er das Onlinebanking. Nachdem er morgen das Geld eingezahlt hat, wird er nach und nach die fälligen Rechnungen überweisen. Er will nur kurz noch die Mails checken. Meistens landet sowieso nur Spam bei ihm, ganz selten die Einladung zu einem Klassentreffen oder der Newsletter des Deut-

schen Kamelidenverbandes. Der ist auch jetzt im Postein-
gang. Dazu Werbung für Schnarchstopp und die üblichen
Potenzpillen. Und eine Mail mit dem Betreff: ›Anfrage‹.
Gerry will sie schon wegklicken.

»Ach, was soll's.« Ein Virus wird das schon nicht sein.
Er klickt auf Öffnen. Tatsächlich kein Virus – sondern eine
vierköpfige Familie, die ein langes Wochenende auf seinem Hof verbringen will. Mit Hund. Und Trekkingtouren.

»Ha no!« Gerry grinst und tippt die Antwort, hängt
noch zwei der neuen Fotos an und den Flyer-Entwurf.
Dann fährt er den Laptop herunter und notiert auf dem
Blatt neben sich unter die Posten ›Tierarzt anrufen‹, ›Farbe
kaufen‹ und ›Herbert eine Flasche Trollinger bringen‹ den
Posten ›Homepage bearbeiten‹.

Als er durch den schmalen Flur in sein Schlafzimmer
gehen will, stolpert er über den vollen Wäschekorb. »Heut
nimmer«, sagt er zu sich selbst und beschließt, dass vier
Betten abziehen und vier Bäder putzen genug Zimmer-
mädchendienste für einen Tag waren. Außerdem liegt da
noch das neue Buch über Lamazucht auf seinem Nachttisch. Seit vier Wochen hat er es nicht angerührt, wozu
auch. Mit Nachwuchs hat er schließlich nicht gerechnet.
Gerry schlüpft aus Jeans und Karohemd, macht einen
Abstecher ins Bad, putzt sich nachlässig die Zähne und
lässt sich ins Bett plumpsen. Die Matratze hat eindeutig
schon bessere Tage gesehen, aber trotz Finanzspritze ist
ein Neukauf sicher nicht drin. Mit vier Kissen im Rücken
macht er es sich einigermaßen bequem, schnappt sich das
Buch und knipst die Nachttischlampe an. Dann hangelt er
zum Schalter neben dem Bett, mit dem die Deckenlampe
ausgeschaltet werden kann. Sein Blick fällt auf den drei
Jahre alten Kalender, den Onkel Phillip an einem rostigen

Nagel an die Wand gehängt hat. Seit drei Jahren ist dort August. Und seit drei Jahren sprudelt ein schlecht fotografierter Wildbach durch einen Wald. Gerry lächelt, als sein Blick auf den Kalenderspruch fällt: *Deine Träume werden nicht wahr, wenn Du darauf wartest, dass sie in Erfüllung gehen, sondern wenn Du entschlossen bist, jeden Tag einen Schritt auf sie zuzugehen.* Das Zitat ist vom Dalai Lama. Gerry macht eine innere Notiz für seine Liste: ›Neuen Kalender besorgen‹.

KATERSTIMMUNG

STELLA

»Ich kann das nicht«, sagt das kleine Teufelchen in meinem linken Ohr.

»Du willst es aber«, greint das Teufelchen rechts.

»Will ich nicht!«

»Willst du doch! Also nimm den verdammten Stift und unterschreib den verdammten Vertrag, verdammt noch mal!«

»Ruhe, alle beide!«

Teufelchen eins und Teufelchen zwei ziehen sich beleidigt schmollend zurück. Vor mir auf dem Schreibtisch liegt ein frisch ausgedruckter Arbeitsvertrag. Daneben das Herz von Bjarne. Und ein Wasserglas, in dem sich eine Kopfschmerztablette blubbernd auflöst. Mir gegenüber sitzt Inga, den Kopf in die Hände gestützt, und stöhnt. Ich staune, dass sie überhaupt schon in der Redaktion ist, in ihrer Verfassung. Ich wette, ihr Kopf fühlt sich an wie ein Wasserball. Aber vielleicht nimmt sie die Verantwortung als künftige Donatella-Chefin schon so ernst, dass sie trotz schwerem Kater aus dem Bett kriecht? Gesprochen hat sie jedenfalls noch nichts, von einem gehauchten ›Guten Morgen‹ und viel ›Autsch‹ und ›Oooooh‹ mal abgesehen. Ich klappe die Mappe mit dem Vertrag zu und starte das Schreibprogramm. Immerhin habe ich eine Reportage zu schreiben. Inga legt den Kopf auf die Arme, stöhnt und dann schnarcht sie leise. Ich muss kichern.

Ich seufze und beschließe, mit dem Text über meinen Trip zu beginnen. Der ist schließlich die Grundlage für den Fotografen, dem ich nachher Bescheid geben werde. Ich denke an eine Bildstrecke über Dong und ihr Fohlen. Und natürlich muss Dalai in Großaufnahme abgelichtet werden, damit man seine wunderschönen Augen sieht. Ich tippe los. Und komme ganze vier Buchstaben weit.

»Lama.«

Ich starre auf den Bildschirm. Der Cursor blinkt. Vielleicht erst mal einen Kaffee holen? Oder eine rauchen? Wenn Paola mich jetzt erwischt, kann sie kaum Theater machen. Lange hat sie nicht mehr das Sagen. Obwohl außer mir und Inga offenbar noch keiner von den Kollegen von ihrer unerwarteten Mutterschaft weiß. Sonst hätte der Flurfunk längst Alarm geschlagen.

Na gut. Ich kann unter das Wort ›Lama‹ mal einen Absatz machen. Die Überschrift kann ich mir auch am Schluss überlegen. Meine Gedanken schweifen zurück nach Weinlingen. Ich schließe die Augen und versuche, mir den Geruch von Dalai ins Gedächtnis zu rufen. Sein weiches warmes Fell. Seinen federleichten Gang. Das gelingt mir auch. Aber was mir zum Schreiben einfällt, ist … nichts. Ab-so-lut NICHTS. Ich stehe auf, umrunde den Schreibtisch und tippe meiner Kollegen an die Schulter.

»Inga?«

»Baaaah … Lass das«, knurrt sie, schmatzt und legt den Kopf auf den anderen Arm. Auf ihrer Wange sind die Abdrücke ihrer Armbanduhr zu sehen. »Nicht sprechen bitte.«

»Okay, okay«, flüstere ich und schleiche zu meinem Platz zurück. Natürlich gibt die Aussicht auf den Hinterhof auch keine Inspiration her. Mein Blick fällt wieder auf die Mappe. Das Herz.

»Scheiß drauf«, sage ich mir selbst und kralle mir mein Handy. Ja, ich weiß, Frauen sollten Männern niemals hinterherlaufen. Frauen sollten niemals die Ersten sein, die sich nach einem Date melden. Das sollte gefälligst sein Job sein. Kann man auch in der Donatella nachlesen. Neulich erst hatten wir einen großen Bericht über Dating Rules im Blatt. Demnach habe ich – natürlich – alles falsch gemacht mit Bjarne. Aber pfeif doch drauf, die Kolleginnen, die das zusammengeschrieben haben, sind auch nur Menschen. Clara zum Beispiel rennt seit Monaten ihrem Nachbarn hinterher (erfolglos), und Kim erzählt jedem One-Night-Stand vom gemeinsamen Reihenhaus und den zwei Kindern. Sie ist immer noch Single. Wenn also die Fachfrauen sich nicht an die Regeln halten, warum sollte ich? Meine Hand zittert, als ich Bjarnes Nummer im Speicher suche. Und ich zucke zusammen, als sein Name in Großschrift auf dem Bildschirm erscheint: ›eingehender Anruf von Bjarne‹. Zum Glück ist mein Telefon stumm geschaltet, sonst wäre Inga jetzt vom Stuhl gefallen!

»Ja«, flüstere ich und stehe auf. Am Fenster ist besserer Empfang. Ich starre auf die Wand des Nachbargebäudes – aber ich sehe irgendwie nur ein Gesicht. Sein Gesicht. Als ich Bjarnes Stimme höre, bekomme ich weiche Knie.

»Stella? Ich bin's. Geht's dir gut?«

»Ja. Ja. Wieso?«

»Du klingst so …«

»… leise?«

Bjarne lacht. »Ja, ist was los?«

»Ich kann nicht so laut sprechen«, wispere ich.

»Kannst du ein bisschen lauter sprechen?«

»Nein, ich bin im Büro.«

»Stella, ich verstehe dich kaum …«

»Warte, bleib dran, ja?« So schnell ich kann, flitze ich aus
dem roten Salon, durch den Flur, renne dabei beinahe die
Kollegin aus der Kosmetik um, hechte durch den Gemein-
schaftsraum und entriegle die Glastür, die auf den winzigen Balkon führt. Ich bin etwas außer Atem.

»Jetzt kann ich sprechen!«

»Das ist super. Du, ich …«

»Ja?« Los, sag schon, dass du mich vermisst!

»Ich hätte da eine Frage.«

Heiratsantrag? So schnell? Oh Stella, du scheinst noch
unter Alkohol zu stehen. Ehe die beiden Teufelchen wieder aufwachen, atme ich tief ein und beuge mich über das
Geländer. Unten ist ein kleiner Platz, Betonwüste, nur ein
einziger halb lebendiger Baum steht da. Unter dem Baum
sind Betonklötze aufgestellt, die den Angestellten aus den
umliegenden Büros als Sitzplätze in den Pausen dienen,
wenn das Wetter mitmacht, und wenn sie das Glück haben,
einen der wenigen Hocker zu ergattern. Im Moment sind
alle leer, bis auf einen.

»Kennst du dich in Berlin aus?« Oh, das will er also
wissen.

»Ich denke schon. Ich meine, irgendwie wohne ich ja
hier.«

Bjarne lacht. »Ich weiß. Ich meinte eher die Gastro-
szene.«

»Bars und Kneipen? Kein Ding.«

»Und Restaurants?«

»Äh. Eher nicht sooo. Wieso?«

»Naja, komischer Zufall, ich hab da ein Angebot von
einem Fernsehsender und dachte, ich nutze die Gelegenheit, mal die Lage zu sondieren. Ein Lokal in der Hauptstadt, also ein Hellsternableger quasi. Verstehst du?«

Nö. Eigentlich nur Bahnhof.

»Ja, ich glaube schon«, sage ich und kneife die Augen zusammen. Der Mann auf dem Hocker da unten steht auf. Er telefoniert. Und sieht irgendwie aus wie …

»Bjarne? Sag mal, stehst du gerade neben einem Baum?«

»Japp.«

»Und der Baum ist zufällig in Berlin?«

»Auch japp. Bist du das da oben? Siebter Stock?«

Mein Herz setzt einen Schlag aus. »Was machst du hier?«

»Na sag ich doch. Fernsehen. Und so. Das so macht gerade bestimmt ganz große Augen und «

»…«

»Stella? Bist du noch dran?«

»Ja, natürlich! Warte, lauf nicht weg, ich muss nur nochmal schnell in mein Büro und etwas unterschreiben!«

The happy end

Natürlich ist jedes Ende auch ein Anfang. Für Stella und Bjarne der Beginn ihrer ganz eigenen Lovestory. Die beiden Steinherzen sind allerdings weiterhin an getrennten Orten zu Hause. Bjarne verbringt eine Woche im ›Hellstern‹ in Wiesbaden, die andere in Berlin, wo er einen guten Start mit dem ›Lama Inn‹ hingelegt hat. Die Kritiken im Stadtmagazin jedenfalls waren gut, und nach der Ausstrahlung der ersten Staffel auf Kabelsat kennt man den Namen Hellstern. Wahrscheinlich hatte auch die Reportage in der Donatella über den Geheimtipp Lamatrekking in Weinlingen und das Sterne-Essen auf dem Bauernhof etwas damit zu tun. Immerhin hat das ja die neue Chefredakteurin geschrieben. Im Moment allerdings ist Stella nicht in Berlin. Sie testet auf Einladung einer großen Hotelkette auf Sri Lanka neue Wellnesskonzepte.

Ingas Kopfschmerzen sind längst vergessen. Sowie auch Mike. Den hat Pavel abgelöst, der seinen Lebensunterhalt als Fahrradkurier verdient. Was Inga nicht interessiert, denn Pavels Qualitäten liegen sowieso nicht auf intellektueller Ebene. Etwas anderes will sie aber auch nicht, aus Zeitmangel. Als Chefredakteurin kann sie sich ein ausgiebiges Liebesleben derzeit nicht vorstellen.

Regula musste sogar noch zwei Monate nach der Messe arbeiten. Dann erst war die Marketingabteilung so weit umstrukturiert, dass sie für acht Wochen mit dem Wohnmobil losdüsen konnte. Sie kam bis Portugal, wo sie sechs Wochen lang nichts tat außer essen, schlafen und lesen. Mittlerweile ist sie nur noch drei Tage die Woche in der Firma, den Rest der Arbeit erledigt sie vom Homeoffice aus. Was gut ist, denn so kann sie die Bauarbeiten an ihrem Holzhaus am Rande von Zürich besser beaufsichtigen.

Louis ist wieder zurück in Frankreich. In ein paar Wochen kommt Manuel. Er wird fast ein ganzes Jahr bleiben und dasselbe Lycée besuchen. Juliane ist zwar skeptisch, ob ihrem Sohn so viel französischer Einfluss gut tut, aber da er bald 18 wird, kann er sowieso selbst entscheiden. Louis hat in wenigen Tagen Geburtstag. Dann wird er sich den Wagen seiner Mutter leihen und Marie-Claire ein bisschen rumfahren. Und ziemlich lange mit ihr parken.

Stephan hat den nächsten Flieger nach Mallorca genommen. Im Fernsehen hatte er eine Reportage über Makler gesehen, die auf der Ferieninsel Luxusvillen verkaufen. So eine goldene Nase hätte ihm auch gefallen. Bis es so weit ist, jobbt er als Animateur in einem Club, der vorwiegend von Singles gebucht wird. Seine Maklerqualitäten stellt er regelmäßig unter Beweis, wenn er einer Touristin die Vorzüge seines kleinen Appartements und besonders der Schlafecke vorführt.

Annika spielt nicht mehr Geige. Und überhaupt hat sie gerade null Bock auf gar nichts. Ihr Vater betet, dass die Pubertät schnell vorübergeht.

Herbert und Annerose packen bald die Koffer. Eine neue Städtereise steht an. Nach Wien dieses Mal. Annerose hofft, dass ihr Herbert dem Heurigen nicht zu sehr zuspricht. Überhaupt muss sie ihn in letzter Zeit ziemlich viel allein lassen, wenn sie Gerry in der Pension hilft. Die Zimmer sind meistens voll belegt, und trotz aller Bemühungen gelingt es ihm nicht, einigermaßen schmackhaft zu kochen. Und seit Annerose einen privaten Kochkurs bei Bjarne Hellstern gemacht hat, ist sie die ungekrönte Königin der Maultaschen.

Und Dalai? Der hat nach einem etwas blutigen Gerangel mit seinem Sohn klargemacht, wer der Herr in der Herde ist. Und ansonsten genießen er, Rama, Lama, Ding und Dong das frische Gras, die Sonne und die Spaziergänge mit den Touristen. Ganz nach dem Motto des echten Dalai Lama: »Unsere wahre Aufgabe ist es, glücklich zu sein.«

*Weitere Romane finden Sie auf den
folgenden Seiten und im Internet:*

WWW.GMEINER-SPANNUNG.DE

S. PRESCHER / S. PORATH
Wer mordet schon
zwischen Alb und Donau?

978-3-8392-1581-4 (Paperback)
978-3-8392-4451-7 (pdf)
978-3-8392-4450-0 (epub)

»Gemeinsam mit Kommissar Jochen Schädle entdeckt der Leser die Region zwischen Donau und Eyach.«

Ruhestand … wegen einem bisschen Bandscheibe! Kommissar Jochen Schädle ist stinkwütend. Aber statt sich ins Rentnerdasein zu fügen, fährt er los. Von Rottweil über Donaueschingen bis Fridingen und dann Richtung Balingen und Hechingen. Ruhe findet er unterwegs aber nicht: egal wo er anhält, überall erinnert er sich an Mord und Totschlag. Der Leser folgt dem ungewöhnlichen Ermittler bei dessen Reise in eine kriminelle Vergangenheit und entdeckt so nebenbei die schönsten Plätze der Region.

GMEINER SPANNUNG

WWW.GMEINER-VERLAG.DE
Wir machen's spannend

SILKE PORATH
Hermingunde ermittelt in Balingen
....
978-3-8392-1585-2 (Paperback)
978-3-8392-4459-3 (pdf)
978-3-8392-4458-6 (epub)

»Aufgepasst Balingens Kriminelle – der alte Adel weiß, was Verbrecher verdienen. Silke Poraths Kommissarin steht ihre Frau.«

Kommissarin Hermingunde Klythemnestra von Tollern-Achteck lebt auf großem Fuß. Sie hat Schuhgröße 43 und besitzt damit die ideale Ausrüstung, um Verbrechern in den Hintern zu treten. Diese Aufgabe erfüllt sie mit großer Genugtuung, und genau aus diesem Grund wird die Vorzeige-Polizistin in ihrer Heimat Balingen gefürchtet. Jeden noch so gerissenen Gesetzesbrecher überführt sie mühelos. In diesem Band nimmt sie es gleich mit 30 mehr oder weniger Kriminellen auf. Rätseln Sie mit!

SILKE PORATH
Mops und Mama

978-3-8392-1489-3 (Paperback)
978-3-8392-4273-5 (pdf)
978-3-8392-4272-8 (epub)

»Der dritte Mops-Roman von Silke Porath – zum Bellen komisch!«

Tanja bekommt am selben Tag zwei schlechte Nachrichten. Die erste: Sie ist schwanger. Die zweite: Ihr Freund Arne, der als Tierarzt arbeitet, nimmt einen Forschungsauftrag im bolivianischen Urwald an. Sechs Monate lang wird er Fledermäuse beobachten. Ihre Mitbewohner sind für sie da – als Freunde und als potenzielle Ersatzväter. Die beiden überbieten sich bald in Fürsorge um die schwangere Tanja. Auch Mops Earl und sein Sohn Mudel mischen kräftig mit.

WWW.GMEINER-VERLAG.DE
Wir machen's spannend

SILKE PORATH
Mops und Möhren

978-3-8392-1344-5 (Paperback)
978-3-8392-4011-3 (pdf)
978-3-8392-4010-6 (epub)

»Ein Mops und seine Herrchen kämpfen mit Witz und Charme um den Erhalt ihrer Schrebergärten.«

Stuttgarts charmanteste WG mit Tanja, dem Männerpärchen Rolf und Chris und natürlich dem Mops Earl of Cockwood geht unter die Schrebergärtner! Doch das Idyll der Laubenkolonie ist bedroht, denn ein Investor will dort schicke Lofts bauen. Doch nicht nur das: Chris und Rolf verlieren beinahe gleichzeitig ihre Jobs und dann taucht auch noch die Ex von Tanjas Freund Arne wieder auf …

SILKE PORATH, ANDREAS BRAUN, ZORAN ZIVKOVIC
Klosterbräu

978-3-8392-1315-5 (Paperback)
978-3-8392-3951-3 (pdf)
978-3-8392-3950-6 (epub)

»Der zweite Fall des ungewöhnlichen Ordensbruders führt den Leser vom Schwäbischen bis nach Berlin. Ein Buch, das gute Laune garantiert.«

»Und jetzt ein kühles Spöttinger Bräu!« – Die Leute lieben das Spaichinger Bier, den Inhaber der Brauerei aber offensichtlich nicht: Er wird erwürgt. Mitten in der Klosterkirche. Pater Pius' detektivischer Verstand arbeitet auf Hochtouren und als Kommissarin Verena Hälble einen Undercover-Mann braucht, schickt sie kurzerhand den Ordensmann nach Berlin. Und der gerät mitten hinein in einen Strudel aus Bier, Bonzentum und bitteren Wahrheiten …

WWW.GMEINER-VERLAG.DE
Wir machen's spannend

SILKE PORATH
Nicht ohne meinen Mops
. . . .
978-3-8392-1207-3 (Paperback)
978-3-8392-3681-9 (pdf)
978-3-8392-3680-2 (epub)

»Ein turbulenter WG-Roman um nervige Nachbarn, schwule Freunde und natürlich Liebe! Zum Bellen komisch!«

Tanja hat ihre Traumwohnung in Stuttgart gefunden: Altbau, drei Zimmer, beste Lage. Der Haken ist nur: Allein kann sie sich die Wohnung niemals leisten. So ruft sie kurzerhand ein Mitbewohner-Casting aus. Und entscheidet sich schließlich für Chris, der im Callcenter arbeitet, und Rolf, einen Postboten, der samt seinem Mops »Earl of Cockwood« einzieht. Tanja ist hin und weg von diesen Prachtkerlen. Klar, dass sie als Letzte bemerkt, dass Rolf und Chris ein Paar werden. Der Katzenjammer ist groß – erst recht, als Marc, Tanjas Ex, mit seiner schwangeren Freundin vor ihr steht. Tanja, die Jungs und der Mops schwören Rache …

**SILKE PORATH
ANDREAS BRAUN**
Klostergeist
....
978-3-8392-1124-3 (Paperback)
978-3-8392-3617-8 (pdf)
978-3-8392-3616-1 (epub)

»Beste Krimiunterhaltung, bei der auch der Humor nicht zu kurz kommt.«

Pater Pius, Superior des Spaichinger Konvents, feiert mit seinen Brüdern die Morgenmesse auf dem Dreifaltigkeitsberg. Als die Mönche in den kühlen Novembermorgen hinaustreten, fällt ein Mensch vom Klosterturm, direkt vor Pius' Füße: Es ist Hans-Jürgen Engel, der Bürgermeister der kleinen Stadt. Kommissarin Verena Hälble aus Rottweil und ihr Kollege Thorben Fischer leiten die Ermittlungen. Als dem neugierigen Pater Pius beim Trauergespräch mit der Witwe »zufällig« ein Kontoauszug in die Tasche seiner Kutte flattert, mischt auch er sich ein …

GMEINER SPANNUNG

WWW.GMEINER-VERLAG.DE
Wir machen's spannend

BEATE BAUM
Die Ballade von John und Ines

978-3-8392-1642-2 (Paperback)
978-3-8392-4561-3 (pdf)
978-3-8392-4560-6 (epub)

»Ein Krimi, zu dessen Lösung
Paul McCartney persönlich zur Hilfe eilt.«

Ines Behrendt ist glücklich: Die Dresdner Sängerin ist an Paul McCartneys Pop-Uni LIPA angenommen worden, zwischen dem Mitstudenten John Raymond und ihr knistert es, und ausgerechnet in Liverpool wird ihr Beatles-Programm bejubelt. Alles ist perfekt, da wird eines Morgens der Chef des berühmten Cavern-Clubs erschlagen aufgefunden und John verhaftet. Dabei erscheint der deutsche Veranstalter Nicolas Olsen, der aus der Stadt eine Art Beatles-Disneyland machen will, doch sehr viel verdächtiger …

ELINOR BICKS
Lavendelbitter

978-3-8392-1643-9 (Paperback)
978-3-8392-4563-7 (pdf)
978-3-8392-4562-0 (epub)

»Ein packender Garten-Krimi rund um große Gefühle, kleine Hilfsmittel und Rezepte aus Omas Kräuterbuch – auf keinen Fall zum Nachmachen!«

Lore Kukuks Verehrer wird tot aufgefunden. Die Leiche umgibt ein zweifelhafter Ruf und der Geruch nach Lavendel. Die Duftspur führt in ihren Garten auf dem Otzberg, der von Lavendel überwuchert ist. Hinzu kommt, dass eine ganze Reihe toter Männer Lores Weg säumt. Kommissar Roland Otto ist jedoch von ihrer Unschuld überzeugt. Aber ist er wirklich unbefangen? Oder hat Lore ihm mit ihrem Lavendelwein die Sinne vernebelt?

GMEINER SPANNUNG

WWW.GMEINER-VERLAG.DE
Wir machen's spannend

KERSTIN HOHLFELD
Kirschblütenfrühling

978-3-8392-1644-6 (Paperback)
978-3-8392-4565-1 (pdf)
978-3-8392-4564-4 (epub)

»Rosa Redlich zwischen Vertrauen und Vorurteil«

Gar nicht so leicht für Rosa, die Schneiderei zu managen, während ihre Chefin Margret zur Kur fährt. Noch dazu, wenn gleichzeitig eine Punkerin namens Koma mit ihrer Truppe die Gegend unsicher macht. Rosa nähert sich der Frau an, die bei genauerem Hinsehen eher unglücklich als gefährlich wirkt, und verschafft ihr einen Job in ihrem Stammlokal. Wenig später wird dort Geld gestohlen. Hat Koma ihr Vertrauen ausgenutzt? Rosa glaubt nicht daran und macht sich auf die Suche nach dem wahren Täter.

CHRISTINE RATH
Maiglöckchensehnsucht

978-3-8392-1646-0 (Paperback)
978-3-8392-4569-9 (pdf)
978-3-8392-4568-2 (epub)

»Eine berührende und fesselnde Geschichte über eine verbotene Liebe und düstere Geheimnisse am traumhaften Bodensee, die bis zur letzten Seite Spannung verspricht!«

»Für mein Maiglöckchen Lily, in Liebe Hermann« steht auf der alten Spieluhr, die Maja beim Renovieren der geerbten alten Villa am Bodensee, in der sie eine Pension eröffnen will, findet. Was hat die sonderbare Irin Nora damit zu tun, die eines Tages dort auftaucht und behauptet, die rechtmäßige Erbin zu sein? Als auch noch der attraktive Pensionsgast Peter auf mysteriöse Weise ums Leben kommt, wird es Zeit für Kommissar Michael Harter, die Sache in die Hand zu nehmen – und für Maja, um ihre Existenz und ihr Glück zu kämpfen.

SPANNUNG

WWW.GMEINER-VERLAG.DE
Wir machen's spannend

MICHAEL BOENKE
Kässpätzlesexitus
....
978-3-8392-1662-0 (Paperback)
978-3-8392-4601-6 (pdf)
978-3-8392-4600-9 (epub)

»Ein skurril-heiterer Schwabenkrimi mit sprachlichen Finessen und vielen Bezügen zur regionalen Küche.«

Das heitere Kässpätzleswettessen in sommerlich oberschwäbischer Idylle nimmt ein jähes Ende: Eine tote Mitesserin – erstickt am schwäbischen Gaumenschmaus. Ein Unfall, so ergeben es die Untersuchungen. Dann gibt es eine zweite Tote, gegart im Dampf des Pasteurschranks einer oberschwäbischen Brauerei. Und wiederum heißt es: ein tragischer Unfall. Daniel Bönle, mittlerweile Hausmann, wird in die skurrilen Ereignisse hineingezogen. Seine Ermittlungen führen ihn auch wieder ins geheimnisvolle Ried …

MANFRED BOMM
Lauschkommando
....
978-3-8392-1663-7 (Paperback)
978-3-8392-4603-0 (pdf)
978-3-8392-4602-3 (epub)

»August Häberle dringt mit seinem 15. Fall ins Spionagenetz des amerikanischen Geheimdienstes (NSA) ein.«

Die Frau eines global tätigen Bankers wird in ihrem Haus auf der Schwäbischen Alb ermordet. Es stellt sich heraus, dass ihr Mann Ziel von Lauschangriffen des US-Geheimdienstes NSA war. Kommissar August Häberle muss erkennen, dass sich die Agenten auch für ein Ulmer Forschungsinstitut interessiert haben. Gleichzeitig dringt ein junger Computerexperte in das Netzwerk italienischer Waffenhändler ein und stößt dabei auf das geheime Spionage-Doppelleben seines eigenen Vaters ...

WWW.GMEINER-VERLAG.DE
Wir machen's spannend

Unser Lesermagazin
2 × jährlich das Neueste aus der Gmeiner-Bibliothek

Das KrimiJournal erhalten Sie in Ihrer Buchhandlung oder unter www.gmeiner-verlag.de

24 x 35 cm, 40 S., farbig; inkl. Büchermagazin »nicht nur« für Frauen und HistoJournal

GmeinerNewsletter
Neues aus der Welt der Gmeiner-Romane

Haben Sie schon unsere GmeinerNewsletter abonniert?

Monatlich erhalten Sie per E-Mail aktuelle Informationen aus der Welt der Krimis, der historischen Romane und der Frauenromane: Buchtipps, Berichte über Autoren und ihre Arbeit, Veranstaltungshinweise, neue Literaturseiten im Internet und interessante Neuigkeiten.

Die Anmeldung zu den GmeinerNewslettern ist ganz einfach. Direkt auf der Homepage des Gmeiner-Verlags (www.gmeiner-verlag.de) finden Sie das entsprechende Anmeldeformular.

Ihre Meinung ist gefragt!
Mitmachen und gewinnen

Wir möchten Ihnen mit unseren Romanen immer beste Unterhaltung bieten. Sie können uns dabei unterstützen, indem Sie uns Ihre Meinung zu den Gmeiner-Romanen sagen! Senden Sie eine E-Mail an gewinnspiel@gmeiner-verlag.de und teilen Sie uns mit, welches Buch Sie gelesen haben und wie es Ihnen gefallen hat. Alle Einsendungen nehmen automatisch am großen Jahresgewinnspiel mit attraktiven Buchpreisen teil.

WWW.GMEINER-VERLAG.D
Wir machen's spannen